당 신 의
꽃이 되고
싶 었 다

§ 당신의 꽃이 되고 싶었다 §

2017년 11월 22일 초판 1쇄 인쇄
2017년 11월 27일 초판 1쇄 발행

지은이 § 민희서
발행인 § 곽동현
기획&편집디자인 § 신연제, 이윤아
발행처 § (주)조은세상

등록 § 2002-23호(1998년 01월 20일)
주소 § 경기도 연천군 미산면 청정로 1355
Tel § (02)587-2977
e-mail romance@comics21c.co.kr
블로그 http://goodworld24.blog.me

값 9,000원

*파본이나 잘못된 책은 바꾸어 드립니다.

ISBN 979-11-6171-421-9

I wanted to be your flwor

당신의 꽃이 되고 싶었다

민희서
장편소설

GOOD WORLD ROMANCE NOVEL

(주)조은세상

contents

프롤로그

항상 그랬던 거 같다. 당신을 기다리던 나, 언제나 나를 스치고 지나가던 당신의 뒷모습. 온전히 제가 받았어야 할 몫이었다.

기다림, 그것은 현서에게 언제나 반복되던 단어였다. 십 분, 이십 분, 그리고 한 시간, 시간이 하릴없이 흘러갈 때마다 현서의 기다림은 절망으로, 그리고 다잡았던 마음은 언제나 허망하게 무너지고 말았다.

"할 말이 뭐야?"

냉정하게 자신을 바라보는 도윤의 눈을 보며 현서는 아랫입술을 꾹 깨물었다. 저는 그에게 도대체 어떤 존재였을까. 안 지만 십수 년, 하지만 그 사람의 마음속에 여전히 저는 없었다.

그는 제게 내어주는 시간조차 아깝다는 듯 그는 여전히

손목시계를 쳐다보고 있었으며, 들어선 순간까지도 현서와 눈도 마주치지 않았다.

쓰디쓴 패배감이 목구멍까지 차오른다.

"이혼해주세요."

담담하게 뱉으려고 했던 마음이 천천히 무너지려 했다.

당신의 무엇이 나는 좋았을까. 하루에도 수천 번 소리 없는 반문을 해보았다. 하지만 떠오르는 것은, 그가 제게 알려주었던 그 따스함이었다.

도윤은 그녀의 담담한 말에 픽 웃음을 터트렸다. 그는 이 모든 것이 귀찮다는 듯 물컵을 쥐며 물을 느긋하게 한 모금 마셨다. 몇 년을 저를 괴롭혀오던 여자의 입에서 나온 것치고는 참 모순적인 단어였다.

"방법을 바꾸기라도 한 모양이군."

꽤 그럴 법도 한 물음일지도 모르겠다. 제가 해왔던 일들을 생각하면.

그의 비웃음 따위, 신랄한 말 따위 겸허히 받아들일 수 있어야 하는데, 이상하게도 당할 때마다 가슴을 후벼 파는 날카로운 단도가 되고야 말았다.

하지만 그것 또한 이제 마지막이 될 것이다.

마지막……. 그 마지막이란 단어를 제 입에서 하게 될 줄은 현서로서도 상상하지 못했었다.

현서의 일렁이는 눈동자가 이내 차분해졌다. 그의 옆에 있기 위해 버틸 수 있던 마지막 끈까지 자신을 놓아버린 이 마당에 그녀에게 남은 것은 아무것도 없었다.

'난 너하고 결혼 안 해. 혜린이와 헤어진다 해도, 넌 죽어도 아니야.'

제 욕심으로 일궈낸 결혼이었다. 제 스스로 억지로 이어서 만든 인연이었다. 하지만 그때마다 참을 수 없는 수치와 냉대, 그리고 무시를 현서는 홀로 견뎌야만 했다.

그가 좋았다. 자신이 가족이라고 부를 수 있는 사람이 그여서 좋았다.

그를 사랑했다. 그리고…… 그가 제 옆에 있으면 어떤 것이든 이겨낼 수가 있다고 생각했다.

그게 그 누가 됐던, 자신의 사랑 깊이만큼을 이겨낼 수가 없다고 생각했다.

이 모든 것이 얼마나 어리석은 착각이었는가. 내게 고귀하고 포기할 수 없는 그 사랑이 그에겐 얼마나 하찮고 보잘것없는 것인지, 이제야 깨달았다.

"어떻게 생각해도 좋아요. 하지만 이번만큼은 진심이에요."

후, 나직하게 도윤이 웃으며 한숨을 뱉었다. 바이어와의 점심 약속이 30분 전이었다. 어쭙잖은 현서의 쇼를 보고 있자니, 도윤은 신경질이 났다. 제 손으로 선택한 일이면서 제 입으로 투정을 부리는 현서의 말 따위 들어줄 시간이 없다는 뜻이었다.

도윤은 갑갑한 듯 넥타이를 한 손으로 느슨하게 풀며 이맛살을 찌푸렸다.

"쓸데없는 소릴 하려거든……."

"이혜린 한국 왔어요."

같잖은 얘기 더 이상 하지 말라고 할 참이었다. 도윤의 표정이 그 순간 완전히 일그러졌다. 그것은 우리 사이에 내뱉어서는 안 되는 단어였다.

아니, 최소한 현서의 입에서는 절대 나오지 말아야 할 단어였다. 감히 제가 어찌 그 사람의 이름을 부를 수 있단 말인가. 가엽고 가련한 그 사람의 이름을 어찌 감히!

도윤은 화가 나려는 것을 주먹을 꽉 쥐며 애써 참았다.

"그래서?"

혜린이 돌아왔다고 해서, 그가 할 수 있는 일은 더 이상 없었다. 혜린은 그를 떠나갔고 어쩔 수 없는 최후의 선택이지만 그는 현서의 손을 잡았다. 하지만 파도처럼 일렁이는 마음속까지 잠재우기엔 아직 그 이름은 도윤에게 상처였다. 미안하고 또 미안한 그런 존재, 어떻게 떠나간 줄 알면서도 다가가서 잡을 수조차 없던 존재, 그런 존재였다.

현서는 가방 속에서 하얀 종이를 꺼내 도윤 앞에 내밀었다. 그것을 보며 일그러진 표정의 도윤을 보며 실소를 지었다. 제겐 비수 같은 말을 잘도 내뱉으면서도 그 여자의 소식이란 말에 아픈 표정을 짓고 있는 그를 보며, 제가 무슨 말을 할 수 있을까.

결국 2년이란 세월은 하찮은 것들이었으며, 그 하찮은 세월을 홀로 아프게 견뎌온 자신은 헛된 일을 한 것이었다.

“이게 네가 바란 결과였어?”

종이를 바스러뜨릴 듯 움켜쥐며 도윤이 되물었다. 일렁이던 눈동자는 잔잔한 호수처럼 고요해졌다. 차분하게 가라앉은 제 마음이 이제는 도윤을 보고 아픔조차 느끼지 못했다. 어쩌면 그 고통이 너무 커, 느끼지 못하는 것일지도 모르겠다.

현서는 조용히 잔을 입가로 가져가 한 모금 삼켰다. 아무 맛도 느껴지지 않는 차 속에 달큰한 향이 섞여들었다.

“내가 잘라버린 당신 시간에 대한 보상쯤이라고 생각해주세요.”

“너…….”

지금 이 순간 몸서리치는 그의 표정은 현서에 대한 배신감 때문일까, 아니면 다시 그녀를 찾을 수 있다는 희열감 때문이었을까.

풋, 현서는 갑자기 웃음이 났다. 2년을 살았지만 우린 남보다도 못한 존재였으며, 2년을 살았지만 그 시간 속의 주인은 저도 아니었고 도윤도 아니었다.

그저 우리는 아무도 그 시간에 주인이 될 수 없는, 죽어 있는 시간에 살아가고 있었다.

잔잔하게 요동치는 이 감정은 과연 도윤을 잃는 아픔 때문일까, 아니면 해방감 때문이었을까.

어쩌면 끝나가는 제 사랑이 안타까워서였는지도 모르겠다.

처참하게 구겨진 종이를 보며 현서는 가만히 도윤을 쳐다봤다.

"생각보다 자제심이 강하네요. 사실 뺨이라도 맞을 줄 알았어요."

억지로 떼어놓은 정이라는 것은 제가 생각보다 질겼고, 그 질긴 정을 볼 때마다 남몰래 아파한 자신의 아픔은 어떤 형태로도 보상받을 수가 없었다. 아니 보상은커녕 시간이 지날수록 더 독한 원망만 들었을 뿐이었다.

도윤은 흘러내리는 앞머리를 한 손으로 올리며 치밀어 오르는 감정을 정리했다.

"네가 갑자기 이러는 이유가 궁금하군. 죽어서도 떨어지지 않을 것처럼 굴더니."

"그러게요. 당신에 대한 내 사랑이 고작 이 정도였나 봐요. 참 우습죠?"

현서는 소리 없이 웃으며 곧 비가 올 것 같은 창밖을 일별했다. 도윤에겐 그저 죽어서도 떨어지지 않을 거머리 같은 존재가 바로 자신 아니었을까. 자신을 기생하는 버러지처럼 바라보던 그의 눈빛을 잊을 수가 없었다. 밤마다 그 참혹한 시선을 느끼며 현서는 아무도 없는 공간에서 외로움에 몸부림쳐야만 했다.

날 제발 한 번만 봐달라는 처절한 몸부림, 하지만 도윤은 그것을 철저하게 외면했었다. 그래도 괜찮다고, 도윤을 가졌으니 괜찮을 거라고 생각했던 어리석은 자위가 이제 얼마나 부질없는 것인지 똑똑히 알게 되었다.

"그러니까, 이제 내가 떠나줄게요."

이곳에 오면서 많은 망설임들이 있었다. 과연 도윤을 잊고 살아갈 수 있을까, 그가 없는 곳에서 살아갈 수 있을까, 하는 어리석은 생각들…….

머뭇거리는 자신의 마음을 결국 끌고 이곳에 왔지만, 이젠 완벽하게 확신이 섰다. 갈팡질팡했던 마음 역시 한순간에 정리가 되었다.

도대체 나는 무엇을 위해 이 질긴 끈을 쥐고 있었을까. 모두 다 덧없는 것이었는데…….

"이제 당신, 아니 오빠 앞에 나타날 일은 없을 거예요."

현서는 마지막 한 모금의 홍차를 마시고 자리에서 일어섰다. 그 순간 찻잎의 씁쓸함이 입 안을 가득 덮쳤다.

"서류는 변호사를 통해 보낼게요."

"네가 시작한 결혼이니 네가 끝내겠다 이건가?"

여전히 자신을 단 한 번도 바라봐주지 않는 이 남자에게 과연 무슨 말을 해도 좋을까. 제 손으로 선택한 일이었으니, 불평을 할 수도 없었다. 그저, 따스한 눈길 한 번 바란 것뿐이었는데.

그것조차 그와 그녀 사이엔 과분한 바람일 뿐이었다.

"어떻게 생각해도 좋아요."

현서는 마지막으로 다시도 보지 못할 도윤의 얼굴을 찬찬히 살폈다.

저 사람의 한없이 다정한 그 미소를 사랑했던 때가 있었다. 온전히 그것이 저에게만 오기를 욕심내던 시절이 있었다.

하지만 이제 그것들은 온전히 제 것이 아니었다. 제 것이 아닌 것을 억지로 쥔 과욕은 결국 탈이 났고 제게는 뼈아픈 비수로 날아들었다.

현서는 씁쓸한 미소를 지었다. 그럼에도 마음이 여전히 아린 까닭이 온전히 끝난 제 사랑 때문인지 도윤에 대한 미련인지 현서는 갈피를 잡을 수가 없었다.

“미안했어요. 그래도 행복하란 소린 못하겠네요. 잘 지내요.”

그렇게 현서는 딱딱하게 굳어 있는 도윤을 스치고 지나왔다. 억지로 엮었던 그 인연의 끈을 결국 현서는 제 손으로 결국 끊어버렸다.

호텔을 빠져나오며 현서는 곧 한바탕 쏟아질 것만 같은 하늘을 무연히 바라보았다. 가슴은 서글프게 아려오는데 입가엔 허탈한 미소만 지어졌다.

비 오는 날을 끔찍하게 싫어했는데, 오늘 그 이유가 하나 더 추가될 것만 같았다. 예상은 했지만 그는 그녀를 잡지 않았다. 아니, 다시는 그녀를 찾지 않을 것이다.

울어야 할까. 슬퍼해야 할까. 제 지난 시간을 가련하게 여겨야 할까.

현서는 쓰디쓴 미소만 지었다.

“끝났어?”

지혁이 횅한 현서의 목에 머플러를 둘러주며 물었다.

“응.”

"기분이 어때?"

"그냥……. 홀가분해."

쓰게 웃는 제 입술이 마치 제 것이 아닌 것만 같았다. 말을 건네는 사람이 마치 제가 아닌 것 같았다. 제 손으로 끝낸 인연인데, 이상하게 현서의 마음은 여전히 아려왔다.

먹구름이 잔뜩 낀 그날, 결국 하늘은 비를 토해냈다.

그리고 비가 오던 그날 도윤과의 결혼의 종지부를 찍었다.

1

'네 것 아닌 것을 빼앗아 가진 느낌이 어때? 네 슬퍼하는 그 얼굴 보러 왔어. 궁금하더라. 네가 어떨지.'

'입 닫아.'

아무것도 가진 것 없는 여자는 제게 그렇게 말했었다. 최고로 행복해야 할 결혼식 날, 제 신혼여행지에서.

치떨리는 그날의 기억이 눈만 감으면 선연하게 떠올랐다. 냉담했던 그의 눈빛, 자신을 비웃던 그 여자의 눈빛.

저는 그 속에서 아무것도 할 수 있는 것이 없었다.

"승객 여러분께 알려드립니다. 10분 뒤에 우리는 예정대로 인천국제공항에 착륙합니다."

예정된 안내멘트에 감았던 눈을 느릿하게 떴다. 한쪽 뺨 위로 미처 흐르지 못한 눈물이 떨어졌다. 현서는 아무렇지 않은 듯 제 뺨을 손으로 닦아냈다. 그러고는 경고등 지시에 따라 풀었던 안전벨트를 다시 고쳐 맸다.

이따금씩 생각한 적이 있었다. 당신과 함께 있던 그 하늘과 당신과 함께 없을 그 하늘은 얼마나 다를지를……. 사무치는 아픔이 심장을 관통할 때마다, 당신이 없는 그 하늘을 원망하며, 나를 봐주지 않는 그 하늘을 또 원망하고 원망했었다.

현서는 잠시 창밖을 일별했다. 원망밖에 남지 않은 그 하늘을 다시 마주하는 기분은 생각보다는 담담하고 아무렇지 않았다.

정말 제 마음은 그렇게 끝이 나버린 것일까.

“오랜만에 돌아온 소감이 어때?”

“너도 마찬가지잖아.”

“그래도 틈틈이 들어왔던 나와 너는 다르지.”

지혁의 장난스러운 말에도 현서는 말간 하늘만 바라봤다.

다시는, 다시는…… 보지 않을 하늘이었다. 그 사람에 대한 제 마음이 이곳에 있으면 완전히 끊을 수 없을 것 같아서, 다시는 오지 않을 것이라 다짐했었다.

시작은 안 실장님의 전화 한 통이었다.

[회장님께서 네겐 말하지 말라고 하셨지만 생각보다 몸이 좋지 않으셔. 내 생각엔 현서 네가 옆에서 모시는 게 나을 거 같다.]

제가 걱정할까 봐 이따금씩 통화할 때마다 걱정 말라고만 하시던 할아버지의 상태가 생각보다 좋지 않다는 말은 꽤나 충격이었다. 역시 저는 저만 생각하고 있었다. 마지막 남은 제 가족을 돌보지 않고 저만 힘들다는 이유로 눈과 귀를 닫고 있었던 것이다.

그러면서도 미국에서의 생활을 정리하기가 쉽지는 않았었다. 돌아올 용기가 나질 않았다. 어쩔 수 없다는 것을 알면서도 도저히 돌아올 용기가 나지 않았었다.

아마 제 옆에서 가족같이 지켜주던 버팀목이 없었다면 현서는 엄두도 내지 못했을지도 모르겠다.

'괜찮아. 이제 더 이상 두려워할 거 없어. 내가 옆에서 도와줄게.'

지혜의 그 한마디에 현서는 미국에서의 생활을 정리했다. 그리고 다시는 돌아오지 않겠다고 했던 그 땅으로 돌아가는 길을 택했다.

한때는 그와 같은 곳에서 숨 쉬는 것만으로도 행복해, 이곳을 죽어도 떠나기 싫었는데, 이제는 돌아오기 죽기보다 싫은 곳이 되어버렸다.

씁쓸한 웃음이 입가에 번져들었다.

현서는 숨을 바쁘게 몰아쉬며 시트에 몸을 깊숙이 맡겼다. 즐거운 적 없던 서울의 하늘은 구름 한 점 없이 여전히 맑고 청명했다.

입국심사가 끝나고 들어선 입국장은 생각보다 더 소란스러웠다. 저마다 플래카드를 들고, 가족 지인 등을 기다리는 사람들 사이에서 지혜은 선글라스를 콧잔등까지 내리고 누군가를 바쁘게 찾았다.

수많은 사람 속에 섞여 있어도, 현서 저는 항상 이질적으로 겉돌았다. 이곳에 있어도 이곳에 있지 않은 것처럼, 도윤과 함께 생활을 할 때도 그랬다. 함께 사는 집이 오직 제 공간이 될 수 없었다.

"저기 계신다."

지혁이 그녀의 어깨에 팔을 두르며 말했다.

2년 전 이곳을 도망치다시피 홀로 떠났지만 돌아올 때 그녀의 옆엔 지혁이 함께 있었다. 제 어깨를 감싼 그 손이 오늘따라 왜 이리 안심이 되는 것인지 이유를 알 수 없었다.

"아저씨!"

"오랜만이다, 지혁이도."

"현서도 좋아 보이네."

"잘 지내셨죠?"

딱딱하게 굳어 있던 현서의 표정이 느슨하게 풀린 것은 안 실장을 발견한 후부터였다.

"이리 줘. 들어줄게."

"아니에요. 괜찮아요."

지혁의 손에서 가방을 넘겨받으려던 안 실장의 손을 서둘러 현서가 저지했다.

"재 힘세서 괜찮아요."

"야!"

티격태격하는 지혁과 현서를 보며 안 실장은 흐뭇하게

웃었다. 어려서부터 제 손으로 키우다시피 했던 현서의 얼굴을 2년 만에 처음 보는 것이었다. 그동안 어떤 마음으로 현서가 한국에 들어오지 않았는지, 안 실장은 너무도 잘 알고 있었다. 그래서 딸 같은 현서가 더 안타깝고 애틋한 것이기도 했다.

"그나저나 할아버지는……."

"집에서 기다리셔. 얼른 가자."

현서는 안 실장을 따라가면서 입국장을 잠시 돌아봤다. 다시는 오지 않을 것이라 결심했던 그곳에 결국 오고 말았다.

그 사람이 숨 쉬고, 그 사람이 생활하는 그곳으로, 현서는 다시 돌아오고 말았다.

차를 타고 가는 내내 현서는 아무 말도 하지 않았다. 익숙하면서도 그립지 않았던 이곳, 그리고 하나도 변함없는 이곳을 스쳐 지나갈 때마다 현서는 자신이 정말 돌아왔구나 실감 중이었다.

"어떻게 지냈어?"

"그냥……."

"걔 신나게 돌아다녔어요. 한국에서 어떻게 매일 집에만 있었나 싶을 정도로."

지혁이 현서 대신 얼른 말을 이었다. 현서는 묵묵히 웃으며 다시 창밖을 내다봤다. 그가 없는 시간들을 현서는 홀로 견뎠다. 질기고 질긴 미련이라는 것들의 싹은 그녀를 지독히도 괴롭혀왔고, 그때마다 가슴이 아리고 숨이 막혀 목 놓아 울기만 했다.

당신은 내게 어떤 존재였을까.

또 당신에게 나는 어떤 존재였을까.

항상 생각했었다. 수만 번 수천 번 생각을 할 때마다 끝에 내려지는 답은, 우리는 악연이라는 것이다.

"할아버지는 많이 안 좋으신 거예요?"

살뜰하게 묻는 지혁의 물음을 현서는 조용히 귀 기울였다.

"아무래도 연세가 있으니까……."

이야기를 하며 룸미러로 현서의 얼굴을 잠시 살폈다. 현서는 어려서부터 어두운 아이였었다. 안 실장은 그것이 늘 마음에 걸렸었다. 하지만 도윤 앞에선 천진난만한 아이가 되는 현서를 보는 것도 좋았었다.

결국 이렇게 되고 말았지만, 어쩌면 자신이 좀 더 아빠 같은 역할을 해주었다면 현서가 이렇게 되지 않았을지도 모른다는 자책을 현서가 떠나간 후 항상 해왔었다.

"그렇게 안 보셔도 돼요. 저 이제 정말 괜찮아요."

현서가 안 실장의 마음을 알기라도 하듯 웃으며 말했다.

"회장님이 걱정이 많으셨었어."

"아저씨는 제 걱정 안 했어요?"

"그걸 말이라고 하는 거야?"

현서가 까르르 웃음을 지었다. 어느 순간부터 잃었던 웃음을 이제는 쉽게 흘러버렸다.

"웃는 얼굴 보니까 좋구나."

"괜찮아요. 전 이제 정말 괜찮아요."

사랑이 아니라 집착이었는지도 모르겠다고 생각했다. 하루하루 시간이 지나가며 잊히는 그 사람을 보며, 가슴속에 파고든 것은 장난감을 빼앗기기 싫은 어린애 같은 마음이 아니었나 싶었다. 아니, 그것이 아니라도 그렇게 치부해야만 했다.

홀로 일어섰어야 했으니까. 이제 제 옆에 그 사람은 더 이상 없으니까.

정원에 들어서자마자, 하얀 리트리버가 그녀를 보며 반갑게 꼬리를 흔들었다.

"샤론!"

현서는 그간의 공백을 메꾸기라도 하듯 복슬복슬한 샤론의 털에 얼굴을 부비며 반가움을 표했다. 샤론은 그녀가 어려서부터 키우던 개였는데, 그 선물의 주인이 아쉽게도 도윤이었다. 여전히 제 생활의 들어와 있는 도윤이 마음에 들지 않았지만, 이젠 떼만 쓰는 어린애가 될 수 없었다.

"이 할애비는 보이지도 않는 게냐?"

역정 같은 질투에 현서가 샤론을 쓰다듬던 손을 멈추고 서둘러 할아버지에게 가볍게 포옹을 했다.

"할아버지, 저 왔어요."

"잘 왔다."

지팡이를 쥔 손으로 현서의 등을 쓰다듬으며 김 회장의 눈가가 촉촉하게 젖어들었다.

하나뿐인 손녀가 낯선 타지에서 겪었을 외로움, 그리고 아무것도 해줄 수 없다는 안타까움을 김 회장은 조용히 가슴속에 묻어두었다.

"할아버지, 저도 왔습니다!"

"어서 오거라. 둘이 함께 나란히 오는 모습이 꽤 보기 좋구나."

"저도 그렇게 생각합니다."

지혁이 얼른 현서의 어깨에 손을 두르며 사람 좋게 웃었다. 현서는 그 손을 냉정하게 치우며 김 회장에게 웃어 보였다.

"할아버지 저 배고파요."

"안 그래도 정 여사가 너 온다고 아침부터 난리였다. 어서 들어가자."

현서의 손을 꼭 잡고 집 안으로 들어가는 김 회장의 모습은 언제 봐도 참 낯선 모습이었다. 밖에서는 호랑이 같은 냉철함과 위엄이 느껴지는 김 회장이었지만 현서에게만은 여느 할아버지와 다름없는 푸근한 사람이었다.

안 실장과 지혁은 현서와 김 회장의 모습과 서로의 얼굴을 번갈아가며 보며 너털웃음을 지을 수밖에 없었다.

"현서야!"

"아줌마, 잘 지내셨어요?"

그새를 참지 못하고 달려 나온 정 여사를 보며 김 회장이 고개를 흔들었다.

"잘 왔어. 잘 왔어……."

현서를 품에 안으며 정 여사가 저도 모르게 눈물을 흘렸다. 현서가 없는 이 집의 시간은 온전히 멈춰 있었다. 원래도 웃음소리가 나지 않는 집이었지만 현서가 가고 난 뒤의 그 상실감과 적막함은 이루 말할 수 없었다.

정 여사는 현서를 품에서 떼어내고 이제는 주름이 잔뜩 진 손으로 그녀의 얼굴을 쓰다듬었다.

"우리 현서 왜 이렇게 말랐어."

"저 살찐 거 안 보이시나 봐요. 저 이제 정말 괜찮아요. 그러니까 걱정하지 마세요."

현서의 웃음기 묻은 변명에도 정 여사는 그녀의 등을 쓰다듬으며 통곡을 하듯 울었다. 현서는 그동안 참 야속하기만 했다. 연락 한 통 제대로 하지 않았다. 지혁이 아니었다면 현서가 어떻게 지내는지조차 알 수 없었을지 모른다.

무엇이 그렇게 현서를 힘들게 했는지, 으레 짐작이 가능했지만 정 여사는 현서에게 이것저것 캐묻지 않았다. 어린것이 얼마나 아프고 힘들었으면 제 집에도 못 돌아오고 연락 한 통 남길 수 없었을까, 그것이 가슴 아플 뿐이었다.

"적당히 하고 들어가시죠. 현서랑 지혁이 배고프겠어요."

이렇게 가다간 이곳에서 밤을 샐 것만 같아 안 실장이 서둘러 정 여사를 달랬다.

"내 정신 좀 봐. 얼른 가자. 배고프지?"

서둘러 눈물을 훔치며 바쁘게 안으로 들어가는 정 여사를 보며 정말로 이젠 집에 돌아왔구나 마지막으로 실감했다.

다시는 돌아오지 않을 것 같던 자신의 집이 이 공간이었다.

오랜만에 만난 가족이라는 것이 믿기지 않을 정도로 식사 시간은 떠나기 전 그때와 같았다. 대신 식탁 위에는 현서가 좋아하는 반찬들이 가득했는데, 하나씩만 맛봐도 질릴 만큼 많은 양이었다.

지혁이 조용히 작은 접시에 현서의 손이 미처 닿지 않는 반찬들을 덜어서 주었다.

"됐어. 너 먹어."

"너 잡채 좋아하잖아."

현서가 인상을 찌푸리며 괜찮다는 표현을 했지만 지혁은 아랑곳하지 않고 현서의 앞에 물까지 떠 주었다. 그런 현서와 지혁을 보는 김 회장의 입가엔 흐뭇한 미소가 지어졌다.

어쩌면 인연은 이쪽이었는지도 모르겠다. 현서의 욕심을 김 회장이 모르지 않았다. 단지, 손녀의 욕심을 모르는 척할 수가 없었다. 무언가 갖고 싶다 투정 한번 부리지 않은 녀석이 유일하게 욕심냈던 것이었다. 그래서 제 인연이 아닌 줄 알면서도 그래서 더 억지로 붙여놨었다.

괜스레 그 모든 것이 자신의 과오 같기만 했다. 현서의 어린 시절 조금 더 자신이 사랑을 주었다면, 어쩌면 도윤도 잃지 않았을지도 모를 일이었다.

김 회장은 눈시울이 붉어지는 것을 애써 감추려 헛기침을 했다.

"그나저나 현서는 이제 뭐할 거야? 공부는 그만하면 질릴 만큼 했을 거고."

안 실장의 질문에 현서가 먹던 젓가락을 내려놓으며 김 회장을 바라봤다.

"안 그래도 드릴 말씀이 있어요."

"그래, 해보려무나."

"할아버지 저한테 1년만 더 시간을 주실래요?"

저마다 무슨 소리냐는 듯 현서를 바라보았다. 다시 현서가 미국으로 돌아가는 것은 아닌지 덜컥 겁이 난 사람도 있었다.

"밑에서부터 시작해보고 싶어요. 누구의 힘도 빌리지 않고."

결의에 가득 찬 현서의 눈을 보며 그동안의 걱정이 헛된 것이었음을 짐작할 수 있었다. 김 회장은 호탕하게 웃으며 현서를 바라봤다.

"그래, 뭘 하고 싶은데?"

"우선 매장에 입사시켜주세요. 이론 말고 실전에서 부딪쳐 보고 싶어요."

현서의 결정에 김 회장과 안 실장은 다소 놀랄 수밖에 없었다. 현서는 쥬얼리 디자인을 어려서부터 공부한 아이였다. 본사 발령이 아니라, 매장으로 출근하겠다는 것이 다소 의아한 부분이었다.

“고객들이 어떤 디자인을 선호하고 만족하는지 저는 통계치밖에 알지 못해요. 그 부분을 제 눈으로 직접 체험하고 싶어요.”

현서가 김 회장과 안 실장의 걱정을 알아차리듯 얼른 덧붙였다.

잠시 동안 무거운 침묵이 흘렀다. 하지만 현서는 김 회장이 반대한다 해도 물러설 생각이 없었다. 숨 막히는 침묵이 흐르는 가운데 김 회장이 크게 웃었다. 그제야 안 실장도 굳어있던 얼굴을 풀며 흐뭇하게 웃었다.

“회장님 이제 걱정 없으시겠습니다.”

“그러게나 말일세. 그래, 네 뜻대로 해봐.”

“감사합니다. 할아버지. 실망시켜드리지 않을게요.”

“단, 6개월이다. 6개월이면 네가 원하는 그 뜻 이루기엔 모자람이 없는 시간 같구나.”

“알겠습니다.”

제가 생각한 것보다 시간이 짧긴 했지만 현서는 이내 수긍했다.

“6개월이 지나면 회사에 네 자리 만들어놓을 테니 회사로 들어올 생각하고 있어.”

“물론이에요.”

현서는 그제야 안심한 듯 다시 숟가락을 들었다.

무언갈 해보고 싶다는 생각, 단 한 번도 가져본 적이 없었다. 그저 그녀의 인생 자체가 도윤이었다. 무언갈 갖고 싶다는 생각, 무언갈 이뤄야겠다는 의지, 그것들은 그녀에게 그저 도윤 자체였을 뿐이었다.

도윤을 포기했을 때, 무력감이 들었던 것은 아마 다 이 때문이었을 것이다. 도윤을 빼고 현서에게 남아 있는 것이 하나도 없었으니까. 서도윤이 김현서였고 김현서가 서도윤이었다. 제 마음속의 도윤은 그랬다.

현서에게 도윤은 여전히 아픔이지만, 이제 갖고자 하는 의지를 버렸다.

우리의 악연을 그날 모조리 잘라버렸으니까.

*

어두운 조명 아래로 시끄러운 음악이 흘렀다. 현란하게 비추는 조명은 광란의 밤을 의미하듯, 바쁘게 돌았다. 저마다 음악에 취해 술에 취해 몸을 부비고 흔들었다.

그 사람들 사이로 현서와 지혁은 매니저의 안내의 따라 2층 밀폐된 VIP룸으로 향했다.

"너 이런 분위기 싫어하잖아."

딱딱하게 굳어 제 앞만 보고 가는 현서를 보며 지혁이 걱정스럽게 물었다.

"괜찮아."

현서는 잠시 스테이지 위 사람들을 일별하며 고개를 저었다. 현서는 친구들 중 가장 재미없게 사는 사람이었다. 술도 남자도 클럽도 쇼핑도 즐기지 않았다.

물론 그녀의 관심이 오로지 도윤에게 집중돼서이기도 했지만 현서는 어려서부터 부모 없이 큰 타이틀이 지독히도 싫었다. 그래서 더 그녀에게 혹독하게 굴었다. 어쩌면 이마저도 그 사람을 닮고 싶어 했었던 제 마음이 만들어낸 결과인지도 몰랐다.

그 사람은 제 사람에게 한없이 다정했고, 제 자신에겐 꽤나 혹독한 사람이었으니까.

"김현서!"

"오, 김현서! 오랜만이다!"

"현서야!"

"야! 어떻게 지냈어!"

"김현서 얼굴 좋아졌는데?"

현서가 말을 내뱉기도 전에 친구들이 그녀를 둘러싸고 바쁘게 안부를 건네 왔다.

그중에서도 그녀를 가장 반갑게 맞이한 것은 지윤과 선영이었는데, 현서의 가장 가까운 친구기도 했다. 일부 재벌가 자제와는 다르게 소탈한 면모도 있었고 정도 많은 친구들이었다.

"야 나는 안 보이냐?"

"어, 그래. 우리 지혁이 왔어?"

혀 짧은 소리를 내며 달래듯 지윤이 지혁의 등을 두드렸다. 어려서부터 친하게 지냈던 소꿉친구들이 드디어 다 모인 것이었다.

"현서, 너 진짜 너무했어! 어떻게 연락 한 번 안 할 수 있어? 너 그렇게 도망가듯 가고 우리가 얼마나……."

"얼굴 보니 좋아 보인다. 어떻게 지낸 거야."

쓸데없는 말을 하려는 지윤의 손등을 꼬집으며 선영이 얼른 말을 이어받았다. 현서도 그 사실을 눈치채고 있었지만 그 말을 쉽게 꺼낼 정도로 아무렇지 않은 것은 아니었다.

"그냥. 그럭저럭 지냈어."

"앉아서 얘기하자. 나 진짜 너 보고 싶어 죽는 줄 알았어."

"말도 마. 이지윤이 너 보고 싶다고 우리 현서 잘 지내는지 모르겠다고 얼마나 찡찡거리던지……."

현서가 선영의 말에 담담하게 웃었다. 누군가를 그리워하고, 이곳에 오고 싶고, 누군가와의 즐거웠던 시간을 떠올리기에 한국은 그녀에게 너무 가혹한 곳이었다. 친구들에겐 미안하지만 도저히 너희가 그리웠었노라, 말할 수가 없었다.

저의 귀국을 축하해주기 위한 자리였지만 이마저도 달갑지는 않았다. 원체 시끄러운 것을 싫어하는 현서이기도 했고. 아마 이런 날은 즐겁게 놀아야 한다는 지윤의 말이 아니었다면 현서는 이곳에 오지 않았을 것이다.

"연락을 해도 연락도 안 되고. 얼마나 걱정한 줄이나 알아?"

"미안."

현서의 순순한 사과에 선영과 지윤이 얼굴을 번갈아가면서 쳐다봤다.

"너 바뀌었구나?"

"뭐가?"

"김현서 자존심이 엄청나게 세서 미안하다는 말 자체를 할 줄 모르는 사람이잖아."

"내가 그랬나?"

"그래! 너 그랬었어!"

순간 현서의 얼굴에 드리워진 씁쓸한 얼굴을 지혁은 놓치지 않았다. 지혁은 현서와 최대한 먼 곳에 앉아 그녀를 가만히 살폈다. 여자들끼리 나누어야 할 회포가 있을 거 같아 자리를 잠시 피해주었지만, 지혁은 여전히 현서가 신경 쓰였다.

미국까지 따라갔던 것은 온전히 제 의지였다. 현서가 걱정돼 미칠 것만 같았으니까. 그것이 그저 친구에 대한 의리쯤으로 현서는 알고 있지만 지혁의 마음속에 꽃피우고 자리 잡고 있는 것은 꼭 그것만은 아니었다.

"차지혁, 오랜만이다?"

"그러게."

태성의 말에 가볍게 대꾸하면서도 지혁은 현서에게서 눈을 떼지 않았다.

"난 김현서 따라서 네가 미국까지 갈 줄 꿈에도 생각 못했다. 너 혹시……?"

태성이 몸을 한껏 숙이며 자못 궁금하다는 듯 말을 이었다. 작은 소리였지만 이목은 어느새 이곳에 집중돼 있었고, 자신의 마음을 고백할 정도로 지혁은 어리석지 않았다.

"내가 왜 김현서를 따라가. 간 김에 만나서 동지애를 느끼며 공부했던 거지."

"정말 아니야?"

"너도 나랑 같이 살았었잖아? 그때 우리의 사랑이 싹텄었나? 그러고 보니 우리 꽤 그때 행복했었잖아."

지혁이 농밀한 웃음을 날리며 태성에게 조금 더 붙어 앉자, 태성이 얼른 몸을 뗐다.

"미친 새끼. 방금 나 소름 돋았어. 농담이라도 그런 말 하지 마라."

태성이 끔찍하다는 듯 제 팔을 비비며 말하자, 그제야 저희에게 건네졌던 호기심의 눈초리들이 거둬졌다. 현서는 이 상황을 별로 신경 쓰지 않는 것 같았지만 지혁, 본인이 신경 쓰였다.

"헛소리 말고 술이나 드세요."

"오늘 네가 사는 거냐?"

"네네, 맘껏 드세요."

지혁의 말에 여기저기서 휘파람 소리가 터져 나왔다. 태성이 입가에 손가락을 대며 위스키 잔을 허공에 들며 말했다.

"귀국 축하한다. 김현서. 차지혁!"

"축하해."

조용했던 VIP룸 안에 화려한 음악 소리와 술기운이 퍼져 들었다.

한참을 오랜만에 만난 친구들의 이야기를 가만히 들었던 거 같다. 입 안 가득 퍼지는 위스키의 향을 음미하며 현서는 조용히 구석진 자리에 앉아 있었다.

"언니 저 기억하세요?"

현서는 흐릿한 시선으로 여자를 바라봤다. 가끔 사교 모임에서 마주쳤던 거 같은 여자는 친한 척을 하며 그녀에게 말을 걸었지만, 사실 잘 기억이 나질 않았다. 현서는 무표정한 얼굴로 빈 잔에 위스키를 따르기 위해 병을 잡았다.

"제가 따라드릴게요. 저 어려서 언니 진짜 동경했었는데……."

"……."

"언니가 그렇게 미국 가버리셔서 얼마나 아쉬웠는지 몰라요."

여자는 빙긋이 웃으며 현서의 잔에 위스키를 가득 따랐다.

"오늘 자리도 태성 오빠 조르고 졸라서 따라온 거예요. 언니 만나고 싶어서."

순간 현서의 입가에 알 수 없는 미소가 서렸다.

'네가 현서지? 도윤 씨에게 얘기 많이 들었어. 내가 널 만나게 해달라고 얼마나 졸랐는지 몰라.'

현서는 술을 입 안으로 털어 넣었다.

"참 언니 그 얘기 들으셨어요?"

'너처럼 예쁜 동생이 너무 갖는 게 소원이었어.'

"……."

"도윤 오빠 재혼한다는 거 같더라구요."

기계적으로 빈 잔에 술을 채우려던 손이 허공에서 멈췄었던 거 같다. 현서는 멈칫했던 손을 움직여 위스키를 가득 채워 잔에 입술을 가져다 댔다.

'네가 무슨 짓을 해도, 도윤 씨와 나 결혼할 거야.'

머릿속을 웅얼웅얼 맴돌던 그 말들. 아아, 이런 기억 따위는 쉽게 지워지지 않았다.

"언니도 아는 사람일 텐데, 이름이 이혜린이라던가?"

누구에게나 이별의 아픔쯤은 있었다. 하지만 그 아픔이 남의 입에서 가십거리로 전달이 될 때의 기분이란, 정말 처참하고 참담하고 비참했다. 그것도 아무 상관도 없는 사람의 입에서 전달될 때는 참을 수 없는 분노를 느껴야만 했다.

"정말 웃기지 않아요? 언니랑 그렇게 된 지 얼마나 됐다고."

'현서야, 네가 도윤 씨에게 어떤 마음이든 상관없이 너는 내 동생이야.'

가증, 가식. 현서는 자조적으로 웃으며 여자의 입을 바라봤다.

"하긴, 언니가 도윤 오빠 뺏어서 억지로 결혼한 거였죠?"

태생적으로 이런 여자가 싫었다. 순진한 척, 착한 척, 다가와서 제 자존심을 긁어내려고 뻔히 보이는 속셈을 부리는 것들. 소름 끼치도록 증오했다.

순식간에 주위가 조용해졌다. 시끄러운 음악 소리도 묻힐 정도로.

"야! 저거 누가 데려왔어? 윤태성, 너지? 당장 안 치워?"

"아니 전……, 그리고 제가 틀린 말한 거 아니잖아요."

"당장 안 꺼져?"

지윤이 현서의 눈치를 보며 여자를 내쫓듯이 밖으로 내보내려 했다. 현서는 가득 딴 위스키를 입가에 가져다 대며 말없이 한 모금 삼켰다.

가슴속에 확 퍼져드는 그 열기가 꼭 아픔 같았다.

"지윤아, 그럴 필요 없어."

취기가 잔뜩 올라오는 거 같더니 서도윤의 이름에 그 취기가 완전히 사그라져버렸다.

서도윤……. 당신은 도대체 나에게 뭐였을까. 도대체 당신이 뭐기에, 나는 남에게까지 비웃음을 당하는 사랑을 했던 것일까.

참 우습고 하찮은 사랑이었다.

현서는 몸을 천천히 일으켜 여자의 앞에 멈춰 섰다.

"이름이……?"

"김이령이요."

이령을 내려다보는 현서의 눈빛이 서늘하기만 했다.

현서에 대한 소문은 익히 들어 알고 있었다. 그런데 막상 만나본 현서는 그저 조용할 뿐, 별것도 없는 여자였다. 제깟게 잘나봤자 얼마나 잘났겠나, 그래봤자 버림받은 이혼녀에 불과했다. 남몰래 멀리서 도윤을 바라봤던 이령으로선 한 번쯤 현서에게 신랄하게 말해주고 싶었다.

네 주제를 알라고.

해서, 이 자리에서 금기어가 무엇인지 알면서도 호기롭게 내뱉어봤다.

하지만 자신을 내려다보는 현서의 날카로운 눈빛을 보는 순간, 이령은 저도 모르게 후회를 했다.

"이령아."

"……네?"

나직이 부르는 현서의 목소리에 기세등등하던 이령의 목소리가 파르르 떨려왔다. 헐벗은 가녀린 어깨가 한껏 움츠러든 후였다.

현서는 허리를 굽혀 이령과 눈을 마주치며 빙긋이 웃었다.

"내가 우습니?"

"……."

대답 못하는 이령의 모습을 보니 그동안 저가 어떤 모습이었는지, 이제 똑똑히 알 수 있을 것만 같았다.

"우습구나."

"꺅!"

가냘픈 비명 소리와 함께 이령의 머리 위로 차가운 위스키가 천천히 뿌려졌다. 굽슬굽슬한 웨이브를 한 머리 아래로 진한 위스키의 향이 넘실거렸다.

"이령아."

"이게 무슨……."

쏟아지는 위스키를 훔치며 이령이 현서를 한껏 노려봤다.

"입이란 건 그렇게 함부로 놀리는 게 아니야."

입술 가득 담긴 조소, 그리고 경멸의 눈동자를 이령은 똑똑히 볼 수 있었다. 머리로 쏟아지던 위스키는 병의 바닥이 드러난 후에야 더 이상 쏟아지지 않았다.

"특히 너보다 강한 상대에겐."

"……."

쾅, 날카로운 파편 음과 함께 바닥이 드러난 위스키 병이 바닥에서 산산조각 났다.

"김현서!"

주위에서 그녀를 막으려 다가오려는 움직임을 현서가 조용히 손을 들어 막았다.

"비싼 옷 입고, 비싼 가방 들고 하니까 네가 나랑 같은 레벨인 거 같지? 착각하지 마. 싸구려는 싸구려일 뿐이니까."

한 번도 겪은 적 없는 수모를 겪은 이령이 입술을 꾹 깨물며 현서를 노려보았다. 비스듬히 담긴 조롱의 웃음에 이령은 어깨를 바들바들 떨었다.

"이제 알았으면 네 처신을 똑바로 해야지?"

권유가 아닌 명령이었다. 나직이 차분한 목소리로 내뱉는 말이지만 그녀의 말엔 권위가 실려 있었다. 이령은 현서의 기에 눌려 더 이상 아무 말도 하지 못했다. 자신을 도와줄 사람이 이곳에 단 한 명도 없을 것이라는 것을 이령은 잘 알고 있었다.

"김이령, 똑똑히 기억해둘게."

현서는 바들바들 떨며 앉아 있는 이령을 뒤로한 채 문밖으로 걸어 나갔다. 저를 부르는 친구들의 소리를 들었지만 그것을 무시했다.

현서의 입가에 서글픈 미소가 지어졌다. 저런 말도 안 되는 계집애까지도 제 사랑을 비웃고 있는 것이었다. 꼬일 대로 꼬여버린 마음이었지만 제 사랑은 정당하다고 느꼈었다.

하지만 이제 그 사랑은 남들에게 그저 가십거리인 하찮은 사랑이 되었을 뿐이었다.

"괜찮아?"

서둘러 밖으로 따라 나온 지혁이 물었다.

"괜찮아. 가는 거 아니니까 가 있어."

지혁이 머뭇거리자 현서가 괜찮다는 듯 그의 등을 밀었다. 현서는 입술을 꾹 깨물며 현란한 스테이지 사이 한가운데로 파고들었다. 그곳에 가만히 있으면 저를 불쌍하게 바라보는 그 시선에 견딜 수가 없을 것만 같았다.

억지로 아물게 한 상처가 다시 파헤쳐진 기분이었다. 저는 아직 멈춰진 시간 속에 살고 있는데, 이제 겨우 나아가려고 하는데, 도윤은 그 시간 동안 자신을 완전히 짓밟았던 것이다.

저 혼자 한 사랑에 대한 이별의 아픔은 현서 혼자만의 몫이었던 것이다.

도윤과 혜린은 연인이었다. 제 사랑을 짓밟은 결과물이 혜린이라고 현서는 생각했었다. 가녀리고 지고지순한 여자인 척 가증을 떠는 혜린이 현서는 못 견디게 싫었다. 저를 보며 항상 웃는 혜린을 볼 때마다 그녀의 배알은 항상 꼬여 있었다.

서 회장조차 인정하지 않은 여자, 도윤의 사랑 빼고는 아무것도 갖지 못한 보잘 것 없는 여자, 그게 이혜린이었다. 결국 도윤의 옆자리는 자신의 것이니, 잠시 아량을 베풀어주라, 서 회장이 말했지만 현서는 제 것을 나눠가질 만큼 마음이 넓은 사람이 아니었다.

그래서 혜린을 볼 때마다 어떻게든 끌어내리고 싶은 마음이 가득했는지도 모르겠다.

"자존심도 없나 보네."

물 잔을 슬며시 쥐며 현서가 다소 담담하게 웃었다. 아무것도 모른다는 순진한 표정으로 저를 바라보는 여자는 참 역겹고 더러웠다.

"오빠가 사준 옷 입고, 명품백 들고, 오빠가 주는 돈으로 생활하고. 술집 여자하고 다른 게 도대체 뭘까?"

"……."

"부정 안 하네?"

"너는 못 믿겠지만 나 도윤 씨 사랑해."

아아, 저 여자는 한 가지를 갖고 있었다. 자신이 갖지 못한 서도윤이라는 남자를. 그게 큰 무기라도 되는 양 저를 하찮게 볼 때면 벌레가 기어 다니듯 끔찍하고 기분이 더럽기 그지없었다.

"사랑……. 웃기네."

자신이 신랄하게 지껄일 때마다 혜린은 커다란 눈에 눈물이 가득 고인 주제에 그녀에게 아무렇지 않은 척 웃어주곤 했었다.

제 주제도 모르고.

경멸 어린 시선으로 혜린을 쳐다봤지만, 혜린은 늘 그녀를 동정 어린 시선으로 바라보았다. 반반한 몸뚱이 하나밖에 없는 싸구려 주제에 감히 저를 동정하고 있었다.

제까짓 게.

"그렇게 쳐다보지 마."

날카로운 손톱이 제 손바닥을 파고들 정도로 현서는 입술을 꽉 깨물었다. 제 주제도 모르고 저를 안타깝게 쳐다보는 저 여자 하나 때문에. 자존심이 밑바닥까지 치닫는 더러운 기분이었다.

단 한 번도 경험하지 못했던 기분을 이 여자 때문에 현서는 항상 느껴야 했다.

"현서야……."

"차라리 화를 내. 그렇게 울 거 같이 쳐다보지 말고. 소름끼칠 정도로 역겨우니까."

"내가 왜 너한테 화를 내. 내가 널 얼마나 좋아하는데."

가식. 현서는 가슴속을 난도질하는 단어였다.

아무리 제가 독한 말을 내뱉어도 혜린은 눈 하나 깜빡하지 않았다. 귀여운 어린애 투정마냥 그녀의 말을 치부하며 꿋꿋하게 도윤의 옆자리를 지켜내곤 했었다.

모든 것을 가지고 모든 것을 쥐고 있었다. 그리고 그 권력을 적절하게 행사할 수 있을 만큼 현서는 머리가 좋았다.

하지만, 도윤만큼은 절대로 제 뜻대로 되질 않았다.

가지고 싶은 유일한 하나가 유일하게 가질 수 없는 것이 되어버린 그 허탈감과 상실감, 그리고 쓰디쓴 패배감 때문에 현서는 혜린이 지독히도 싫었다.

그 가녀린 목을 당장에라도 꺾어버리고 싶을 만큼.

*

억지로 끌어낸 친구들 때문이었다. 시끄러운 음악과 술의 조합을 좋아하진 않지만, 미루고 미룬 약속이라 어쩔 수 없는 선택이었다.

“오빠, 오빠는 몇 살이에요?”

어느 순간부터 자신의 옆자리를 꿰차고 앉은 여자를 보는 것도 그리 달갑지 않았다. 말 한마디 걸어주지 않았지만 여자는 참 집요했다. 그의 팔을 쓰다듬으며 그 손길이 가슴팍으로 슬그머니 향했다.

준혁은 이미 방금 만난 여자와 진한 키스를 퍼붓는 중이었다. 도윤은 묵묵히 하얗게 몸체를 드러낸 잔에 위스키를 다시 따르며 잠시 동안 음미했다. 식도를 타고 들어가는 차가운 액체를 입 안 가득 퍼지는 독한 알코올의 향을 느끼며.

건조한 얼굴로 스테이지 위를 바라보던 도윤의 표정이 와락 구겨졌다. 낯선 남자들에게 둘러싸여 현란하게 춤을 추는 저 여자가 참 익숙하다.

김현서.

제 인생을 완전히 뒤바꿔놓은 장본인이기도 했다. 남은 알코올을 핥는 혀끝이 쓰고 뜨겁기만 했다.

"저거 현서 아니야?"

입술에 립스틱을 범벅으로 묻혀놓은 준혁이 거슴츠레한 눈으로 도윤이 바라보는 곳을 바라보았다.

"돌아왔나 보네."

"누군데, 오빠?"

자못 궁금하다는 듯 여자가 아양을 떨며 준혁에게 물었다.

"재 전부인."

잔뜩 취한 준혁이 킬킬 웃으며 말했다. 건조한 시선으로 현서를 바라보던 도윤의 시선이 이내 차갑게 변했다. 현서의 몸을 스치는 낯선 이의 손길에 그의 눈에 불길이 일었다.

"야! 야! 서도윤!"

끼이이익, 날카롭게 의자가 밀리는 소리가 들리고 도윤이 저벅저벅 걸어갔다. 애타게 부르는 준혁의 말도 무시한 채, 도윤은 긴 다리로 스테이지 위를 가로지르며 누군가의 손을 단숨에 낚아챘다.

현란한 음악이 귀를 강타했다. 조명이 어지럽게 이지러졌다. 그리고 자신을 바라보는 여자의 눈은 여전히 애달프고 촉촉하기만 했다.

"김현서……."

이 사이로 나직하게 내뱉는 도윤의 목소리를 들으며 쿵, 현서가 그의 가슴팍으로 무너졌다. 현서의 손에 들려 있던 위스키 병이 바닥으로 날카롭게 추락했다.

2

도윤은 침대 위에 죽은 듯 잠이 든 현서를 바라보았다. 현서를 물끄러미 바라보던 도윤이 창밖으로 시선을 던졌다. 현서에게 모질게 굴었지만 그녀는 가슴속에 박혀드는 날카로운 파편 같은 사람이었다.

모질게 굴었지만, 더 독하게 굴 수 없던 그런 사람이었다.

현서는 그에게 동생이었다. 어려서부터 도윤은 유달리 현서에게만 살갑게 굴곤 했었다. 감수성이 한창 예민할 나이에 부모님과 동생을 사고로 모두 잃은 현서, 그리고 어려서 어머니를 잃은 자신.

홀로 그것을 견뎌내는 현서를 볼 때마다 자신의 옛 모습이 생각나 그녀를 유달리 더 챙기고 보살폈었던 거 같다.

제 마음은 딱 그만큼이었다. 예쁘고 착한 동생. 그저 안쓰럽게 여겨지는 동생. 딱 그만큼이었다.

저를 바라보는 눈빛이 바뀌어도 자신이 그 선을 지키면, 저가 그저 모르는 척하면 되는 것이라고 생각했었다. 그저 한낱 어린애의 사춘기 짝사랑 정도라고 생각했으니까.

그것이 얼마나 어리석은 일인지 도윤은 너무 늦게 알았었다.

"좋아해."

현서가 막 20살이 되던 날이었다. 졸업선물로 목걸이가 갖고 싶던 현서를 위해 도윤은 유명 디자이너에게 특별히 부탁해 목걸이를 준비했었다. 가슴팍에서 막 목걸이를 꺼내던 도윤에게 현서는 그날, 붉게 홍조를 띤 얼굴로 고백을 해왔다.

"장난이 지나쳐."

웃으며 장난으로 치부하려는 그를 똑바로 쳐다보며 다시 얘기한 건 현서였다.

"진심이야. 어려서부터 오빠를 좋아했어."

"좋아한다고 착각하는 거야. 사랑하고 가족애하고 구분하지 못해서."

단 한 순간도 현서를 여자로 본 적이 없었다. 피가 섞이지 않았지만 현서는 제 동생이었다. 일찌감치 아버지가 현서를 며느릿감으로 점찍어둔 것을 알고 있었지만 도윤은 그것을 가볍게 무시하곤 했었다. 현서는 제게 그저 예쁜 동생이었으니까.

"오빠는 내가 그 정도도 구분 못할 거 같아?"

"현서야."

"나 오빠 좋아해. 아니, 사랑해."

"착각이야."

"착각이 아니라면?"

"착각이 아니라 해도 나 네 마음 못 받아줘. 그러니까 접어."

도윤은 매정하게 현서의 마음을 잘랐다. 제게는 혜린이 있었고, 혜린이 없었더라도 현서와 저는 사랑으로 엮일 수 없는 사이였다. 하지만 현서는 끈질기게 그에게 애원했다. 저를 봐 달라고.

한낱 어린애의 짝사랑 정도로 치부하고 무시했지만, 현서의 마음은 그것이 아니었을지도 모르겠다.

혜린과 데이트를 끝내고 돌아오던 밤이었다. 가볍게 와인을 마시고 막 집으로 들어온 참이었다. 집으로 들어선 도윤은 소파 위에 앉아 있는 현서를 발견했다.

"너 여길 어떻게……?"

사실 이 질문은 하나 마나 한 질문이었다. 서 회장이 현서에게 현관 비밀번호를 알려주었겠지. 도윤은 나직하게 한숨을 삼켰다.

"늦었다. 바래다줄게."

현서가 자신을 바라보는 눈빛이 바뀐 후, 도윤은 그녀를 멀리했었다. 아무렇지 않은 척 도윤은 집 안으로 들어갔지만,

현서의 눈빛이 부담스럽고 불편하기만 했다.

"그 여자 만나고 온 거야?"

"네가 상관할 문제 아니야. 어서 옷 입어."

갑자기 목을 턱 조여 오는 넥타이를 풀며 냉정하게 말했다. 언제부터였을까. 갑작스러운 현서의 변화가 도윤을 숨 막히게 했다.

제 아버지랑 만나면서 무슨 짓을 하고 다니는지 이미 알고는 있었다. 하지만 그것을 막지 않은 것은 금방 끝날 풋사랑이라고 생각했기 때문이었다.

"내가 그 여자보다 못한 게 뭐야?"

"뭐?"

읊조리듯 나직하게 말하는 현서의 목소리가 귓가에 정확하게 박혀들었다.

"그 하찮은 여자보다 내가 도대체 못한 게 뭐냐고 물었어."

"김현서!"

"제발 오빠……."

옷을 갈아입으려던 도윤을 등 뒤에서 껴안으며 현서가 울었다. 우는 현서를 모질게 대하는 것이 마음이 내키지 않았지만 어쩔 수 없었다. 그가 여지를 둘수록 현서가 더 힘들어지니까.

도윤은 자신을 껴안은 두 팔을 냉정하게 떼어내며 현서를 밀쳤다.

"적당히 해! 봐주는 것도 한계가 있어."

커다란 눈망울에 가득 맺힌 그 눈물이 도윤의 가슴을 날카롭게 찔러왔다. 현서는 영리한 아이니까 잘 알고 있을 것이다. 제 눈물에 그가 약해지는 것을.

하지만 도윤은 이미 냉정하게 마음을 잡은 뒤였다. 그래야 현서가 후에 상처를 덜 받게 될 테니까. 더 이상 제 마음의 한 자락조차 내어주지 않을 작정이었다.

"그 여자 때문인 거야?"

흘러내리는 머리를 거칠게 쓸어 올리며 도윤이 나직하게 한숨을 내뱉었다.

"그 여자 때문인 거지? 오빠가 나한테 이렇게 모질게 군 적 없잖아! 내가 원하는 거 다 들어줬었잖아!"

"혜린이가 아니라도 내가 널 사랑하는 일 따위 없을 거다."

냉정한 자신의 말에 현서의 눈망울에서 결국 눈물이 쏟아지고 말았다. 가슴이 갑갑해졌다. 담배 한 개비가 절실하게 필요해지는 순간이었다.

"이만 돌아가."

"오빠 마음 잘 알았어."

축 처진 어깨가 그의 마음을 좋지 않게 만들었지만 어쩔 수가 없었다. 제가 해줄 수 있는 건 없었으니까.

그날이 있은 후, 현서는 제 마음을 정리하는 듯 보였다. 어차피 한낱 불장난 같은 어린애의 사랑이니 금방 꺼질 수 있는 것이라고 생각했다. 하지만 그가 너무 안일했다는 것을 안 것은 그 일이 있고 한참이 지난 후였다.

현서는 예전같이 철부지 막냇동생처럼 굴었고, 거리를 두고 있긴 했지만 도윤은 그것을 다행이라고 여기고 있었다.

그날은 혜린과 도윤, 그리고 지혁과 현서가 함께하는 저녁 식사 자리였다. 혜린의 올해의 프리마 발레리나 수상을 축하하는 자리이기도 했다.

도윤은 늦어서 미안한 마음에 커다란 장미꽃다발을 들고 레스토랑으로 막 들어서는 길이었다. 하지만 문틈에서 그의 발걸음이 우뚝 멈춰 서졌다.

"누나 축하해요."

"고마워."

환하게 웃는 혜린의 모습은 여느 때처럼 빛이 나고 아름다웠다. 붉은 레드와인을 한 모금 마시며 현서가 혜린을 냉정하게 쳐다봤다.

"그 손으로 이뤄낸 건 도대체 뭐가 있을까?"

"무슨 소리야?"

순간 혜린의 얼굴에서 웃음기가 싹 가셨다.

"너 왜 그래. 아니에요, 누나. 현서가 장난치는 거예요."

지혁이 얼른 웃으며 말을 끊었지만, 팽팽해진 긴장감이 풀어지진 않았다. 현서는 요염하게 웃으며 혜린을 차갑게 바라보고 있었다.

"방금 그 표정 굉장히 웃겼어. 모르는 척, 착한 척, 가증 떠는 거."

"현서야, 나는 네가……."

"지금 받은 상이 누구에게 돌아가야 하는지 그쪽은 너무 잘 알고 있을 거 같은데. 상을 빼앗긴 김정아는 오늘 뭐를 원망해야 하나. 잘난 애인이 없는 것을 원망해야 하나? 아니면 돈이 없는 걸 원망해야 하나?"

"현서야, 도대체 무슨……."

"멍청한 척하는 거야? 아니면 정말로 멍청한 거야? 그쪽이 프리마 발레리나까지 될 정도로 뛰어나다고 생각하는 건 아니지?"

"나는 네가 정말로 무슨 말을 하는 건지 모르겠어. 그러니까 똑바로 설명해볼래?"

혜린의 굳어 있는 표정, 한 번도 볼 수 없던 것이었다. 항상 어떤 얘길 하든 웃던 혜린이 처음으로 화난 표정을 현서에게 내보였다. 도윤조차 한 번도 볼 수 없었던 표정이었다.

"모른다고? 여태껏 도윤 오빠의 돈으로 살아놓고 모른다고 지금 발뺌하는 거야? 뻔뻔해도 정도가 있지."

도저히 들어줄 수가 없었다. 현서의 본모습은 그가 생각한 것 이상으로 추악했었다. 이렇게 화가 난 적도 처음이었지만, 그 상대가 현서라는 배신감 때문에 도윤은 치를 떨었다.

"이게 다 무슨 소리야!"

도윤은 그동안 현서에게 진심으로 화를 낸 적이 없었다. 현서는 그를 보고 놀라지도 않았다. 대신 원망 섞인 눈으로 그를 바라보고 있었다. 하지만 그런 현서의 눈이 안쓰럽기는커

녕 이제는 눈가에 촉촉이 맺혀 있는 눈물조차 가증스럽고 소름 끼쳤다.

결국 현서는 저를 속이고 그동안 혜린을 괴롭혀 온 것이었다. 그제야 현서와 있을 때면 주눅이 들어 있던 혜린의 모습이 스치고 지나갔다. 참 밝은 여자였는데…….

결국 다 자신의 탓이었다.

"정말이야?"

제게 화를 내는 혜린을 잡을 수 없을 정도로 도윤은 충격을 받았었다.

"실망이다, 서도윤."

"누나!"

지혁이 얼른 그를 스쳐 지나가는 혜린을 따라 나가고, 그 자리엔 현서와 둘만 남아 있었다. 담담한 표정으로 정면을 응시하는 현서의 모습이 소름 끼치도록 끔찍했다.

"여태까지 한 행동 모두 가식이었니?"

믿었던 사람한테 배신당한 쓰디쓴 아픔이 그를 강타했다. 아니, 처음부터 알고 있었을지도 모르겠다. 현서의 마음이 접혀지지 않은 것을.

하지만 그가 있는 자리에선 둘은 생각보다 잘 지냈고, 그것이 진실인 줄만 알았던 어리석은 자신이 얼마나 아둔한가 다시 한 번 느끼고 있었다.

"뭘 말하는 거야?"

"네가 지금 혜린이에게 한 행동."

"아, 그거?"

현서는 까르르 웃음을 지었다.

"사실이 아니야?"

"김현서, 너 도대체…… 어디까지 보여줄래! 나한테!"

도윤은 현서를 보며 실망감을 분노로 토해냈다. 단 한 순간도 현서가 제게 이런 행동을 보일 줄 생각도 하지 못했다.

항상 귀엽고 예뻤던 동생. 그런 동생이 다시 예전처럼 돌아온 줄로만 알았던 그 착각, 그 착각은 어쩌면 제 스스로 한 것이면서도 은연중에 현서가 그래 주길 믿었던 제 마음은 아니었을까.

"오빠야말로 이제 그만해. 지긋지긋한 그 사랑놀음 이 정도 장단 맞춰줬으면 된 거 아니야?"

눈물이 가득 고인 현서의 눈은 이제 그에게 애잔함이 아니었다. 그저 가증스럽고 끔찍하고 소름 끼치는 존재였다.

"김현서 잘 들어. 무슨 일이 있어도 내가 널 여자로 보는 일 따윈 없을 거야. 그리고 내가 널 동생으로 봐줬던 것도 오늘부로 끝이야."

현서가 분한 듯 입술을 꾹 깨물며 유리잔을 움켜쥐었다.

현서에 대한 실망감이 증오로 증오가 미움으로 바뀌는 순간이었다. 도윤은 냉정하게 현서를 등지고 돌아섰다.

"다음 달에 우리 약혼할 거야."

도윤은 현서가 뒤에서 내뱉는 그 말을 모두 무시했다.

"오빠 마음 따위 중요하지 않아! 무슨 일이 있어도 약혼 진행될 거니까."

현서의 부름을 다 무시하고 도윤은 그 자리를 떠났다. 그 뒤 현서의 우는 모습이 선연히 그려졌지만 지금 도윤이 찾을 사람은 현서가 아니었다.

운명이란 과연 무엇일까. 도윤은 혜린이 제 운명이라고 믿었다. 우연치 않게 간 공연에서 가장 한가운데서 빛나고 있는 그녀에게 단번에 마음을 빼앗긴 것은 도윤이었다. 그리고 재차 거절하는 그녀를 끈질기게 따라가 구애를 한 것도 결국 도윤이었다.

도윤은 그녀를 마음을 다해 사랑했다. 첫 만남부터 자신의 눈길을 사로잡았던, 그 가련한 여자가 제 짝이라고 믿어 의심치 않았었다. 그녀가 자신의 옆에만 있어준다면, 아버지의 반대 따위 무릅쓸 수 있다고 어리석은 착각들을 했었다.

하지만 그 운명은 자신의 생각만으로 만들어지는 것이 아니었다. 꼬이고 꼬인 인연의 실이 과연 어디를 향하는지 도저히 알 수 없지만, 그 실이 결국은 혜린을 가리키지 않았다.

불의의 사고였지만 그것은 사고가 아닌 도윤에게 경고로 다가왔다.

"도윤 씨……, 다리가 움직이질 않아. 내 다리 왜 이래? 내 다리 왜 이러냐고! 말해봐! 어서!"

손목에 꽂힌 주삿바늘을 빼고 링거를 집어던지며 혜린이 발작하듯 울부짖었다. 생명줄과 같던 것을 잃고 난 뒤, 혜린에게 아무것도 남지 않았다.

도윤보다 발레가 더 좋다는 여자였다. 무대 위에서 숨 쉴 때가 가장 행복하다던 여자였다. 그렇게 환하게 빛이 나는 별 같은 여자를 사랑해 그 날개를 꺾어버린 것이었다. 이 모든 것은 결국 도윤 자신의 잘못이었다.

"괜찮을 거야……."

그녀를 꽉 껴안으며 울부짖는 그녀를 달래주면서도 안 된다는 말을 감히 할 수 없었다. 그에게 과연 그런 자격이 주어졌을까. 그녀가 붙잡아주길 바랐을지도 모르겠다. 하지만 놓을 수 없는 자신이 지독히도 싫었다.

"나 발레 할 수 있는 거지? 그치? 어서 그렇다고 말해! 당장 말하라고!"

"보호자분 나가 계세요! 환자한테 안정이 필요해요!"

"말도 안 돼! 말도 안 돼! 아악!"

"환자분, 진정하세요! 진정하시고!"

날카롭게 울부짖는 혜린을 두고 병실을 나오면서도 도윤은 울음 섞인 한숨을 내뱉었다. 더 이상 그가 혜린에게 해줄 수 있는 것은 아무것도 없었다.

갑작스러운 사고라 칭했지만, 우연치고는 너무 말도 안 되는 사고였다.

CCTV도 없는 곳에서 일어난 사고, 목격자는 있었지만 목격자는 갑자기 진술을 번복했다. 현서가 미는 것을 봤다던 목격자는 이제는 실랑이하는 것만 봤다고 대답했다. 혜린과 현서의 진술은 엇갈렸고, 현서의 결백을 증명해주기 위해 나선 사람들은 많았다. 하지만, 혜린의 진술을 믿어주는 사람은 아무도 없었다.

누군가 진실을 은폐하기 위해 작정한 것처럼…….

가진 사람이 죄를 덮는 것은 너무도 쉬운 일이었고, 갖지 않은 사람이 그 죗값을 묻는 것은 너무 어려운 일이었다.

"네가 무슨 짓 벌인지 알아?"

현서를 다시 찾아갔을 때, 마지막 초연하던 그 모습 그대로였다. 일말의 미안함도 죄책감도 느끼지 않는, 평소의 현서의 모습 그대로.

"너는 한 사람의 인생을 짓밟았어."

"그래서?"

"차라리 변명이라도 해. 지금 이 자리에서 네 목을 졸라버리고 싶은 걸 억지로 참고 있으니까."

"사고였어, 라고 하면 믿어줄래?"

요요하게 웃고 있는 현서의 얼굴 사이로 우는 혜린의 얼굴이 스치고 지나갔다.

"역시 대답 안 하네. 내 대답이 어떻다고 해도 우리의 상황이 변한 건 아무것도 없어."

쾅, 탁자를 내리치는 도윤의 손길에서 분노가 느껴졌다.

"최소한의 양심은 있을 줄 알았다. 착각하지 마. 나는 네 죗값 꼭 받게 하고 말 테니까. 네가 어떤 일을 벌였는지 똑똑히 알려줄게."

도윤은 현서를 냉정하게 일별한 후 그 자리를 빠져나왔다. 치떨리는 배신감에 몸서리쳐보지만 이미 사건은 일어난 후였다.

찾아간 아버지는 제가 보았던 현서의 모습과 별반 다르지 않았다. 추악한 이면을 이제야 들여다보듯 도윤은 온몸을 바르르 떨었다. 더럽고 끔찍하고 다들 징그러웠다.

"정말 추악한 짓을 저지르셨더군요."

신문을 보고 있던 서 회장은 다짜고짜 묻는 도윤의 말에 대수롭지 않게 다시 신문으로 눈을 돌렸다.

"뭐가 말이냐."

"현서와 아버지는 전도유망했던 한 여자의 인생을 망쳤습니다! 아십니까?"

그는 집에서 꽤 착실한 아들이었다. 돌아가신 어머니 대신 새어머니가 바로 정실부인 자리를 차지했을 때도, 자신을 위협하는 남동생이 태어났을 때도, 반항 한 번 해본 적 없던 아들이었다. 그런 그가 처음으로 서 회장 앞에서 이를 드러냈다.

서 회장은 노엽다는 듯 목소리를 가다듬으며 도윤을 매섭게 쳐다봤다.

"무슨 얘길 하는 줄 모르겠구나."

"아버지! 모르는 척하지 마세요. 현서가 저렇게 당당하게 풀려나는 것도, 목격자가 진술을 번복한 것도 모두 아버지 짓 아니냔 말입니다! 혜린이, 혜린이한테는 발레가 전부였어요!"

"분수를 모르다 날뛰다 죄를 받은 게지. 그게 어디 내 탓이냐."

처음으로 서 회장이 소름 끼치게 두려워졌다. 주위에서 냉혈한이라고 손가락질해도, 도윤은 느껴본 적 없던 것들이었다. 하지만 혜린의 목숨을 걸고 대수롭지 않은 일을 대하듯 대답하는 서 회장은 참 낯설고 소름 끼치게 증오스러웠다.

"아버지!"

"시끄럽다! 결국 네가 저 애를 저렇게 만든 거야. 내 그러니 진작 헤어지라 하지 않았어."

불같이 화를 내던 자신의 앞에 서 회장은 더 이상 듣기 싫다는 듯 신문을 다시 펼쳤다.

"네가 가진 게 다 없어져도 저 아이가 너한테 저리 목을 맬 거 같으냐? 어리석긴."

"마음대로 생각하세요. 저는 혜린이 버리지 않을 겁니다."

"그래? 네 마음대로 하려무나."

모든 걸 다 버리고 나오겠다고 나오던 그때였다. 도윤의 발걸음이 멈춰 선 것은.

"대신 네 말에 책임을 져야 할 거야."

벌레가 기어 다니듯 온몸에 소름이 끼쳤다. 제 아버지도, 제 아버지의 뜻을 따르는 현서도, 그리고 가족들도 모두 다 소름 끼치고 두려워졌다. 그리고 가장 두려운 것은 혜린의 손을 놓을 수밖에 없을 거 같은 제 모습이었다.

혜린의 병실을 매일같이 찾아갔지만 그녀는 도윤을 만나주지 않았다. 제가 할 수 있는 것은 아무것도 없었다. 한 여자의 인생을 짓밟았다는 죄책감, 그것이 도윤의 목을 조여 오는 것만 같았다.

"죽이랑 과일 문 앞에 놔두고 갈게. 이따가라도 먹어."

굳게 닫힌 병실문은 언제나처럼 열리지 않았다.

"사장님 급히 드릴 말씀이 있습니다."

"말해요."

"회장님께서 이사회를 소집하셨습니다. 아무래도 임시주총을 여실 생각인 거 같습니다."

아버지의 말은 거짓이 아니었다. 실상은 제가 일궈놓았다고 생각했던 것들은 결국은 서 회장이 쥐어준 것들이라는 것을 도윤은 뒤늦게 알았다.

"사장님?"

"안건은 뭐던가요."

"사장님 해임안이라고……. 그리고 그 자리에 서윤 도련님을 함께 데리고 가신 모양입니다."

"알았어요. 회사로 들어가도록 하죠."

뒷목이 뻐근해졌다. 서 회장은 어떤 일을 하든 철두철미한 편이었다. 제게 이런 소식이 들어올 정도라면 일부러 흘렸을 가능성이 더 높았다. 게다가 아직 어린 서윤과 함께 간 것을 보면 후계자가 꼭 네가 아니라는 것을 그에게 보여주려는 계산일 것이다.

"사장님! 회장님께선 지금 손님이……."

문을 벌컥 열고 들어가는 도윤을 비서가 황급하게 말렸다.

서 회장은 현서와 다정하게 담소를 나누고 있었다. 혜린은 병실에서 한 발자국도 나가지 않고, 그와의 만남을 거부하고 있었다. 그런데 현서는 아무렇지 않은 듯 희희낙락 제 아버지와 담소를 나누다니, 불같이 화가 일었다.

난감한 표정의 비서를 보고 서 회장이 고갯짓을 하자 곧 비서는 인사를 하고 자리를 나갔다.

"무슨 일이냐."

"자리 좀 피해줘."

도윤의 말에 현서가 의자에서 몸을 일으키려 했다.

"아니, 그럴 필요 없다. 이제 내 식구 될 사람인데 굳이 감출 필요 없지. 게다가 너는 저 녀석 손님이 아니라 내 손님 아니니?"

도윤은 숨을 크게 내쉬며 인상을 찌푸렸다.

"결국 이렇게까지 하셔야겠습니까?"

서 회장이 일궈놓은 회사이지만 그것을 공으로 도윤이 받은 것은 아니었다. 밑바닥부터 차근차근 경영 수업을 받으면서 하루 4시간 이상 잠도 못 자고 매달려서 얻어낸 자리였다. 물론 남들과 시작이 다를진 몰라도, 그는 남들보다 배로 노력해서 얻어낸 자리였다.

서 회장이 엄포를 놨을 때 어느 정도 예상한 결과이긴 했지만, 이 정도로 하루아침에 제자리를 쳐낼 줄 상상도 못했다.

"뭘 말이냐?"

"일부러 아버지가 흘리신 거 아닙니까? 임시주주총회 말입니다!"

"아아, 그거? 왜, 가진 것을 빼앗기려니 억울하더냐?"

"저게 가결될 거라고 보십니까?"

"그건 여기까지 단숨에 찾아온 네 스스로에게 물어봐야 하지 않겠니? 어리석은 놈……. 제 수 하나 감추지 못하는 놈이 뭘 하겠다고. 죽고 못 산다는 그 여자도 네가 가진 것을 버릴 정도는 되지 않더냐?"

아버지 말에 화를 내고 싶었다. 아버지가 준 자리일지도 모르지만 능력을 인정받고 일하는 것은 저였다. 하지만 아버지의 말에 반론을 할 수가 없었다.

불안함. 불안할지도 모르겠다. 짧지만 제 평생을 바쳐 일구고 앞으로도 일궈낼 것이라고 생각했던 회사였다. 이렇게 너무도 쉽게 빼앗겨버릴 것이라 생각해본 적이 없었다.

"임시주총까지는 2주 남았다."

"……제 결정은 변함없습니다."

도윤은 입술을 꽉 깨물었다.

"그래, 그럼 네 마음대로 하려무나. 지금 당장 네 녀석이 회사를 나간다고 해도 눈 하나 깜짝하는 사람 없을 테니. 근데 말이다. 네가 뺏기는 게 비단 회사뿐이 아닐게다. 네 모든 걸 버려야만 할 거야."

"도대체 무슨 일을 꾸미실 작정인 겁니까!"

"그걸 왜 나에게 묻는 거니? 그 나머지는 네 결정에 달린 게지. 그나마 온전할 때 지킬 것인지, 아니면 죄다 잃게 되든지."

"아버지!"

"현서 너도 그날 참석해야지?"

"네, 물론입니다."

도윤은 뒤도 돌아보지 않고 그 자리를 박차고 나갔다.

"쯧쯧, 도대체 누굴 닮아서……."

"회장님, 저도 이만 가보겠습니다."

"그래. 마음 쓰지 말고."

현서가 서 회장에게 인사를 하고 그를 뒤따라 나왔다. 아무리 이사진이 제 편이라 해도 서 회장 뜻을 거스를 수 없다는 것을 그는 너무도 잘 알고 있었다. 하물며 이빨 빠진 호랑이도 아닌 서 회장을 상대로 이길 생각은 사실상 하면 안 되는 것들이었다.

제가 가진 것이 왜 아무것도 아니었다는 생각을 진작 못했을까.

"그 여자를 선택해야겠어?"

"네 얼굴 보는 거조차 소름 끼치니까 말 걸지 마."

"소름……."

현서는 조용히 그 단어를 읊조렸다.

"오빠와 나 사이를 이렇게 만든 그 여자 참 대단해. 그런데 말이야. 오빠, 나는 찬성에 표를 던질 생각이야. 가진 거 하나 없는 잘난 사랑이 어디까지 가는지 똑똑히 기대할게."

또각또각 또렷하게 들려오는 하이힐 사이로 도윤은 나직하게 욕설을 읊조렸다.

혜린이 퇴원을 한 지 일주일 만에 연락이 왔다. 틈틈이 그녀에게 연락을 했지만 그녀는 작정이라도 한 것처럼 그의 연락을 받지 않았다.

주총 통보가 있은 후, 그가 할 수 있는 일이라고는 주주들을 설득시키는 일뿐이었다. 하지만 하나같이 서 회장의 연락이라도 받은 것인지 만나기조차 힘들었다.

돈과 명예마저 잃으면 저는 더 이상 혜린을 지킬 수가 없게 된다. 저들이 원하는 것은 돈과 명예를 가진 자신이었고, 그것이 사라지면 그는 그저 아무것도 아니게 될 것이다. 하지만 저가 밤낮 새우며 세웠던 성과들은 고작 그들에게 서류조각에 불과한 것들이었다. 두 마리 토끼를 다 잡고 싶은 그의 마음은 한마디로 욕심일 뿐이었다.

연락조차 안 되던 혜린의 연락에 도윤은 몹시 혼란스러웠다.

혜린은 제가 처음 반했던 가장 예쁜 미소로, 가장 단아한 모습으로 그를 맞이했다.

"고작 며칠인 거 같은데 되게 오랜만인 거 같다. 잘 지냈어?"

"너는?"

"난 잘 지내지 못한 거 같아. 도윤 씨도 그래 보이네. 근데 이상하게 도윤 씨가 힘들어한 것 같은 모습 보니까 내 기분이 썩 나쁘지는 않네. 나 좀 못됐지?"

"밥은…… 먹었어?"

"아니, 근데 도윤 씨랑은 밥 안 먹을 거야. 그러니까 오늘은 우리 차만 마시자."

혜린은 주문한 차를 마시며 한동안 말이 없었다. 먼저 결국 입을 연 것은 혜린이었다.

"여기 기억나? 우리 처음 데이트한 날 온 곳이었는데."

"기억나."

"그래, 도윤 씨라면 기억하고 있을 줄 알았어. 여기 분위기가 좋아서 가끔씩 오고 싶었는데, 생각보다 시간이 여의치가 않았네."

"혜린아."

"도윤 씨, 내가 먼저 말할게."

"……."

"우리 헤어지자."

마치 제 마음을 처음부터 알고 있던 것처럼 혜린은 그에게 이별을 고했다. 도윤은 그녀의 말에 아무 말도 할 수 없었다.

"혜린아."

"당신이 무슨 고민하는 지 알아. 서도윤은 착한 남자니까, 나 절대 못 놓을 거야. 그러니까 내가 먼저 그 손 놓을게."

"혜린아, 나는……."

너와 헤어질 수 없다는 말을 하고 싶었다. 하지만 차마 그러지 못했던 것은 그녀가 위험해지는 것이 두려웠기 때문이었다.

"내가 최고로 예뻤던 때 봤던 당신을 나는 계속 볼 수가 없어. 이제는 다시 돌아가지 못하는데 그 시절의 당신과 나눴던 추억들을 계속 되짚으며 살아가야 하잖아. 난 못하겠어, 도윤 씨. 그러니까 나 좀 놔주라."

"내가 너한테 해줄 수 있는 게 아무것도 없구나……."

"그냥 좋은 꿈 꿨다고 생각할게."

"미안하다."

"생각보다 날이 좋네. 헤어지기엔 적합한 날은 아닌 거 같다. 더 많이 사랑하고, 더 많이 데이트하고 그럴걸. 후회만 남네."

"다 내 잘못이야."

"사실은 나 도윤 씨가 한 번은 내 손 잡아줬으면 좋겠다고 생각했어. 그러지 않을 거 잘 알면서도. 도윤 씨, 나 먼저 일어날게."

"바래다줄게."

"아니, 그러지 말아줘. 나 혼자 갈래."

먼저 떠나는 혜린의 뒷모습을 보고도 도윤은 차마 더 이상 아무 말도 하지 못했다. 제가 감히 무슨 자격이 있겠는가.

그날 도윤은 제 운명 같은 사람을 떠나갔다. 저의 못난 이기심과 우유부단함 때문에 혜린을 다시 잡을 수가 없었다.

그리고 저를 보고 더 힘들어할 그녀를 위해서, 더 힘들어질 그녀를 보지 않기 위해서.

그날 도윤은 무너져 그곳에서 한참을 서 있었다.

혜린과 헤어지고 난 뒤, 주주총회에서 사장 해임안은 부결되었다.

"아버지가 원하는 게 결국 이런 것이었습니까?"

다 잃은 도윤이 힘없이 되물었을 때, 서 회장은 흡족한 듯 웃었다.

"그래도 네 것을 하나라도 제대로 지키지 않았니?"

"아버지는 끝까지……."

"네가 가지려고 하는 자리는 그런 자리다. 어설픈 사랑 놀음 따위에 이용될 수 없는 자리. 이번에 똑똑히 봤을 거다."

"아버지 원하는 대로 해드리죠. 그렇게 원하시는 결혼 해드리겠습니다!"

"진작 그렇게 나왔으면 그나마 온전히 지켰을 텐데 아쉽구나. 이 실장, 가지."

"하지만 아버지가 원하시는 모든 것이 이루어지진 않을 겁니다!"

"모자란 자식."

서 회장은 혀를 끌끌 차며 이 실장과 함께 자리를 떠났다.

결혼식은 이미 준비되어 있던 것처럼 일사천리로 진행됐다. 그의 결혼식이지만 주인공은 그가 아니었다.

"누가 마음대로 들여보내라고 했죠?"

"죄송합니다."

"내가 멋대로 들어온 거니, 그 정도만 해."

비서의 탓이 아니었다. 사실 우리 사이에 선약 따위 필요한 적이 없었으니까 당연시 됐던 일이었다. 하지만 이젠 제 마음이 달라졌다. 제 사랑하는 여자의 인생을 망쳐놓고, 제가 사랑하는 여자를 가지고 위협을 했다.

제가 제일 예뻐하고 믿었던 사람이…….

현서의 얼굴조차 보고 싶지 않았다. 어려서부터 참 예뻐하던 동생이었는데, 이제는 모든 것이 진저리 쳐지고 소름 끼치기만 했다.

"앞으로 멋대로 찾아오지 마. 당장 경비 불러서 끌어내고 싶은 거 참고 있는 거니까."

현서는 씁쓸하게 웃었다. 하지만 그 웃음 따위 도윤은 알고 싶지 않았다. 아니 그 웃음조차 끔찍하고 증오스러웠다.

"오빠가 나한테 이러는 거……. 참 어색하고 기분이 좋진 않네."

"할 말만 하고 가. 너랑 말 상대할 시간 없으니까."

현서의 얼굴조차 보지 않고 내뱉는 말이었다.

"다음 주 우리 웨딩촬영이야. 그리고 예복이랑 반지도 맞춰야……."

"내가 그런 것까지 해줘야 해?"

"오빠!"

"네가 원하는 대로 그 결혼식 해줄게. 하지만 나한테 그런 거 기대하지 마."

"……알았어. 웨딩촬영은 취소할게. 예복은 사람 보낼 테니 사이즈만 재줘."

도윤은 끝까지 대꾸하지 않았다. 혜린이 떠나갔다는 아픔보다 현서에 대한 배신감이 더 치떨리고 끔찍했었다. 숨조차 쉬기 힘들 만큼.

"미리 말하지. 나한테 사람 취급 받을 거라는 기대하지 마. 나한테 너, 사람 아니니까."

"알고…… 있어."

울었을지도 모르겠다. 문고리를 잡은 손이 바들바들 떨리는 것을 애써 외면했으니까. 상처가 될 말인 줄 알면서도 내뱉었다. 그 화살이 온전히 현서를 향해야만 했다.

결국 현서가 자신을 택했기 때문에 일어난 일이었다. 그리고 그가 현서에게 내릴 수 있는 최대의 벌은 이것밖에 없었다.

가장 예쁜 신부로 만들어주고 싶었다. 제 옆자리엔 항상 그녀가 있을 줄 알았다. 하지만 그 꿈들이 산산조각이 나버린 채, 그는 현서와 결혼식을 올렸다.

그렇게 자신밖에 없던 여자를 도윤은 제 손으로 놓았다. 그리고 그 여자를 가슴에 묻었다.

그 가련하고 예쁜 여자를…….

*

익숙한 향기였다. 눈을 떴을 때, 낯선 공간에서도 놀라지 않았던 것은 코끝에 스치던 그리운 향 때문이었는지도 모르겠다.

깜빡깜빡, 느릿하게 눈을 뜨며 주위를 둘러봤다. 그리고 자신을 창가에서 쳐다보는 도윤과 눈이 마주쳤을 땐 심장이 쿵 떨어지는 것을 느꼈다.

"아……."

다급하게 몸을 일으키던 현서가 두통 때문에 미약하게 신음을 흘렸다. 다시는 마주치고 싶지 않았고, 마주친다 해도 모른 척하고 지나가리라 마음먹었다. 하지만 이런 식의 만남을 어떻게 해석해야 할까. 또 어떤 이야기를 해야 할까.

오랜만이야, 같은 안부 인사를 건넬 만큼 우리의 끝은 아름답지 않았다.

"언제 돌아온 거야."

나직하게 내뱉는 도윤의 목소리에 아련했던 감정들이 꺼져가는 불씨처럼 사그라졌다.

"말할 이유 없는 거 같아요."

"도대체 너는!"

화가 난 듯 도윤이 넥타이를 느슨하게 풀며 한탄 같은 한숨을 내쉬었다.

"무슨 말이 하고 싶은 거예요."

"너 도대체 무슨 짓을 하고 다니는 거야. 술에 취해서, 네 모습 기억이나 해?"

그 모습에 현서는 설핏 웃음이 났다. 우리는 가족이었다. 결혼하기 전에도, 결혼한 후에도. 그와 가족이 될 것이라 믿어 의심치 않았고, 언젠가 자신이 노력하면 예전처럼 따스하게 다가와줄 거라는 것을 믿어 의심치 않았다.

모든 것을 놓아버렸던 그때, 그 믿음은 완전히 부서진 뒤였다.

"무슨 상관이에요. 우리는 이제 남인데."

담담하게 내뱉는 현서의 말이 가시가 되어 돌아왔다. 도윤이 현서에게 무어라 대답하려 입을 열었던 그때 현서의 휴대폰이 날카롭게 울렸다. 현서는 도윤을 완전히 무시하며 조용히 전화를 받았다.

"응."

—어디야! 도대체!

지혁이 화가 난 듯 다급하게 물었다. 격양되고 거친 숨소리를 보아 오래도록 그녀를 찾아다닌 것 같았다. 현서는 바보같이 자신을 찾아다녔을 지혁을 생각하자 한숨이 나왔다.

"여기가 어디죠?"

"세령호텔."

"세령호텔이야."

—호텔? 어떻게 된 거야!

"만나서 설명할게. 얼른 와."

—아무튼 알았어. 거기 꼼짝 말고 있어!

다급하게 끊긴 휴대폰을 내려놓고 현서는 제 몸을 일으켰다. 순간 목구멍에서 지독한 갈증이 일었다. 아니, 잊었던 기억에 격통쯤인지도 모르겠다.

"이만 가볼게요."

망설임 없이 문으로 걸어가는 현서를 보며 도윤은 착잡한 마음이 들었다.

어려서 저를 참 잘 따랐던 동생이었다. 그만큼 예뻐했던 동생이기도 했고. 완벽하게 틀어진 사이였지만, 현서는 도윤의 가슴에 박힌 커다란 가시였다. 절대로 빠지지 않는 아픔 같은 사람이었다.

2년이란 시간이 흘렀지만, 우리의 악몽 같던 2년이 있었지만, 그전 우리에겐 더 값진 시간들이 있었다. 그 시간들은 지울 수 없는 추억이었다.

"우리는 가족보다 더 가족 같은 사이였어."

"그 가족 같은 사이를 끊은 건 내가 아니라 오빠였던 거 같은데, 아니었나요?"

도윤은 피곤한 듯 한 손으로 제 얼굴을 짚었다.

"현서야."

"이혼한 부부가 어떻게 다시 가족이 될 수 있어. 그게 말이나 되는 일이에요?"

"네 마음만 정리됐다면 못할 것도 없어."

도윤의 말에 현서가 천천히 몸을 돌렸다. 입가에 담뿍 담긴 미소가 차갑고 서늘했다.

"이혜린도 돌아왔고, 이제 나만 예전처럼 돌아오면 된다……. 뭐 이런 소린가요? 정말 동화 같은 얘기네. 근데 어쩌죠? 나는 못하겠는데. 당신은 그게 가능할지 몰라도 나는 죽어도 안 돼요."

우리에게 예전 사이란 게 존재하기나 할까. 뜯기고 뜯겨 뼈조차 남지 않은 그런 사이인 우리 둘이.

"그 이름 감히 네 입에서 뱉지 마."

"여전하네, 진짜. 애달픈 그 사랑, 진짜 끔찍하고 징그럽네요. 아, 혹시 착각하지 마요. 내가 당신을 여전히 사랑해서 그런다던가, 그런 착각."

"안 해. 그런 거."

"잘됐네. 나는 당신이나 이혜린이나 소름 끼치도록 싫거든요. 그러니까 제발 앞으로 더 이상 보지 말아요, 우리."

"김현서!"

현서는 더 이상 도윤을 보지 않고 도망치듯 그 방을 빠져나왔다. 가슴속에 담긴 그 응어리가 아직도 거대해 밤마다 울음 섞인 울분을 토해냈다.

그는 자신의 2년의 시간조차 알지 못한다. 그런 주제에,

예전으로라니! 웃기지도 않는 일이었다. 버려진 4년의 보상받지 못한 시간 동안 현서는 죽음 같은 시간 속에 살았다. 남의 것을 빼앗았다는 이유만으로. 그 아픔은 2년이라는 공백으로 메워질 것들이 아니었다.

현서는 입술을 꾹 깨물며 주먹을 꽉 쥐었다.

엘리베이터에서 내리자, 지혁이 뛰어와 그녀를 껴안았다.

"도대체 어떻게 된 거야! 너!"

숨이 막힐 정도로 껴안는 지혁의 몸에서 찬기가 한껏 느껴졌다.

지혁은 서둘러 현서를 몸에서 떼어내며 그녀의 얼굴을 살폈다. 눈동자 가득 맺혀진 눈물에 지혁이 인상을 찌푸렸다.

"울었어?"

"울긴."

담담하게 내뱉는 입술이 자신의 말이 아닌 것 같았다.

이 얼마나 하찮고도 위대한 사랑인가. 다잡았던 마음이 한순간에 무너져 눈물까지 고일 정도로. 어리석고 또 어리석었다.

현서는 자조적으로 웃으며 자신을 불안하게 바라보는 지혁의 손을 잡았다.

"괜찮아. 도윤 오빠를 만났어."

아무렇지 않은 척 이야기했지만 도윤이라는 이름 자체가 현서에겐 그저 아픔이었다.

"형을?"

"응. 어쩌다 보니 그렇게 됐네."

"괜찮은 거지?"

지혁은 고맙게도 방금 전 상황을 묻지 않았다. 아마 물었더라면 현서는 어떤 대답을 해야 할까.

아무렇지 않은 척 내뱉었지만 현서는 지금 혼란스러웠다. 그를 이런 식으로 만날 것이라곤 전혀 예상하지 못했기 때문이다.

"안 괜찮을 이유가 없잖아. 가자. 피곤하다."

지혁은 자신의 코트를 벗어 현서의 어깨에 걸쳐주었다. 지혁은 현서의 어깨를 감고 걸어가면서도 신경 쓰이는 듯 아무도 없는 엘리베이터 쪽을 잠시 일별했다.

*

매장 입사는 생각보다 빨리 이루어졌다. 불같은 할아버지 성격을 몰랐던 것은 아니지만 이렇게 빨리 출근을 할 줄은 생각지 못했었다. 이야기를 들은 지혁은 볼멘소리를 했다. 놀아줄 사람이 없다는 것에 대한 투정인지 모르겠지만 현서 입장에서는 잘된 일이었다.

최소한 도윤에 대한 생각들을 잊어버릴 수 있으니까.

2년 동안 그 어둠 속에서 고통으로 몸부림칠 때에 비하면 이 정도는 아무것도 아니었다.

"인사해요. 오늘부터 같이 일하게 된 김현서 씨."

"안녕하세요. 김현서입니다."

직영 매장 사원으로 들어간 현서에게 할아버지는 6개월이라는 시간을 잊지 말라며 못 박았다.

처음 입는 유니폼의 어색함을 느끼기도 전에 현서는 매장에 적응을 해야만 했다.

"진숙 씨, 현서 씨 좀 잘 가르쳐줘요."

"네, 알겠습니다. 매니저님."

진숙이 현서에게 이쪽으로 오라며 손짓을 했다.

"모르는 거 있으면 물어봐요. 어려운 거 하나도 없어. 재고가 가끔 안 맞으면 타격이 크긴 하지만 그거 빼고는 그다지 힘든 건 없을 거예요."

"네."

"오늘은 간단하게 창고 재고랑 매장 재고, 매장 스타일 정도만 외우면 될 거 같아요. 이쪽으로 와요. 이게 요새 제일 잘나가는 라인이에요. 한정판은 매장 오픈 10분 만에 모두 매진된 거 있죠?"

"빅투아르 드 카스텔란."

"아, 현서 씨 알고 있네요? 디올하고 콜라보로 진행한 모델이죠. 하긴 요새 20~30대 사이에서 제일 핫한 라인이라 알고 있겠구나."

현서는 그저 말없이 웃기만 했다. 빅투아르 드 카스텔란과의 콜라보는 그녀의 꿈이었다. 그녀와 비슷한 환경에서 자란 현서는 그녀처럼 멋진 디자이너가 될 수 있을 거라고 생각했다. 하지만 자신의 재능이 그만큼이 아니라는 것을 깨달았을 땐, 그녀와 함께 일을 하는 것을 꿈꿨었다.

자신이 방 안에 틀어박혀 2년을 살았을 동안 안 실장님은 이미 제가 꿈꾸던 일을 진행해 성공을 시킨 것이다. 역시 안 실장님의 능력은 이길 수가 없었다.

“그리고 이쪽은 요새 프러포즈용으로 많이 나가는 제품이에요. 왜 J그룹 사장이 톱스타 정수영에게 이 반지로 프러포즈했다고 알려진 제품이에요.”

현서는 그저 웃기만 했다. 제 지인의 이야기를 이곳에서 듣다니.

“외국에서 생활하다가 왔다고 하던데……. 정수영 알죠?”

“네, 알아요.”

“우리 회사 전 모델이기도 해요.”

“그것도 알고 있어요.”

“현서 씨, 공부 많이 했구나. 요새 정수영처럼 신데렐라가 되고 싶은 사람들이 꽤 많은가 봐. 그래서 그런지 젊은 아가씨들 사이에서 이 모델이 꽤 인기가 좋아요.”

정수영은 신데렐라가 아니었다. 정확히 말하면 J그룹 사장과 스폰 관계였고, 그 소문은 이 바닥에서 파다했다. 어쩔 수 없는 임신과 망나니라고 소문난 J그룹 사장에게 딸을 아무도 주지 않으려 하자, 어쩔 수 없이 J그룹 사모님이 짝을 지어준 거라고 했다.

"신데렐라 좋죠."

마치 혜린처럼 제 한 몸을 희생해서 신분 상승하고자 하는 여자들은 넘치고 넘쳤다. 처음엔 그것에 홀린 도윤에게 화가 났었다. 하지만 지금은 끝까지 갔던 제 자신이 한심할 뿐이었다.

"그리고 현서 씨 이쪽은……."

진숙의 말을 들으며 현서는 깔끔하게 정돈된 매장을 한 번 훑어봤다. 두려운 것은 없었다. 더 밑바닥까지 떨어질 일도, 두려운 일도, 무서운 일도, 제가 겪은 것들보다 더 심한 것은 없기에.

하지만 걱정되는 것은 있었다. 제가 원하는 바를 잘 이룰 수 있을까, 낭비한 4년의 시간에 대한 아쉬움으로 더 빠르게 남들보다 해내고 싶은 욕심이 생겼을 뿐이었다.

오전은 생각보다 조용히 흘러갔다. 진숙이 건네준 매장 재고 리스트와 거기에 가공된 보석 종류를 외우느라 현서는 나름 바쁜 시간을 보냈다.

"현서 씨, 먼저 점심 먹고 와요. 교대로 먹어야 하니까, 최대한 좀 빨리 다녀오고요."

매니저가 첫 출근을 한 그녀를 배려해서 그녀의 점심을 챙겼다.

"네, 그럴게요."

"식당은 지하 1층 직원휴게실 옆에 있어요."

"네."

현서는 진숙의 말에 따라 홀로 식당으로 걸어갔다. 매장이라는 특성상 다 같이 모여서 점심을 먹으며 수다를 떠는 그런 시간은 없었다. 참 다행인 일이었다. 낯선 이와 허물없이 지내는 것, 그리고 쉽게 친해지는 것을 현서는 잘하지 못했다. 그 점에 있어서는 꽤 만족스러웠다.

밤새 잠을 제대로 자지 못했다. 아니, 평소보다 더 잠을 자지 못했다는 것이 정확할 것이다.

[밥은 먹었어?]

그새를 참지 못하고 지혁이 메시지를 보내왔다.

[나랑 같이 먹을까? 내가 데리러 갈게.]

"현서……? 현서 맞지?"

현서는 천천히 고개를 들어 자신을 부르는 여자를 쳐다봤다. 변한 것이 있다면 그때보다 살이 조금 오른 정도였다. 항상 그녀가 내뱉는 어떤 말에도 웃음으로만 화답하던 그 여자였다.

"현서야! 잘 지냈어?"

눈물까지 가득 고여 반갑다는 듯 여자가 환하게 웃었다. 현서는 대답 대신 그녀에게 악수의 손길을 내미는 여자의 손을 가만히 바라보았다.

"오랜만이야."

약지에 끼워진 다이아 반지가 그녀의 가슴을 날카롭게 긁어댔다.

3

우리는 악연이었다. 도윤과 현서도 마찬가지였지만 현서와 혜린도 마찬가지였다.

서로가 서로를 만나지 않았다면, 어쩌면 다른 일로 만났다면 우리가 이렇게 서로를 싫어할 일 따위는 없었을지도 모른다.

현서는 혜린을 언니로서 좋아했을지도 모르고, 도윤과의 관계도 깨지지 않았을지도 모른다. 이 모든 것은 누구의 잘못일까. 어쩌면 현서 저 자신이 도윤을 사랑하지만 않았더라면 벌어지지 않았을 일이었는지도 모르겠다.

하지만, 현서는 제 앞에서 가증을 떠는 이 여자가 참 싫었다.

위선. 제 눈에 혜린은 그렇게만 보였다. 제 사랑이 정당화될 수 없다 해도, 제 사랑이 하찮게 보여진다 해도, 적어도 이 여자에게 동정을 받아야 할 이유는 없었다.

"그동안 어떻게 지낸 거야? 얼굴이 많이 상한 거 같다."

항상 저를 부르며 동정이 가득 담긴 그 눈을 볼 때마다, 나긋나긋하게 내뱉는 그 입술을 볼 때마다, 현서는 한 번도 겪지 못한 충동에 휩싸였다. 목을 조르고, 저를 불쌍히 바라보는 저 눈을 멀게 만들고, 저를 불쌍하다 말하는 저 입술을 다시 열지 못하게 만들고 싶었다.

저를 감히 누가 가엽다 불쌍하다 생각할 수 있을까. 그것도 빈 몸뚱이 하나 가지고 있는 혜린이 감히.

주제를 모르고 날뛰는 혜린을 보며 뒷목이 뻣뻣해졌다. 바들바들 떨리는 분노와 증오가 마음을 더 차분하게 만들었다.

"우리가 이렇게 인사할 사이던가?"

현서의 냉담한 반응에 혜린이 어색하게 웃었다.

"오랜만이잖아."

혜린은 항상 참 다정히도 저를 불렀었다. 현서야, 현서야. 마치 엄마라도 된 것처럼 그녀를 하나부터 열까지 챙기고 싶어 했다. 그런 그 모습이 현서는 소름 끼치게 싫었다. 도윤에게 제가 어떤 마음을 가지고 있는지 알면서, 모르는 척 위선을 떠는 혜린이 참 싫었다.

차라리 화를 냈다면 관계가 조금은 바뀌었을지도 모르겠다.

"오랜만……."

"그래, 오랜만. 내가 그동안 널 얼마나 보고 싶었는지 몰라."

"내 눈에 다시는 띄지 말라고 경고했을 텐데?"

"현서야, 난 너 다 용서했어. 정말이야. 그러니까……."

용서……. 감히 누가 누굴 용서할 수 있을까. 같잖은 용서라는 단어에 현서가 설핏 웃었다.

"우리 이제 예전처럼 다시 돌아가자."

이들이 말하는 예전이라는 단어를 도저히 이해할 수가 없었다.

예전처럼이라는 것이 과연 무엇일까. 바보같이 웃어주며 둘의 사랑을 바라보는 멍청한 제 모습을 말하는 것일까. 아니면 이 여자에게 신랄하게 지껄여주었던 제 모습일까. 또 아니면 죽음 같은 시간 속에 살던 제 모습일까.

어느 것이던 현서는 더 이상 싫었다. 도윤이 저를 바라볼 때마다 버러지 바라보듯 저를 바라봤지만, 그것조차도 좋다고 받아들이는 멍청한 모습으로 돌아가고 싶지 않았다.

"예전으로? 정말 돌아가고 싶어?"

현서가 잔잔하게 웃으며 혜린의 목을 천천히 쓰다듬었다. 키는 물론 눈높이 또한 비슷했다. 그러나 그녀는 도도한 눈을 내리깐 채 혜린을 보았다. 비스듬히 치뜬 눈은 소름 끼치도록 서늘했다.

타닥타닥, 타오르는 그 증오의 불꽃이 선연하게 느껴질 정도로.

"예전으로 돌아가면 이 목을 이 자리에서 당장 꺾어버릴지도 모르는데?"

목에 닿은 손이 서늘하기만 했다. 혜린은 저도 모르게 몸을 한 발 물러섰다. 나직하고 나른하게 뱉는 그 목소리에서 낯익은 살기가 느껴졌다.

"현서야……."

저를 볼 때면 현서는 항상 저런 말투에 저런 눈으로 자신을 쳐다보았다. 길가에 버려진 쓰레기를 바라보듯, 하찮다는 듯이. 감히 저와 어울릴 수 없다는 것을 확실히 선을 그어주곤 했었다.

"내 이름 부르지 마. 다정한 척 위선도 떨지 마. 이제 그럴 필요 없잖아."

혜린은 날이 잔뜩 서 있는 현서의 말투에 나직하게 한숨을 내뱉었다. 꼬이고 꼬인 인연. 그것은 꼭 현서와 도윤만의 관계는 아니었다.

"너는 아직 그대로인 거 같다. 오늘은 이만 갈게. 조만간 다시 보자."

혜린은 촉촉이 젖은 눈으로 현서를 바라보며 뒤돌아섰다. 현서는 돌아서서 걸어가는 혜린을 보며 입술을 꾹 깨물었다. 그러고는 쥐고 있던 휴대폰을 바닥으로 내동댕이쳤다.

쾅, 날카로운 소음과 함께 휴대폰이 처참하게 부서졌다.

감히 누가 저를 동정 어린 시선으로 바라볼 수 있단 말인가. 부모님을 잃었을 때도, 동생이 죽었을 때도, 감히 저를 저런 식으로 바라보는 사람은 없었다.

감히.

"하아……."

봇물 터지듯 터지는 울분과 온몸을 타고 흔드는 분노. 바들바들 떨리는 손을 애써 다잡으며 사라지는 혜린의 뒷모습을 보며 입술을 꾹 깨물었다.

도윤을 사랑하면서 현서는 자존심을 버렸다. 그리고 모든 것을 가졌다는 자만심 또한 버렸다. 제일 갖고 싶은 것을 갖지 못했으므로, 현서에겐 그런 것들이 필요가 없었다.

제 자존심을 꺾고 부러트리고 짓밟는 것은 도윤이 아니었다. 빈 몸뚱이 하나로 도윤을 업고 같잖은 오지랖을 떠는 바로 저 여자였을 것이다.

도윤을 사랑한 것을 후회한 적은 없었지만 오늘 비로소 후회했다.

끝까지 도윤은 제게 참 잔인했다.

저녁때까지 현서가 연락이 닿지 않자, 결국 지혁은 매장으로 달려갔다. 도대체 무슨 일이 있던 것이냐며 화 섞인 걱정을 그녀에게 부렸지만 심상치 않은 그녀의 표정을 보고 입을 다물었다.

"말 안 할 거야?"

지혁은 고등학교 때부터 친구였다. 다짜고짜 현서를 보며 한 말은 참 어이없었다.

'너 예쁘다.'

처음 보는 주제에 면전에 대놓고 저런 말을 하는 지혁은 참 실없고 한심한 놈팡이 같았다. 인상을 잔뜩 찌푸리고 바라보자, 지혁은 또 실없이 웃으며 말을 뱉었다.

'나 예쁜 여자 좋아해. 나랑 사귈래? 아니, 나랑 사귀자.'

저보다 더 하얗고 예쁘게 생긴 주제에, 제 앞에서 아무렇지 않게 저런 말을 내뱉은 지혁이 참 낯설고 싫었다.

'꺼져.'

'너 방금 엄청 섹시했던 거 알아? 우리 꼭 사귀자!'

실없는 말에 매정한 눈길로 대꾸조차 하지 않았지만, 지혁은 끈질기게 따라붙었다. 그때 현서는 지혁이 그냥 멍청하고 실없는 놈인 줄 알았다. 도윤이 아니었다면, 아마 지혁과 친해지지 않았을지도 모르겠다.

'지혁이 괜찮은 애야. 그렇게 피하지만 마.'

도윤의 한마디로 이루어진 친구 관계.

'그래, 우리 친구 하자.'

'좋아.'

그렇게 시작된 친구 관계인지도 모른 채 지혁은 참 환하게 웃었더랬다.

서도윤. 서도윤.

제 인생에서 저 세 글자를 지우고 나면 남는 것이 아무것도 없었다. 갑자기 모든 것이 서글퍼졌다. 분노도 원망도 아닌 가슴속에 담긴 서글픔이 현서의 가슴을 짓눌렀다.

평생을 그 사람 하나만 보고 살았던 제 인생이 너무도 한심해졌다.

"이혜린을 만났어."

"혜린 누나?"

놀란 지혁이 급브레이크를 밟은 덕분에 차가 앞으로 쏠렸다. 그 와중에도 핸들을 잡지 않은 손으로 현서가 앞으로 쏠리지 않게 잡아주었다. 현서는 그 모습에 헛웃음을 흘렸다.

"뭐하는 거야."

"아, 미안. 놀라서. 그나저나 그 누나를 어디서 만난 거야?"

"백화점에서."

지혁은 나직하게 한숨을 내쉬었다. 현서의 가슴에는 아직도 아물지 않은 상처들이 너무도 많았다. 가해자가 없이 온통 피해자만 남은 상황. 참 아이러니하지만 현서의 상황이 그랬다. 제 발로 선택한 길로 들어섰다 나온 현서는 피투성이 그 자체였다.

"괜찮아?"

걱정스러운 물음에 현서가 나직하게 웃었다. 지혁은 이상하게도 항상 저를 먼저 챙겼었다. 다 같이 현서를 손가락질할 때도, 현서에 대한 수많은 험담들을 할 때도, 지혁은 오로지 그녀의 편이었다.

참 우스운 일이 아닐 수 없지만 지혁은 항상 그랬다. 겉으로는 장난기 가득한 한량 같은 사람이었지만, 그것은 지혁을 모르는 사람들이 하는 소리였다. 제 사람을 대하는 마음은 누구보다 깊었고 따스했다. 게다가 속을 꿰뚫는 영민함 또한 있어서 상대가 상처받고 원치 않는 말들은 알아서 피해 주었다.

지혁은 누구보다 편안하고 따스한 사람이었다. 현서가 보기엔 최소한 그랬다.

미국으로 따라왔을 때도 그랬다. 아무렇지 않은 듯, 어제 본 사람처럼, 지혁은 그녀에게 가볍게 인사했다.

'방 있지? 신세 좀 지자.'

그때 현서의 몸무게는 지금보다 10킬로가 더 빠진 상태였다. 푸석푸석하고 깡마른 얼굴은 거울을 볼 수 없을 정도로 흉측하고 징그러웠다.

미국에 도착한 현서는 하루 종일 먹지도 않고 울기만 했었다. 아마, 지혁이 없었다면 지금의 현서는 없었을지도 모른다. 안 좋은 생각들도 가득했을 때였으니까. 벼랑 끝에 몰린 상황이었고, 누구도 제 손을 잡아줄 사람 하나 없던 상황이었다.

그때 지혁이 구세주처럼 나타났다. 정말 어두운 동굴 속에 비추는 한 줄기 환한 햇살처럼 제 손을 잡고 밝은 곳으로 끌어주었다.

억지로 덮어둘 수라도 있었던 것은 모두 지혁의 덕택이었다.

"괜찮다고 말하면 거짓말이겠지. 휴대폰 보면 몰라?"

처참하게 부서진 휴대폰을 흔들며 현서가 말했다.

"휴대폰 바꿀 때가 됐던 거 아니야? 김현서 아무튼! 머리 썼어."

"그래. 머리 썼다!"

지혁은 아무렇지 않은 척 현서에게 장난을 쳤다. 저 아이의 옆에 있으면 항상 그 밝은 마음이 전해졌다. 자신의 잔뜩 꼬인 더러운 마음까지 씻을 수 있다는 착각을 할 정도로. 지독히도 원망하는 도윤이었지만 지혁 하나는 그의 덕이었다.

현서는 조용히 창밖으로 시선을 던졌다. 뭐라도 한바탕 쏟아질 것만 같은 날씨였다. 끔찍하게 싫어하는 날씨기도 했고.

도윤은 창밖을 한 번 내다봤다. 어둑어둑한 밤하늘이 빨갛게 물든 것을 보니, 뭐라도 내릴 것 같은 분위기였다.

"나 현서 만났어."

무의미하게 스테이크를 썰던 도윤이 가만히 혜린을 바라봤다.

"현서 온 거 알고 있었구나?"

혜린이 다소 놀란 듯 도윤에게 되물었다. 아직도 제게 등을 내보이던 현서의 뒷모습이 머릿속에 박혀들었다.

"얼마 전에 우연히 만났어."

"그래?"

혜린은 대수롭지 않은 듯 웃었지만 파르르 떨려오는 입술까지 숨기기는 어려웠다. 도윤은 대답 없이 창밖을 다시 한 번 일별했다.

현서를 잡으려 뛰어간 그곳에서 지혁에게 안겨 있던 현서의 모습은 참 낯선 것이었다. 2년 전, 현서는 도망가기로 작정

한 사람처럼, 이혼 후 그에게 인사조차 남기지 않고 그렇게 미국으로 떠나버렸다.

담담히 제게 등을 내보이던 그날, 현서는 시든 꽃처럼 바스러질 듯 위태로워 보였다. 하지만 분노와 증오 그리고 배신감이 제 두 눈을 완전히 덮어버려 아무것도 보지 못했다.

떠나가는 현서의 뒷모습이……, 눈물 맺혀 있던 그 눈이, 밤마다 그의 목을 숨 막히게 짓눌러왔었다.

마치 떠나는 현서가 남겨두고 간 형벌처럼.

"여기 현서가 참 좋아하던 곳이었는데."

"그랬나."

모를 리가 없었다. 그녀에 관한 것은 모든 것을 알던 자신이었으니까. 입이 짧은 현서가 이 레스토랑의 스테이크라면 사족을 못 쓰곤 했다. 몸이 좋지 않거나, 기분이 우울해지는 날이면 도윤이 어김없이 이곳에 데려오곤 했으니까.

그런 현서의 기억들이 결혼생활 동안 다 지워졌다고 생각했지만, 그 기억들은 현서가 떠난 뒤부터 더 짙고 선명해졌다.

"도윤 씨는 가끔 이렇게 무심하다니까. 그래서 현서가 여기 나하고 오는 걸 죽을 만큼 싫어했었잖아."

짜인 각본처럼 현서가 사라지고 한 달 뒤 혜린이 제 앞에 나타났을 때, 도윤은 예전처럼 혜린에게 웃어줄 수 없었다.

가슴에 박혀든 가시가 너무도 거대해서. 가슴속에 쌓인 그 자취가 너무도 커서.

'도윤 씨, 나 돌아왔어.'

밝게 웃으며 제게 안기는 혜린의 등 뒤로 제 손을 머뭇거렸었다. 벼랑 끝까지 현서를 내몰았지만, 현서에 대한 애잔함은 여전히 남아 있었다.

'정말 보고 싶었어.'

다리도 못 쓰는 자신이 도윤의 옆에서 더 이상 초라해지기 싫어 떠났다고 혜린이 말했다. 예전처럼 발레를 할 수는 없지만 혜린은 일반 사람처럼 걸을 수는 있었다.

"도윤 씨."

혜린이 싱긋 웃으며 테이블을 노크하듯 톡톡 쳤다.

"무슨 생각을 그렇게 해?"

"아무것도 아니야. 몸은 좀 괜찮아?"

혜린이 며칠 전 크게 앓았었다. 혜린은 사고가 났을 때 즈음 늘 겪는 것이라고 말을 했지만 도윤은 그 미안함 마음까지 어쩌기 힘들었다.

"괜찮아."

다정한 대화였지만 도윤은 오늘따라 더 혜린에게 집중하기가 힘들었다. 그것은 아마도 원망으로 가득 차 있던 현서의 눈 때문이었는지도 모르겠다.

항상 그 빌어먹을 눈이 문제였다. 원망과 증오를 다해 현서를 밀어내도 항상 그 안쓰러움에 다시 뒤를 돌아보게 만든다.

오빠, 오빠. 조용히 안기던 작은 아이. 제게만 항상 손을 내밀던 아이. 남에게 죽어도 우는 것을 보이기 싫어하지만, 제게만 눈물을 보이는 아이. 현서는 제대로 울 줄도 모르는 아이였다.

그게 아직도 가슴속에 커다랗게 맺혀 있었다. 밀어내야지, 밀어내야지, 하지만 항상 제 뜻대로 되지 않는 것은 바로 저 이유 때문일 것이다.

도윤은 조용히 한숨을 삼켰다. 어쩌면 혜린의 사고도 현서의 상처도 모두 다 제 탓인지도 모르겠다.

"도윤 씨, 우리 현서 때문에 너무 오래 떨어져 있었잖아."

혜린이 도윤의 옆자리로 자리를 옮기며 그에게 앙탈을 부렸다.

"나한테 프러포즈 안 할 거야? 다들 물어본단 말이야."

혜린이 새치름하게 투정을 부리듯 물어왔다. 이 순간에도 현서의 떠나가던 뒷모습이 가슴속에 밟히는 것은 왜일까. 현서는 그에게 가시처럼 박힌 아픔이었다.

도윤은 조용히 와인으로 입술을 축이며 한숨을 뱉어냈다.

"도윤 씨?"

"미안, 방금 뭐랬지?"

"프러포즈 안 할 거냐고."

"……할게. 곧."

무뚝뚝한 대답에 잠시 머뭇거렸지만 혜린은 다시 해사하게 웃으며 도윤을 손등을 어루만졌다.

"고마워. 도윤 씨."

결국 빨간 하늘은 날카로운 빗물을 추적추적 토해냈다.

차창 밖으로 빗방울이 투둑투둑, 떨어지더니 이제는 커다란 소리를 내며 울어댔다. 레스토랑 안으로 들어온 그 순간까지도 빗물이 요란한 소리를 냈다.

지혁은 말없이 현서의 안색을 살폈다. 비 오는 것을 지독히도 싫어했다. 눈 오는 것도 싫어했고, 궂은날을 현서는 참 싫어했다. 보통 여자들이 좋아하는 눈 오는 날까지 질색하는 것이 참 아이러니했었다. 이제는 그조차도 익숙해져서, 먼저 현서의 안색부터 살피는 것이 버릇이 되어버렸다.

하지만, 입구에 들어선 현서의 눈동자가 자잘한 파동을 일으켰다. 이것은 밖에 지독하게 내리는 저 비 때문은 아닌 것만 같았다.

"현서야……."

또 다. 또 저를 다정하게 부른다. 설핏 웃음이 나려는 것을 현서는 억지로 참아냈다. 고요한 호수 같던 마음에 돌을 던진 듯 마음속에 파문이 일어났다.

저 둘은 참 항상 다정했었다. 제 앞에선 최소한 그랬다. 단 한 번만이라도 저런 다정한 눈빛을 받고 싶었다. 그것은 현서의 과욕이었고 제가 부른 과욕은 거대한 상처만 남겨 놨다.

"오랜만이다."

도윤이 지혁을 보며 말했다. 지혁은 굳었던 얼굴을 풀며 희미하게 웃었다.

"그러게. 오랜만이야, 형."

지혁은 바들바들 떨리는 현서의 손을 꽉 잡았다. 아픔이 느껴질 정도로. 그리고 손의 온기가 고스란히 전해질 정도로.

혜린이 현서를 보며 환하게 웃었다. 그녀는 다시 만난 현서가 반갑다는 듯.

"밥 먹으러 온 거야?"

퍽 다정한 혜린의 물음에 목구멍에서 뜨거운 것이 울컥 솟아오르는 기분이었다.

제 추억이 담긴 장소였다. 학교에 입학하던 때, 동생이 태어나던 때, 그리고 마지막으로 가족 외식을 했을 때, 모두 다 이곳이었다. 그래서인지 아플 때도 슬플 때도 이곳에만 오면 마음이 한결 가벼워졌었다.

도윤에겐 그저 하찮은 레스토랑인지 모르지만 현서에게는 그랬다. 그런 그곳에서 저 둘을 만나다니 정말이지 최악이었다.

현서는 지혁의 손을 힘주어 꽉 잡으며 차갑게 둘을 일별했다.

"주제넘게 말 걸지 마."

'지금은 가졌을지 모르지. 하지만 네가 가진 것들 얼마나 가는지 똑똑히 지켜볼게. 조심해. 다시 뺏기지 않게 말이야.'

단 한 번도 누구에게서 힐난과 괄시를 받아본 적이 없었다. 자존심 하나로 여태껏 버텨온 것인지도 모르겠다. 서도윤에게만은 그 자존심을 모두 내던졌었다.

하지만 그 자존심은 항상 도윤이 아닌 혜린 앞에서 무너졌고, 그때마다 제 가슴속에선 증오와 분노가 일었었다. 제 자존심을 짓밟은 권리는 혜린에겐 없었다.

감히 제까짓 게 무엇이라고.

“김현서.”

“이 말 그쪽한테도 해당되는 말이에요. 그러니까, 앞으로, 어디서 마주치더라도 내 이름 부르지 말아요.”

나직하게 내뱉는 도윤의 차가운 음성도 신랄하게 내뱉는 제 말도 이질감이 느껴질 정도로 낯설었다.

“하아.”

또 다. 나직하게 내뱉는 그 한숨소리가 예전과 오버랩되었다. 다시는 시작하고 싶지 않은 예전, 기억하고 싶지도 않았던 예전.

“배고프다. 밥 먹자.”

현서는 맞잡은 지혁의 손을 꽉 잡고 냉담한 표정으로 도윤을 바라봤다. 현서는 타오르는 마음을 가라앉히기 위해 무던히도 애썼더랬다. 지혁의 손을 끌고 창가 쪽으로 걸어가면서도 맞잡은 손이 바들바들 떨려왔다.

옛 기억들이 자꾸만 그녀의 머릿속을 점령했다. 잊고 싶었던, 잊어야만 했던, 그 기억들이. 현서 저를 괴롭히고 있었다.

현서는 혜린을 또 철저하게 무시했다. 눈빛에 가득 담긴 경멸과 증오를, 도윤이 더 이상 무어라 할 수 있을까. 혜린은 자존심이 강한 여자인데, 항상 현서의 앞에서만 작아지곤 했다.

그저 그 모습을 볼 때면 미안한 마음이 들곤 했다. 자신 때문에 모든 것을 다 잃고, 자존심 또한 내던져야만 했던, 혜린이 안타깝고 안쓰러웠다.

"현서는 참 여전해. 하나도 변한 게 없네."

"미안하다."

"도윤 씨가 왜. 나 이제 집에 가고 싶어."

"괜찮아?"

밤새 앓아누웠던 혜린이 걱정되듯 도윤이 물었다.

"나가고 싶어, 도윤 씨."

도윤은 파리하게 질린 혜린의 어깨를 부축했다. 곧 쓰러질 듯한 혜린을 부축해 가면서도 가슴속에 커다란 돌을 얹듯 마음이 무거워졌다.

여자는 몸이 참 약했다. 그 여자는 아프다는 이유로 제 손에 있던 것을 참 쉽게도 빼앗아갔다. 온화한 척, 제 마음을 다 이해하는 척, 온갖 가증을 떨고는 항상 제 손안에 떨어진 것을 너무 쉽게 빼앗아갔다.

다 버리고 갖고 싶었던 단 한 가지를. 여자는 항상 그랬다.

아무것도 기대하지 않고 시작한 결혼이었다. 아니, 실은 아니었는지 모른다. 행복한 신부가 될 수는 없어도 예전처럼 저를 보고 다정하게 대해줄 것이라고 은연중 제 마음 한켠에 깔려 있었을지도 모르겠다.

'어디 가는 거야?'

'신경 쓰지 마.'

현서가 원하는 것이라면 무엇이든 들어주던 제 버팀목 같은 사람이었다. 그런 사람과의 결혼생활을 이따금씩 상상하곤 했었다. 한 번뿐인 결혼식, 한 번뿐인 신혼여행. 모든 것은 그녀가 바라는 허상일 뿐이었다.

'오빠!'

호텔에서 처연하게 버려진 가련한 그 신부가 바로 저일 것이라고 상상도 하지 못했다.

사라진 그의 뒷모습을 보면서, 자신을 거부하는 그의 빈 자취들을 보면서 현서는 말할 수 없는 불안감에 휩싸였었다.

'김 비서님, 저예요. 오빠 지금 어디 있죠?'

'같이 계신 거 아니었습니까?'

'아……. 이제 막 들어오네요. 죄송해요.'

불안한 듯 몸을 웅크리며 손톱을 물어뜯었다. 결혼만 하면 모든 것이 해결될 것이라 안일한 생각을 했었다. 제 옆에 억지로 묶어두면, 모든 것이 다 될 것이라는 어리석은 생각을 했었다.

형벌같이 제게 남기는 혜린의 말이 저를 파고들 때마다 현서는 몸을 바르르 떨며 불안한 듯 제 몸을 더 웅크려서 말았다.

차마 남에게는, 차마 누군가에게, 제가 버림받은 여자라 하소연할 수 없었다. 철저하게 고립되어 저는 아무것도 할 수 없는 여자가 되어버린 후였다.

사라지는 도윤과 혜린을 보던 현서의 시야가 갑자기 가려졌다. 보고 있다는 사실도 자각하지 못했던, 현서는 천천히 고개를 돌렸다.

"그만 봐."

"아……."

"이제 그만 봐."

지혁은 현서의 눈을 가렸던 손을 거둬들이며 말했다. 평소처럼 실없이 웃으면서도 눈가가 촉촉하게 젖어 있었다.

현서는 빤히 지혁을 쳐다봤다. 날카롭게 빛이 나던 그 눈이 이내 언제 그랬냐는 듯 잔잔하게 웃고 있었다.

"이제 우리랑 상관없는 사람들이잖아."

지혁의 말에 그렇노라 단언을 할 수 없는 제 마음은 도대체 왜인 걸까. 현서는 고개를 조용히 돌렸다.

"우리 현서 오늘 점심도 못 먹었을 텐데 맛있는 거 먹어볼까? 너 여기 음식 좋아하잖아."

지혁이 현서의 머리를 커다란 손으로 헝클이며 가볍게 미소를 지었다. 평소처럼. 그 모습에 현서도 덩달아 미소를 지을 수밖에 없었다.

"알았어."

가슴속에 커다란 응어리가 아직도 남아 있었다. 난도질되어 이제는 형체도 알 수 없는 그 이별의 파편이 아직도 가슴에 담겨 있었다. 아프다고 울어도, 아프다고 힘들다고 몸부림쳐도 절대로 벗어날 수 없는 올가미 같은 것이었다.

"기분 좋게 해줄까?"

"뭔데 그래?"

"내가 장담할게. 너 1분 안에 웃게 해줄 자신 있어."

무슨 말이냐고 물을 새도 없이, 레스토랑 매니저가 그의 테이블로 왔다.

"주문하신 꽃다발과 와인 가져왔습니다."

"감사합니다."

어리둥절도 잠시였다. 제 앞에 나타난 꽃다발에 현서는 너털웃음을 터트리고 말았다.

"이게 뭐야?"

제 품에 안기는 작은 꽃다발 하나를 내려다봤다.

"입사 축하한다, 김현서!"

"리시안셔스랑 작약이네?"

"비 오는 날, 싫어하는 거 알아. 하지만 네가 꽃을 좋아하는 것도 알아."

"무슨 뜻이야?"

"너무 싫어만 하지 말라고. 비 오는 날 하루하루가 좋은 일로 채워지다 보면 좋은 날로 바뀔 수도 있다는 거야."

"어쨌든 고마워."

잠시나마 우울했던 기분이 나아졌던 거 같다. 작은 배려 하나에. 하지만 그 우울함을 완전히 지우기엔, 그 사람의 빈자리가 너무도 거대하고 커다랬다.

*

타닥타닥, 날카로운 손끝이 책상 위로 튀어 올랐다. 등받이에 몸을 더 깊이 묻으며 도윤은 잠시 생각에 잠겼다.

지혁과 함께 있던 현서의 모습, 담담하지만 이지러졌던 그 눈이 가슴속에 내내 박혀들었다.

현서는 도대체 자신에게 무엇이었을까.

저에게 따스함이라는 것을 알려주었을 그때부터, 가족이란 무엇인지를 알려주었을 때부터, 현서는 제 동생이었다.

'울고 싶으면 울어도 돼.'

'울면 할아버지가 슬퍼하시잖아.'

'괜찮아. 오빠가 말 안 할게.'

제 유일한 가족이 아파할까 봐 울지 않는 속 깊은 아이였다. 그랬던 그녀가 도대체 언제부터 삐뚤어졌을까. 배배 꼬여버린 그 마음은 결국 저 때문에 생겨난 것은 아니었을까.

—네, 사장님.

"현서가 어떻게 지내는지 좀 알아봐줘요."

—네, 알겠습니다.

우리는 끊을 수 있는 사이 따위가 애초에 아니었다. 그럴 수 있는 사이였다면 처음부터 도윤이 현서에 대한 배신감으로 몸부림칠 이유도 없었을 것이다.

기댈 곳 없는 어린애가 제게 기대어왔을 때 이미 현서는 제게 유일한 가족이었다.

매장은 현서가 생각했던 것보다 더 바쁘고, 힘들었다. 차라리 잘된 것이라고 생각했다. 한국에 돌아오자마자, 매장으로 자원해서 들어간 것도 이 때문이었다. 몸을 혹사시키면 헛된 기대나 희망 따위를 품지 않을 수 있으니까. 하지만 반복되는 그 빌어먹을 우연들이 다잡았던 마음에 자꾸만 혼란을 주고 있었다.

"현서 씨, 이거 들고 가."

창고에서 재고 조사를 하던 진숙이 상자에 가득 담긴 제품을 건넸다.

"무거우니까 조심해."

"네."

진숙과 재고 정리를 하고 빠진 물건을 들고 올라가는 길이었다. 말이 없는 성격인 탓에 친근하게 굴지도 않는데 진숙은 나름 그녀의 선임이라고 그녀를 잘 챙겨주었다.

"이번에 새로 들어온 제과점 봤어? 일본에서 굉장히 유명한 거라던데. 우리 끝나고 먹으러 갈까?"

"죄송해요. 오늘은 선약이 있어요."

"그래? 그럼 어쩔 수 없지. 다음에 가자."

현서는 끈질기게 물어오는 진숙의 친절이 싫지 않았다. 그 모습이 꼭 지혁을 떠올리게 해서 더 그런 건지도 모르겠다.

"저번에 뛰어왔던 사람은 남자친구야?"

"친구예요."

시답지 않은 호구조사를 간단하게 대답해가며 매장으로 가던 길이었다. 발걸음이 온전히 멈춰 서 제 앞을 가린 사람을 가만히 올려다봤다.

“현서 씨, 왜 그래?”

“아니에요. 이만 가요.”

“아는 사람이야?”

“아니요. 모르는 사람이에요.”

담담하게 뱉은 말, 그 말이 가슴속에 날카롭게 박혀들었다. 도윤은 저도 모르게 스쳐 지나가는 낯익은 목소리가 그녀를 붙잡았다.

이곳에서 눈에 띄어서 좋지 않다는 것을 도윤도 너무 잘 알고 있었다. 그래서 수행하는 비서도 함께 오지 않았던 것이고.

‘현서 양, 혜성백화점 매장에서 일을 한다고 합니다.’

현서는 항상 처음부터 끝까지 온전히 배우고 싶어 했다. 처음부터 끝까지 제 것으로 만들어야 직성이 풀리는 탓에 공부도 남들보다 배로 노력했고, 운동도 남들보다 몇 배 힘들게 했었다. 매장에서 일을 시작했다는 이야기를 들었을 때, 꽤 현서다운 발상이라고 생각했었다.

하지만 로비를 가로질러 걸어갈 때, 제 몸보다 커다란 상자를 들고 오던 사람을 보는 순간 제 눈이 잘못된 줄 알았다. 그와 결혼하기 전보다 더 야위어버린 팔. 그 가녀린 팔로 제 몸보다 큰 상자를 지탱하는 현서를 보자 불같이 화가 일었다.

도대체, 왜? 어째서?

이것은 그의 예상 밖의 일이었다.

“김현서…….”

읊조리듯 내뱉는 그 말에 현서의 발걸음이 멈춰졌다.

"현서 씨 부르는 거 아니야?"

"아니에요."

하지만 현서는 모르는 사람처럼 다시 스쳐 지나갔다. 도윤은 현서의 팔을 바스러질 듯 꽉 잡았다.

"여기서 뭐하고 있는 거야."

이렇게 다짜고짜 현서를 잡을 생각은 없었다. 하지만 담담하고 냉정하게 뱉는 그녀의 말이 다시금 그의 가슴에 뜨거운 불씨를 붙였다. 내서는 안 되는 화가 머리끝까지 올랐다.

우리는 단 한 순간도 모르는 사람이었던 적이 없었다. 현서가 태어나는 그 순간부터, 그를 오빠라고 불렀던 그 순간까지. 그의 기억 속에 현서는 소중한 존재였다.

그래서 더 배신감에 치가 떨리는지도 모르겠다. 우리는 모르는 사이가 될 수 없는 악연이었다.

"놔."

냉정하게 현서가 대꾸했지만 잡은 손에 악력은 더 세졌다.

"네가 왜 이러고 있냐고!"

"현서 씨, 나 먼저 갈까?"

진숙이 난감한 듯 둘 사이를 번갈아 보고 있었다. 현서는 나직하게 한숨을 뱉었다.

"먼저 가세요. 잠깐 얘기 좀 하고 갈게요."

"그래, 알았어."

진숙이 도윤과 현서를 살피며 상자를 들고 로비를 가로질러갔다.

"이거 놔!"

현서는 진숙이 사라진 한참 뒤, 제 팔을 잡고 있던 도윤의 팔을 거칠게 뿌리쳤다. 그 덕에 안고 있던 상자의 내용물이 바닥으로 와르르 쏟아졌다.

빌어먹을! 젠장! 속에서 열이 끓고 욕설이 올라왔다. 도대체 왜! 왜! 저를 단 한 순간도 가만두지 못하는 것일까.

현서는 짜증 섞인 손으로 물건들을 주워 담았다.

"여기서 도대체 뭐하는 거야, 너. 이건 다 뭐고!"

"나 여기서 일해."

현서는 잔뜩 날이 서 있었다. 바닥에 주저앉아 물건들을 담는 현서의 모습이 참 낯설었다. 도윤은 짜증 섞인 눈으로 현서를 바라봤다.

"2년 동안 숨어 있다 나타나서 온 곳이 고작 여기야?"

이럴 생각으로 현서를 잡았던 것은 아니었다. 힘든 일 한 번 해본 적 없는 아이였다. 그런 현서가 제 몸보다 큰 박스를 힘겹게 들고 가는 모습에, 바닥에 떨어진 그것들을 줍는 모습에 속이 뒤집어졌다.

차라리 잘됐다, 너는 더 벌을 받아야 했다, 그렇게 마음이 먹어졌더라면 조금 더 나았을지도 모르겠다.

"상관하지 마."

"혹시 김 회장님이 시키신 일이야?"

"……."

"말해! 김현서!"

순간 입술 사이로 실소가 흘렀다. 그에게 다그쳐 물을 권리가 과연 있을까.

항상 이것이 문제였다. 도윤은 항상 냉정하게 끊어냈다고 생각했겠지만 이런 식의 여지를 항상 두곤 했었다. 차라리 처음부터 끝까지 증오와 배신감만 현서에게 느꼈더라면, 일찌감치 마음 정리가 더 쉬웠을지도 모르겠다.

이 오지랖이, 애잔한 마음 사이에서 갈팡질팡하던 도윤이, 그녀를 더 벼랑 끝으로 내몰았다.

"쓸데없는 오지랖은 이혜린이나 서도윤 씨나 여전하시네요."

"혜린이 이름 멋대로 꺼내지 마. 나 아직 너 용서한 거 아니니까."

도윤은 차갑게 일갈하며 타오르는 화를 가라앉히기 위해 무던히 애썼다. 현서의 입에서 최소한 혜린을 향한 비아냥거림은 나오면 안 되는 것들이었다. 한 사람의 인생을 완벽하게 망쳐버린 주제에, 감히 누가 누구를 무시한다는 것일까.

현서에겐 그럴 자격이 없었다. 그리고 현서에게 이렇게 다그쳐 물을 권리가 도윤에게도 없었다. 하지만 현서를 보는 순간 그럴 수 없었다. 머릿속으론 그저 스쳐 지나가라 했지만, 마음으로는 도저히 안 되는 것들이 있었다.

"용서? 빌어먹을 그 용서 제발 평생 하지 말아줄래요? 용서받고 싶은 생각조차 없으니."

"김현서!"

"그래도 내가 제대로 한 건 했네. 평생 배신감과 증오에 몸 부림칠 테니. 김현서 이름만 나오면 분노에 치를 떨 테니까! 그거면 제법 괜찮은 2년이었네요. 내 시간."

현서는 마지막 물건까지 상자에 담았다. 그러고는 상자를 품에 안고 자리에서 일어났다.

"혹시 마주치더라도 아는 척하지 말아주세요. 나 역시 이 혜린 서도윤이란 이름만 들어도 소름 끼치니까."

현서가 그렇게 제 옆을 냉정하게 지나갔다. 단 한 번도 저에게 등을 보인 적 없던 현서는 이제 그에게 등만 내보였다.

일순간 머릿속이 복잡해졌다. 가슴속에 남아 있는 분노와 증오 그리고 치떨리는 배신감이 커다란 불씨처럼 활활 타올랐었다. 그 타고 남은 잔재들은 과연 무엇이었을까.

현서에 대한 연민? 경멸? 아니면 아직도 남아 있는 배신감? 현서를 볼 때마다 드는 이 알 수 없는 감정들은 무엇일까.

도윤은 멀어져가는 현서를 보다가, 이내 뛰어가 현서의 팔목을 잡았다.

"얘기 좀 해."

이러려고 온 것이 아니었다. 현서와 물어뜯고 싸우고 반복되는 것을 도윤은 원치 않았다. 우리의 추억은 혜린이 나타나기 전까지 꽤 아름다웠으니까. 현서는 제 동생으로, 예쁘고 착한 아이였다. 그 추억들이 퇴색되고 검게 바래져버렸지만 아련한 감정들은 여전히 남겨져 있었다.

현서에게 모질고 독하게 굴었지만 그럼에도 다시 한 번 뒤를 돌아볼 수밖에 없었던 이유는 아직도 남아 있는 추억들 때문인지도 모르겠다.

“잠깐이면 돼.”

현서는 도윤의 말에 비소를 머금었다.

“그거 알아? 내가 매일 수십 번 오빠에게 내뱉었던 말이었어. 제발 잠깐만이라도 좋으니 날 봐달라고. 그렇게 애원하고 또 애원했어.”

한마디 한마디 읊조리듯 내뱉는 현서의 말에는 얼룩진 상처들이 가득했다. 도윤은 뒤통수를 맞은 느낌이었다.

‘오빠……. 잠깐이면 돼…….’

‘제발 부탁이야……. 제발 날 봐줘…….’

울면서 읍소하던 현서의 모습이 주마등처럼 스쳐 지나갔다. 그런 현서를 철저하게 무시한 것은 바로 저 자신이었다.

하나같이 날카롭게 박히는 말들, 그리고 제가 했던 행동들. 일순간 머릿속이 복잡해졌다. 치떨리는 감정으로 했던 것들이었다고 해도, 어떤 식으로 정당화될 수 없었다.

현서를 붙잡고 있던 손이 맥없이 탁 풀려버렸다.

“예전 사이로 돌아가자는 말도 안 되는 얘기 하고 싶은 모양인데, 착각하지 마세요. 나 이름뿐이었지만 오빠 호적상의 부인이었고 오빠에겐 하찮고 보잘것없는 시간이었겠지만 2년을 같이 살았어. 그러니까, 이런 말도 안 되는 소리 다시는 하지 말아요. 이렇게 꼬여버린 우리 사이에 예전처럼이란 단어는 이제 없어요."

그렇게 현서는 점점 그에게서 멀어졌다. 당연한 결과들이었다. 현서의 말대로 우리는 다시 마주치면 안 됐고, 마주친다 해도 서로를 헐뜯고 평생 미워하며 살아가야 할 존재들이었다.

그런데…… 왜…… 아직도 현서의 저 눈이, 아파하는 저 눈이…… 가시처럼 박혀드는 이유는 무엇일까.

멀어지는 현서의 그 어깨가 한없이 안쓰럽고 아려오는 이유는 무엇일까.

도윤은 현서가 사라지는 그곳을 무연히 바라봤다.

4

밤은 어둡고 슬픈 시간들이었다. 커다란 집, 빈 공간에, 아무도 없는 그 공간에 현서는 항상 혼자 있었다.

도우미 아줌마는 오후면 퇴근을 했고, 남은 시간을 현서는 집 지키는 애완견처럼 홀로 처박혀서 도윤이 오기만을 기다렸었다.

혹시나, 도윤이 일찍 돌아올까 봐, 친구들도 만나지 않았다. 처음엔 익숙하게 연락해오던 친구들조차 완벽하게 연락이 끊겼다.

도윤은 밤마다 술에 취해 있었다. 지독한 알코올 냄새만 맡아도 절로 속이 역해질 정도였다. 그리고 항상 자신의 서재 방에서 잠이 들었다. 부부 침실에 한 번도 들어온 적이 없었다.

옷도 벗지 않고 잠이 든 도윤의 옷을 벗겨주기 위해 서재 방으로 들어간 적이 있었다. 현서도 야윈 상태였지만 도윤도 하루가 다르게 수척해져 있었다.

현서는 머리맡에 앉아서 도윤을 무연히 바라보았다. 다정하게 속삭여준 입으로 이제는 비수 같은 말만 내뱉었다. 제 손을 따스하게 잡아주던 손으로 이제는 저를 냉정하게 쳐내었다.

현서는 한숨을 내쉬며 도윤의 와이셔츠 단추 하나를 풀었다. 하지만 날카롭게 쳐내는 그 손길에 저도 모르게 놀라고 말았다.

"오빠…… 깼어? 불편해 보이기에."

변명 같은 이야기를 내뱉던 현서가 입을 꾹 다물었다. 자신을 바라보는 경멸 어린 그 눈동자에, 입술 사이로 실소가 비집고 나왔다.

"내 몸에 손대지 마."

잠결에 내뱉는 말조차 이제는 제게 다정하지 않았다. 마치 그동안 봐왔던 도윤의 모습이 다 꿈같았다. 거짓을 봐왔던 것처럼 도윤은 제게 모질게 굴었다.

도윤은 새벽이면 사라졌다. 잠시 눈만 붙이러 온 사람처럼 현서가 눈을 떴을 때, 그는 항상 없었다.

집에서 혼자 뭐라도 하고 싶었다. 어떻게든 마음을 돌려보고 싶었다. 어떻게 하면 나를 한 번이라도 돌아봐줄까, 안달을 냈었다.

"아줌마, 이건 제가 할게요."

현서가 바짝 마른 와이셔츠를 가리키며 말했다.

"괜찮겠어요? 이런 거 한 번도 안 해보셨잖아요."

"해보죠, 뭐."

현서는 기쁜 마음으로 처음 해보는 다리미질을 해보았다. 빳빳한 판에 와이셔츠를 펼쳐놓고 손까지 데어가면서 열 장의 와이셔츠를 모두 다렸다. 약간 엉성하긴 했지만 그것들을 옷걸이에 걸어놓으면서 왠지 알 수 없는 뿌듯한 마음에 사로잡혔었다.

어려서부터 착한 일을 하면 도윤이 커다란 손으로 쓱쓱 머리를 쓰다듬어주곤 했었다. 그 칭찬이 좋아, 착한 일을 한답시고 집 안을 들쑤시고 다녔던 적이 있었다.

아무리 제가 미워도, 아무리 제가 싫어도, 우리는 끊을 수 없는 관계이니까, 돌아봐줄 거라는 착각. 언젠가는 제게 마음을 열어줄 거라는 착각. 그때까지 현서는 참 어리석었다.

아침잠도 많은 주제에, 도윤이 제가 다린 와이셔츠를 입고 나올까 봐 새벽같이 일어났었다. 서재 앞에서 서성거리면서 도윤이 나오기만을 학수고대하고 기다렸다. 와이셔츠를 다리고 있을 때 진짜 부부가 된 것 같은 착각도 들었다.

하지만, 그 바람과 기대는 너무도 깨지기 쉬운 것들이었다. 문밖으로 나온 도윤은 현서를 보고 인상을 잔뜩 찌푸렸다.

"앞으로 쓸데없는 짓 하지 마."

냉정하게 현관을 나가는 도윤은 새로 산 와이셔츠를 입고 있었다. 그리고 서재 안으로 들어가자, 제가 다린 와이셔츠가 몽땅 쓰레기통에 들어가 있었다.

현서는 그 자리에 주저앉았다. 눈물도 나오지 않는다. 서운하지도 않았다.

그저…… 허탈한 웃음이 새어져 나왔었다.

도대체 자신이 뭘 그렇게 잘못한 것일까.

어려서부터 신부수업과 사교모임의 일환으로 요리를 배웠었다. 제가 할 일은 사실상 없었지만 누군가를 부리려면 자신이 할 줄 알아야 한다는 할아버지의 가르침도 일조를 했었다. 이미 몇 번을 겪었으면서도 제풀에 질릴 만도 했지만 현서는 포기하지 않았다.

도윤도 저처럼 그저 무뚝뚝한 것이라고. 애써 자위를 했었다.

처음으로 된장찌개를 끓였던 날이었다. 갈비찜도 하고, 나물도 무쳤다.

"작은 사모님, 요리 잘하셨네요? 몰랐어요."

"그냥 조금 배운 것뿐이에요."

왠지 한상 제대로 차려놓고 나니 뿌듯해져 현서는 도윤에게 메시지를 보냈다.

[오늘 바빠? 저녁 차려 놨는데……. 일찍 와요.]

답이 올 거라는 기대조차 한 적 없었다. 하지만 은연중에 깔린 기대감까지 무시하기 힘들었다. 식탁 위에 놓인 휴대폰을 분마다 확인하며, 혹시 제 핸드폰이 고장이 난 것은 아닐까, 집전화로 전화까지 걸어보았다. 멀쩡히 울리는 휴대폰을 보며 한심한 자신을 탓하며 휴대폰을 침대 위로 아예 던져버렸다. 울리더라도 받을 수 없게.

괜한 기대를 하기 싫었다. 그러면서도 왜 틈만 나면 휴대폰을 확인했었는지……. 그때는 그 기다림조차도 설레고 좋았었다.

그렇게 도윤을 기다리다 식탁에서 잠이 들었던 거 같다. 눈을 떴을 때는 이미 아침이었다. 어느새 현서는 침대 위에 누워 있었고, 주위는 고요했다. 현서는 튕겨나가듯 부엌으로 나갔다.

식탁 위에 있던 음식들이 죄다 사라진 뒤였다. 혹시나 하는 일말의 기대감으로 현서의 가슴이 북받쳐 올라왔다.

"사모님, 깨셨어요?"

"그이는요……?"

"벌써 출근하신 거 같던데요. 그나저나 어제 음식을 다 쏟으셨나 봐요."

"무슨……."

현서는 아줌마가 싱크대 쪽으로 다급하게 걸어갔다. 그러고는 곧 허탈한 웃음이 새어져 나왔다. 제가 만든 음식들이 뒤죽박죽 섞여 개수대에 버려져 있었다.

"제가…… 어제 모르고 다 쏟았어요."

가슴속에 차오르는 울분을 차분하게 삼켜냈다. 이런 일쯤 쉽게 할 수 있었다. 어려서부터 냉철한 김 회장 밑에서 자란 현서였다. 이런 일쯤 아무렇지 않게 넘어가는 것은 별거 아니었다.

아니, 이번엔 좀 티가 났을지도 모르겠다. 눈물이 쏟아질 뻔했으니까.

"아까워서 어쩐대요."

"저 이만 좀 쉴게요."

"아침도 안 드시구요?"

"괜찮아요."

티를 낼 수조차 없었다. 내가 사랑받지 못한 여자라고, 어디다 하소연할 수도 없었다. 모든 것을 다 갖고 살았었다. 원하는 것이 있으면 손쉽게 손에 넣었다. 하지만 갖고자 하는 단 한 가지는 그녀를 끔찍하게 싫어한다.

제발 나를 봐달라고 애원하지만, 그는 절대 그녀를 봐주지 않았다.

"흑……, 흡……."

현서는 쓰러지듯 주저앉아 입을 틀어막고 울었다. 소리가 새어 나가지 않게, 누구도 알지 못하게.

누군가 알게 되면 제가 너무 가련하고 불쌍해지니까. 남들이 그런 식으로 자신을 보는 것을 참을 수가 없었다. 누군가의 동정을 받기엔, 현서는 가진 것이 너무 많았다.

그날 밤 처음으로 터졌던 거 같다. 밑바닥까지 치달은 자존심, 갈기갈기 찢겨버린 제 마음을 보상받을 길이 없다는 사실이 너무 서글프고 아렸다.

"도대체 나한테 왜 이래?"

새벽녘쯤 들어오는 도윤에게 다짜고짜 소리쳤다. 이 모든 것이 부질없다는 것을 현서는 너무 잘 알고 있었다.

하지만……. 하지만! 기대하지 말아야 하지, 기대지 말아야지, 하면서도 은연중 도윤을 너무 믿고 있었다. 그래도 나를 믿어줄 거라는 헛된 기대들……. 그런 것들은 처음부터 하면 안 되는 것들이었다.

세상 사람들은 다 저를 버리고 손가락질해도 도윤만은 저를 믿어줄 것이라는 헛된 희망이 만들어낸 환상은 생각보다 더 비참하고 가혹했다.

그에게 기대고 의존하던 그동안의 생활들이 너무도 익숙해서……, 어리석은 착각을 했었다.

"도대체 내가 어떻게 해야 날 봐줄 건데!"

자신을 바라보는 그 시선이 너무도 차갑고 냉정해서, 현서는 목구멍에서 뜨거운 것이 울컥 솟아올랐다.

그제야 알았다. 도윤의 말이 빈말이 아니었다는 것을.

"말했잖아. 나한테 너 사람 아니라고."

뺨을 타고 제 의지와는 상관없는 눈물이 흘렀다. 가슴이 아리고 시려왔다.

"왜 날 안 믿어……?"

저를 스쳐 지나가는 도윤을 잡으며 현서가 물었다. 치이고 또 치이고 가혹한 형벌 같은 버림을 당했지만 가슴속에 남아 있는 믿음들……. 제발 나를 돌아봐달라는 외침과도 같은 믿음이었다.

"최소한…… 나한테 한 번 물어봐줄 수는 없었던 거야? 나한테 그런 기회조차 줄 수 없는 거였어? 다른 사람은 다 아니라도! 오빠만은 믿어줄 수 있는 거잖아!"

현서는 쌓여 있던 분노를 표출하듯, 자신의 마음을 외쳤다. 이렇게라도 하지 않으면 더 참을 수가 없을 거 같아서, 이렇게라도 하지 않으면 정말 견딜 수가 없을 거 같아서, 참고 참고 또 기다렸던 말을 결국 제가 먼저 꺼냈다.

하지만 단 한 사람, 나를 믿어줬으면 하는 사람은 그녀를 믿지 않았다.

"그래서 네가 아니야? 네가 아니냐고 묻고 있잖아!"

현서는 냉정히 내쳐진 제 손을 물끄러미 바라보았다. 자신을 버러지 보듯 바라보는 그 눈을 보며 현서는 천천히 뒷걸음질 쳤다.

그때 알았다. 이 사람은 날 더 이상 믿어주지 않는다는 것을……. 자신이 어떤 말을 해도 믿어주지 않을 거라는 것을.

"그만하자."

돌아서서 가는 도윤을 보며 현서는 울고 또 울었다. 제가 울면 혹시라도 도윤이 당장 와서 달래줄 것만 같아서. 이렇게라도 하지 않으면 도윤이 절대 자신을 봐주지 않을 것 같아서.

남 앞에서 눈물 보이는 거 죽기보다 싫어하는 현서인데, 남한테 불쌍하게 보이는 거 죽기보다 싫어하는 현서인데, 도윤 앞에선 이렇게 약해지고 눈물부터 쏟아냈다. 하지만 도윤은 돌아보지 않았고, 저는 완벽하게 버려졌다.

우리의 관계는 모래로 만든 성일 뿐이었는데……. 파도 한 번, 바람 한 번이면 모두 부서지고 흔적조차 남지 않을 그런 관계인데……. 그것을 너무 뒤늦게 알았었다.

'넌 평생 도윤 씨 사랑 얻지 못할 거야.'

이혜린의 바람대로 현서는 도윤의 사랑을 얻지 못했다.

"현서 씨, 어디 아파? 안색이 많이 안 좋은데."

"괜찮아요."

괜찮다고 말은 했지만 현서의 이마에 식은땀이 송골송골 맺혀 있었다. 현서는 구석진 자리에 쪼그리고 앉았다.

팔다리를 두드려 맞은 듯 아리고 머리가 어지러웠다. 감기 몸살인 거 같았다.

이 정도로 몸이 아픈 것은 참 오랜만이었다.

벽에 기대서 눈을 감고 있는데 주머니에 넣어뒀던 휴대폰 진동이 울렸다. 그 덕에 머리까지 울리는 거 같았다. 현서는 한숨을 내쉬며 전화를 받았다.

"응."

—목소리가 왜 그래? 어디 아파?

응, 한마디 했을 뿐인데 지혁은 제 변화를 너무 잘 알아차렸다. 현서는 순간 풋, 웃음이 났더랬다.

"그냥 몸살인가 봐. 별거 아니야."

—약은?

지혁의 물음에 현서는 그제야 제가 아무것도 먹지 않았다는 것을 깨달았다.

—너 밥도 안 먹었지? 기다려.

현서는 끊긴 휴대폰을 잠시 내려다보다 곧 다시 눈을 감았다. 그저 지금은 아무 생각하지 말고 쉬고 싶었다.

하지만, 간밤의 꿈 때문인지 가슴속에 잔 여운들이 남아 있었다.

밤새 악몽을 꾸었다. 다시는 생각하고 싶지도 않았던, 그 악몽들을 연달아 꾸었다. 꿈을 꾸며 울고 아린 가슴을 부여잡고 남은 응어리를 터트리듯 오열했던 거 같다. 눈을 떴을 땐, 아침이었다.

아프고 아렸다.

오랜만에 친구들과 술을 마셨다. 한국에 돌아오기 전에는 모든 것이 자신 있었다. 하지만 한국에 막상 돌아오니 흔들리는 현서의 눈빛에 저는 아무것도 할 수 없다는 것을 깨달았다. 그것이 얼마나 아프고 슬픈 일인지, 지혁은 너무 잘 알고 있었다.

묵직한 몸을 일으키자, 밤사이 숙취가 엄습해왔다.

현서는 참 미련한 편이었다. 열이 펄펄 끓어도 괜찮다며 눈만 감고 있었고, 약도 잘 먹지 못했다. 커다란 알약은 특히 넘기질 못했는데 그럴 때면 알약을 반으로 쪼개서 먹곤 했다.

이런 사소한 것들을 알게 된 것은 2년을 함께 보내면서였다.

지혁은 욕실로 서둘러 들어가 얼굴 정리만 하고 나가려고 할 때였다. 갑자기 휴대폰이 요란하게 울렸다. 현서일 거라는 생각에 튕기듯 전화를 받았다.

"왜? 더 아픈 데 있어?"

—무슨 소리야?

지혁은 그제야 수화기를 떼고 발신인을 바라봤다.

"아, 형……. 무슨 일이에요?"

—누가 아파?

집요하게 물어오는 도윤 때문에 지혁은 난감해졌다. 째깍 째깍, 시간이 계속해서 움직였다.

"현서가…… 아파요."

상대방은 말이 없었다. 지혁은 다시 한 번 시계를 확인하다 이내 말을 이었다.

"저 지금 현서한테 가봐야 해서요. 급한 일 아니면 나중에 제가 걸게요."

—그래.

지혁은 전화를 대충 끊고 다시 욕실로 튕기듯 들어갔다.

도윤은 끊긴 전화를 보며 한숨을 내쉬었다. 돌아서 가던 현서의 뒷모습이 눈에 밟혔다. 가슴속에 남아 있는 배신감과 분노는 여전히 남아 있었다. 혜린이 어떻게 떠난 줄 도윤이 누구보다 잘 알고 있었으니까.

혜린의 사고는 교통사고였다. 현서와의 실랑이 속에 현서가 차도로 혜린을 밀었고, 그 덕택에 혜린은 사고를 당했다. 하지만 현서에게 내려진 판결은 증거불충분으로 혐의 없음이었다.

돈의 힘이란 것을 이미 익히 알고 있었지만, 이 정도까지인 줄 알지 못했다. 차엔 블랙박스가 없었고, 유일한 목격자는 진술을 번복했다. 덕분에 혜린의 말은 신빙성을 잃었다.

최고의 변호인단이 현서의 무죄를 입증했고, 많은 사람들이 현서를 비호했다. 죄가 있어도 죄가 없는 것처럼 만드는 것은 쉬운 일이었다.

'스스로 뛰어드는데, 제가 어떻게 그런 사람을 잡겠어요.'

'피고인은 현재 피해자가 직접 차에 뛰어들었다고 주장하시는 건가요? 그럴 만한 이유가 있습니까?'

'저야 모르죠. 무언가 숨기고 싶었을지도 모르구요.'

심문을 받으면서도 눈 하나 깜빡하지 않던 현서의 모습이 아직도 잊히질 않았다. 그녀는 요요히 방청석에 앉아 있던 혜린을 향해 담담한 미소를 짓기도 했다.

일말의 죄책감조차 느끼지 않는 현서를 보며 도윤은 몸서리를 쳤다. 제가 봐왔던 사람이 저 사람이 맞나 싶을 정도로 현서는 당당했었다. 무섭도록 잔인하게.

여론은 잠시 들끓는가 싶더니 그것도 톱스타의 스캔들로 이내 잠잠해졌다. 이 모든 게 김 회장과 서 회장의 합작품이었다.

'도윤 씨가 행복하길 바라지만 그게 현서와 함께는 아니었으면 좋겠어.'

혜린은 결국 도망치다시피 한국을 떠났다. 그렇게 그녀에 대한 죄책감과 미안함을 도윤 혼자 간직해야 했다. 그게 맞는 거라고 생각했다. 세간을 떠들썩하게 한 전도유망했던 발레리나의 교통사고는 그렇게 조용히 묻혔다.

그래서 더 현서에게 모질게 굴었다. 현서는 2년을 참 독하게 버텨냈었다. 그 정도는 가혹한 것도 아니라고, 이것보다 더 혹독하게 당해야 한다고, 한 사람 인생을 망쳤다고, 현서에게 더 모질게 굴었다.

하지만…… 그러면서도 현서를 자신도 모르게 돌아봤었다. 현서의 눈물이 제 가슴에 맺혔고, 현서의 말 한마디가 제 가슴을 아프게 만들었다. 현서는 그가 가장 믿고 싶고 가장 아끼는 사람이었다.

그런 사람이 제 믿음을 완전히 져버렸을 때, 제가 느꼈던 배신감은 말로 표현할 수 없을 정도로 뼈아팠다. 제가 가장 소중하다고 생각하던 사람이 자신이 사랑하는 사람의 꿈을 짓밟고 인생을 짓밟고 제 믿음까지 짓밟아버렸다.

제 사랑을 끊어냈다는 분노를 현서에게 모두 토해냈었다.

치떨리는 배신감에 몸서리쳐지는 분노감에 사로잡혀 있었지만 그러면서도 현서를 완전히 내치진 못했다.

사랑스러웠던 그 모습 그대로 보이려고 해서, 그 마음을 몇 번이고 다잡고 했었다. 아마도 이 모든 것은 모질고 질긴 정 때문이었는지도 모르겠다.

"사장님, 곧 회의 들어가셔야 할 시간입니다."

비서가 그에게 회의시간을 알려왔다. 지독한 상념에 빠져 있던 그가 몸을 천천히 일으켰다.

현서는 그를 떠나기 위해 참 완벽히도 준비해왔었다. 처음 한 달간은 저를 농락했다는 분노에 사로잡혔었다. 뒤에서는 저를 떠날 생각들을 준비하면서 앞에선 아무렇지 않은 듯 행동했던 그 가증스러운 모습들에 화가 났었다. 혜린의 연락처를 받고 다른 생각을 할 생각조차 하지 못했다.

처음부터 이럴 것이었으면 제 사랑과 제 사랑하는 사람의 인생을 망치면 안 됐었다. 차라리 잘됐다고 생각했을 때도 있었다. 이렇게 끝나는 것이 맞다고도 생각했다. 하지만 텅 비어 있는 집을 볼 때마다 가슴 한구석이 아려왔다.

그렇게 시간이 흐를수록 분노에서 불안함으로 불안함은 곧 아픔으로 바뀌었다. 한 달이 지나고, 석 달이 지나고, 일 년이 지나고, 현서는 도윤에게서 꽁꽁 숨어버렸다. 언제나 제 눈앞에 있던 사람이.

더 독한 벌을 받아야 한다고 생각하면서도, 현서가 괴로워하고 힘들어하는 것을 보기 것은 더 괴롭고 힘들었다.

현서는 제게 아픔과 고통을 준 사람이기도 했고 가슴속에 박혀든 가시 같은 사람이기도 했다.

배신감과 증오 그리고 분노가 가렸던 눈이 그제야 서서히 보였다. 마지막으로 떠나가던 현서의 뒷모습이 가슴속에 칼날처럼 박혀들었다. 더 화내고 모질게 굴고 더 큰 죗값을 받아야 한다고 생각하면서도 한쪽 마음으론 현서가 뒷모습이 안타까웠다.

뒤늦게 찾아간 현서의 집에 그녀의 소식을 들을 수는 없었다. 막연하게 집에 없다는 것은 알았지만 이리도 꽁꽁 숨을 줄은 몰랐다. 비서를 통해 잘 지낸다는 소식만이라도 듣기 위해 현서를 찾아봐도 찾을 수 없었다.

제 앞에서 제발 사라졌으면 했다. 어린 시절의 기억들보다 제 눈을 덮은 분노가 먼저였으니까. 하지만 그렇게 간곡하게 빌던 소원이 이루어졌을 때, 제 마음은 찢어지듯 아팠다.

그렇게 현서는 제 눈앞에서 완벽하게 사라졌었다.

'현서는 어디에 있습니까?'

'허허, 자네가 끊어낸 인연을 무엇 때문에 찾는 겐가?'

'현서는 그럴 만했습니다. 회장님도 아시지 않습니까?'

'그렇다면 더 찾지 말아야 하는 게 아닌가?'

김 회장은 조용히 바둑알을 내려놓으며 참 무심히도 대답했었다. 제가 하면 안 되는 걱정인 걸 알고 있었다. 모질게 굴고 내쫓다시피 나가게 한 것은 결국 도윤이었다.

'잘 지내고 있습니까?'

혼자 바둑 두는 것에 집중하던 김 회장이 돋보기 너머로 그를 물끄러미 바라봤다.

'자네 말대로 죄까지 지은 아이 뭣하러 소식을 알고 싶은 겐가. 자네나 현서나 서로 안 보는 편이 나을 터……. 현서를 찾지 말게나. 자네와 인연은 끝났네.'

바둑판에 집중하며 김 회장은 더 이상 도윤을 쳐다보지 않았다. 도윤은 김 회장에게 반박할 자격이 없었다.

'잘 지낸다는 말이라도 듣고 싶습니다.'

끓어오르는 걱정을 가라앉히며 마지막으로 되물었다.

'이미 끊긴 인연. 더 이상 신경 쓰지 말게.'

도윤은 모든 것을 포기하고 집을 나올 수밖에 없었다. 그 날의 쨍하게 내리쬐는 햇볕은 여전히 아픔처럼 파고들고 있었다.

도윤은 회의에 필요한 자료를 비서에게 넘겨받으면서 리드미컬하게 의자를 손가락으로 톡톡 쳤다.

'현서가 아파.'

현서는 어려서부터 자주 아팠다. 몸이 약했고, 그때마다 도윤이 간병을 주로 했었다. 도윤이 아니면 싫다고 투정을 부리는 통에 김 회장이 이따금씩 그에게 미안하다며 연락을 했었다.

열이 펄펄 끓는 주제에 그가 아니면 싫다고 그렇게 울었더랬다.

'이 약 먹는 거야. 알았지?'

'자고 일어나도 안 갈 거지?'

얼굴이 시뻘게지고 말하는 것조차 힘들어하면서도 도윤의 손을 꼭 잡고 그렇게 말했더랬다.

'알았어. 안 갈게.'

현서가 아플 때 함께 있어주던 사람은 항상 그였다. 어렸을 때부터 쭉, 현서에게 도윤은 아빠였고 엄마였고 오빠였고 그리고 가족이었다.

"사장님?"

비서의 부름에 도윤은 상념을 걷어내며 자리에서 일어났다.

'현서가 아파.'

머릿속에 끊어낼 수 없는 단어였다.

"미안한데 회의 한 시간만 미룹시다."

"네? 사장님!"

비서의 부름도 무시하고 도윤은 다급하게 겉옷을 입고 밖으로 뛰다시피 나갔다.

현서가 아픈 것에 약했다. 현서가 우는 것에 약했다. 현서의 웃음에 약했고, 현서의 모든 것에 약했다. 그것은 현서도 마찬가지였을 것이다.

도윤은 엘리베이터 버튼을 다급하게 눌렀다.

'오빠 나 잘 때까지 가면 안 돼.'

다 큰 고등학생이 되어서도 현서는 어리광을 곧잘 그에게 부렸었다. 착한 손녀, 말 잘 듣는 손녀, 의젓한 손녀가 되어야 하는 현서에게 유일한 안식처는 도윤이었다. 제 모습 그대로를 보여줄 수 있는 곳도 도윤이었고.

운전대를 잡는 손길이 신경질적이면서도 다급했다. 갈피를 잡지 못하는 제 마음을 도윤 제 스스로도 알지 못했다.

김현서는 과연 제게 어떤 존재일까. 몇 번이고 되물었던 질문이었다. 하지만 여전히 그 답을 내리질 못했다.

직장생활에서 아프다는 이유로 결근을 하는 것은 쉽지 않았다. 특히 우리나라에선 더더욱. 게다가 아프다는 일로 결근을 하고 싶진 않았다. 모든 것에 완벽해야만 했다. 그래야만 남들에게 떳떳하게 인정받을 수 있다고 생각했었다.

현서는 손님이 올 때면 아픈 몸을 이끌고 응대를 했고 한

가할 때면 구석진 자리에 쪼그리고 앉아 있었다. 그조차도 매니저가 있을 때면 하지 못했는데, 눈앞이 이지러진 것이 한두 번이 아니었다.

"정말 괜찮아?"

진숙이 걱정됐는지 몇 번 그녀의 안부를 물었다. 미련하게 괜찮다는 말을 항상 하는 현서였지만 이번만큼은 도저히 대답이 떨어지지 않았다.

얼굴은 창백하게 질려 있고 이마엔 송골송골 식은땀까지 맺혀 있었다. 하지만 그럼에도 집으로 돌아갈 수가 없었다. 집에 혼자 있을 때면 떠오르는 옛 기억들이 그녀를 지독히도 괴롭혀오니까.

현서가 잠시만 쉬고 오겠다고 말하려던 그즈음이었다.

"김현서……."

현서는 흐려지는 시야를 다잡으며 자신을 부른 사람을 바라봤다.

"여긴 어떻게……."

갑자기 찾아온 도윤 때문에 주위가 웅성거렸다. 누구냐는 듯한 물음의 눈초리들이 현서를 감싸고 있었다. 순간 지끈거리는 두통이 더 심해졌다.

"나와."

도윤은 현서의 손목을 끌고 밖으로 나갔다. 놓으라고 소리치고 싶었지만 그럴 힘도, 또 소란도 만들고 싶지 않았다. 그저 지금 눈앞의 상황이 꿈이길 바랄 뿐이었다.

도윤은 한적한 휴게실 쪽으로 가, 현서의 손목을 비로소 놓았다.

"어쩐 일이야?"

말하는 것조차 힘겨웠다. 이마는 이미 뜨겁게 끓고 있었으며 얼굴조차 빨갛게 열이 올랐다. 몸은 손대는 곳곳마다 아리고, 머리는 어지러웠다. 그저 눕고만 싶었다.

하지만 그가 내민 것을 보는 순간 불같이 화가 일었다. 현서의 손에 약병을 쥐어주며 도윤은 커다란 손으로 익숙하게 그녀의 이마를 짚었다.

빌어먹게도 제가 알약을 못 먹는 것을 알고 물약을 사왔다. 정말 빌어먹게도 말이다.

현서는 눈물이 왈칵 쏟아질 뻔했다. 이 상황이 너무 분하고 억울해서. 그리고 잊고 싶은 옛 기억들이 자꾸만 꾸역꾸역 떠오르려고 해서.

"도대체 너는 미련하게 이렇게 될 정도로!"

화를 내는 도윤의 손을 냉정하게 밀어냈다. 현서는 입술을 꾹 깨물며, 제 손에 들린 약병을 꽉 쥐었다. 내쳐진 손을 바라보던 도윤이 나직하게 한숨을 뱉었다.

이까짓 약으로 풀릴 관계가 아니었다. 걱정하는 척 위선을 떠는 건 혜린이나 도윤이나 똑같았다. 현서는 도윤을 등지고 저벅저벅 걸어가 약을 쓰레기통으로 던져버렸다.

순간 정지화면처럼 현서를 바라보던 도윤이 머리를 거칠게 쓸어 넘겼다.

"뭐하는 거야."

"지금 서도윤 씨야말로 뭐하시는 거예요? 나랑 지금 뭐하자는 건데! 내가 불쌍해? 내가 우스워? 지금 뭐하자는 건데!"

화가 났다. 끊긴 인연이었다. 그 인연을 끊었을 때 제가 어떤 마음인 줄 알지도 못하는 주제에, 이제 와서 이러는 이유를 도무지 모르겠다.

우리가 악연이었다는 것은 너무 서로 잘 아는 사실이었다.

그런데 왜! 도대체! 저를 이렇게 흔들어놓는지 모르겠다.

현서는 벽을 한 손으로 짚으며 현기증이 이는 몸을 겨우 지탱했다. 소리를 지를 때마다 머리가 울려왔다.

도윤은 쓰러지려는 현서를 바라보다 망설임 없이 쓰레기통으로 다가갔다. 그러고는 손을 넣어 약병을 꺼냈다.

무슨 짓을 하려는 거냐고 현서가 소리를 지르려 했다. 하지만 그 다음 말문이 완전히 막혀버렸다.

도윤은 제 입 안으로 약을 모두 털어 넣었다. 그러고는 망설임 없이 현서의 뺨을 부여잡고 입술에 입을 맞췄다.

뜨거운 열기가 입술 사이로 고스란히 전해졌다. 씁쓸한 약이 목구멍으로 조금씩 넘어오고, 얼굴을 부여잡은 손이 차갑기만 했다. 발버둥을 치고 밀어내려 했지만, 붙잡은 손길이 너무도 단호하고 세서 현서는 그를 뿌리칠 수가 없었다.

머리가 어지러웠다. 열 때문인지 아니면 다른 이유에서인지 모를 불분명한 열기가 온몸에 가득 피어오르던 순간이었다.

5

짝, 날카로운 소리가 허공을 갈랐다. 현서는 도윤을 매섭게 노려보며 제 입술을 한 손으로 거칠게 문질렀다. 이마를 뒤덮은 열기조차 잊을 정도였다.

"지금 이게 무슨 짓이야!"

손바닥이 얼얼할 정도로 도윤의 뺨을 때렸던 거 같다. 눈물이 가득 고인 그 눈은 경멸과 분노로 가득 차, 도윤을 날카롭게 바라봤다.

"이제 내가 우스워? 내가 우습냐고!"

현서는 가슴속에 담아놓은 울분까지 터트리듯, 도윤에게 소리쳤다. 붉게 부은 뺨을 한 손으로 어루만지며 도윤은 나직하게 한숨을 내뱉었다.

"약, 먹었으니 이만 갈게."

돌아서서 가는 도윤을 눈물 섞인 눈으로 바라보았다. 현서의 입가에 허무한 웃음이 새어져 나왔다. 터져 나오는 눈물을 참기 위해 주먹을 더 꽉 쥐어야만 했다. 바들바들 떨리는 손끝이, 들썩거리는 어깨가, 터져 나오는 울분을 삼키려고 애쓰고 있었다.

도윤은 어려서부터 제게 퍽 다정한 사람이었다. 다른 사람들에겐 적정선을 항상 유지했지만, 제게만은 달랐었다. 혜린이 있다 해도, 혜린이 어떤 말을 늘어놓는다 해도, 도윤은 항상 저만 믿어줄 거라고 생각했었다.

제게만 다정했고, 제게만 친절했던 사람이었으니까.

이 얼마나 어리석고 모자란 짓이었는지 알았을 때에도 도윤을 미워할 수가 없었다. 미웠지만, 완벽하게 미워할 수가 없었다. 싫다고 생각했지만, 완벽하게 싫어할 수가 없었다. 그에 대한 마음을 접으려고 노력했지만 그게 제 뜻대로 되지 않아 더 괴로웠던 거 같다.

처음부터 왜 그를 사랑했을까. 아니, 제게 잘해주지 않았더라면, 또 아니, 저를 처음부터 남들과 똑같이 대했더라면 우리는 이렇게 틀어지지 않았을 것이다.

소리 없는 원망이 가슴속으로 타고 들었다.

그를 떠난 2년을 죽다시피 살았고, 살고자 하는 의지조차 없이 그렇게 시간이 흘러가는 대로 살았다. 도윤을 잊기 위해, 밤새 몸부림쳤고, 도윤을 생각하지 않기 위해 밤새 울고 또 울었다.

컴컴한 방 안에서 홀로 누워 먹지도 자지도 않고 그렇게 버텨왔다. 커다랗게 뚫린 그 상처를 억지로 메꾸고, 억지로 덮었다. 그리고 이제는 그곳을 다시 보지 않기 위해 이를 악물고 버티는 중이었다.

하지만…… 도윤을 볼 때마다 제 기억들이 이따금씩 다시 떠올라왔다.

그것은 아픔이었다. 사랑에 대한 미련이 아닌 그저 아픔이었다. 제가 한 사랑은 그저 아프고 외로운 짝사랑일 뿐이었다.

누구 하나도 행복할 수 없는 그런 사랑.

현서는 제 뜻대로 되지 않는 이 마음 때문에, 미끄러지듯 주저앉아 소리 죽여 울었다.

사라지는 도윤의 모습을 지혁은 가만히 쳐다보았다. 손에 쥔 약봉지가 참 허탈해지는 순간이었다. 겨우 얻은 제 자리를 도윤은 단숨에 파고들었다.

왜, 왜, 항상 현서였을까. 현서만의 문제라고 생각했었다. 현서만 마음을 접으면 되는 것이라고 생각했었다. 지혁은 머리를 거칠게 쓸어 넘겼다.

지금껏 도윤에게 현서는 여자인 적이 단 한 번도 없었다. 다정한 얼굴로 대하는 그 눈에 현서는 그저 예쁜 동생이었다.

하지만……. 지금 그 광경은 어떻게 설명해야 하는 것일까.

수화기 너머로 들리던 그 한숨을, 아니라고 아닐 거라고 오면서 수십 번을 생각했다. 약국에 가서 종류별로 약을 사오면서도, 도윤이 이곳에 와 있을 거라는 생각하지 않았었다. 억지로 만든 제 자리에 도윤은 너무 쉽게 들어왔다.

겨우 옆자리를 만들었는데 도윤은 그것을 너무 쉽게 무너트리려 하고 있었다. 불안감이 엄습해오고 있었다.

지혁은 도윤이 사라진 그 자리를 바라보며 허탈하게 웃었다.

지혁에게 2년은 더없이 소중하고 아픈 시간이었다. 아니, 옆에서 현서를 보았던 시간은 행복하고 소중했지만 아팠던 시간들이었다.

처음부터 현서가 좋았던 것은 아니었다. 그저 현서는 표정이 없던 아이라고만 생각했다. 저도 모르게 주눅이 드는 각계 인사들 앞에서도 능숙하게 이야기를 나누고 능숙하게 이야기를 이끌어갔던 아이였다. 그 모습이 대단해 보이기까지 했다. 특히 제 아버지와 가볍게 웃으며 농담을 주고받을 땐 충격이었다. 자기조차도 무서워서 도망 다니던 엄격한 아버지였다.

'나 예쁜 여자 좋아해. 그래서 너랑 친구 하고 싶어.'

그건 사실이었다. 하지만 예뻐서 눈길이 갔던 것은 아니었다. 존경의 의미였다. 막강한 어른들 앞에서도 전혀 주눅 들지 않고 단번에 주인공 자리를 꿰차는 아이, 현서가 그랬다.

'싫은데?'

단번에 거절했을 때도 포기하지 않고 다가갔던 것도 냉정하면서도 권위 있고 우아한, 저와는 다른 현서의 매력 때문이었다.

그때까지도 현서는 제게 동경의 대상이었다. 그저 친구로 지내면 좋을 거라고 생각되는 예쁜 여자애였다.

"나 도윤 오빠 좋아해."

어느 날 갑자기 찾아든 이야기였다. 수줍은 소녀처럼 양 뺨이 빨개져 내뱉는 그 모습은 지혁에겐 그저 충격이었다. 마시고 있던 물을 뿜어냈을 정도였으니까.

"미쳤어?"

"왜?"

"아니, 그보다 형은 알아?"

"아니, 몰라. 20살이 되면 고백할 거야."

말도 안 되는 거 아니냐고 현서를 다그쳤었지만, 그런 표정의 현서를 잊을 수가 없었다. 그제야 기억이 나버렸다. 도윤 앞에선 천진무구한 그 나이 또래의 여자아이가 된다는 사실을.

잊고 있었다. 현서는 어른스러웠고, 제 또래라고 생각이 되지 않을 만큼 성숙했지만 결국은 저랑 동갑이라는 사실을. 왠지 모르게 그것이 충격으로 다가왔었다. 그리고 그 충격이 다른 의미에서라고 안 것은 한참 뒤의 일이었다.

도윤에게 마음을 고백하면서 현서는 완전히 틀어져버렸다. 어른스러웠던 그 모습도, 항상 환하게 빛이 나던 그 모습도 모두 사라졌었다. 그저 사랑에 버림받은 가련한 여자일 뿐이었다.

당당하고 패기가 넘치던 그런 현서의 모습은 그 어디에도 없었다. 그런 현서에게 수도 없이 그 사랑을 접으면 안 되냐고 말했었다. 하지만 그때마다 날아오는 대답은 냉정했다.

“이제 그만둬. 도윤이 형한테는 혜린 누나가 있잖아.”

“오빠는 결국 나한테로 올 거야. 오빠는 날 버리지 못하니까.”

사랑이 눈을 가리고 질투가 두 귀를 막은 현서는, 지혁이 알던 그 모습이 아니었다. 제 사랑 때문에 남을 시기하고 질투하며, 마음이 완벽하게 비틀려버렸다.

누군가를 부러워한 적도, 누군가를 질투한 적도 없는 그런 현서가, 누군가를 질투하고 시기했다. 하지만 그 모습이 더 애잔하고 가슴속에 박혀들었다.

현서는 늘 눈이 부어 있었다. 제 마음을 몰라주는 도윤 때문에.

현서는 늘 도윤만 바라봤다. 저를 바라봐주지도 않는 사람을.

현서는 좋아하지도 않는 사람을 좋아하는 척을 했다. 도윤이 사랑하는 여자였으니까. 소름 끼치게 싫어하면서도 도윤의 앞에서 그 여자를 좋아하는 척 어리석은 연기를 했었다.

그때마다 현서의 손바닥은 남아나질 않았다. 제 앞에서 사랑하는 사람이 다른 여자를 바라보는 것을 보는 것은 제 살을 깎아내는 것보다 더 아픈 고통을 감수해야만 하는 일이었다.

“나 도윤 오빠랑 결혼할 거야.”

현서는 그 말 한마디를 했었다. 세상에서 가장 행복해야 하는 신부의 얼굴이 하루가 다르게 수척해지고 있었다. 혜린의 사고 후, 몇 달 만의 일이었다.

"그…… 결혼 꼭 해야겠냐?"

현서는 잔잔히 웃었다.

"그렇게라도 오빠 잡고 싶어."

사랑을 하고 있는 여자의 얼굴이라고는 믿기지 않는 얼굴이었다. 항상 당당하고 모든 사람들의 가운데에 서 있었던 현서와는 전혀 다른 모습이었다. 항상 아름답게 빛이 나던 현서는 계속해서 메말라가고 있었다.

현서의 결혼을 보지 않고 떠났었다. 하루가 다르게 신경질적이고, 날카로워지는 못난 현서의 모습을 더 이상 볼 자신이 없었다. 차라리 남들과 같은 사랑을 했다면 그것을 지켜보는 자신이 더 나았을 것이다.

현서는 지킬 수 없는 것을 아등바등 억지로 지켜내고 있었다. 결국 제 것이 아닌데.

그 모습을 지켜보는 것이 제 마음은 더 타들어갔다.

그렇게 훌쩍 한국을 떠났었다. 아파하는 현서지만 제가 원하는 것을 얻어냈으니 이제 괜찮을 거라고, 그렇게 막연하게만 생각했다. 사실은 아니란 것을 이미 알고 있었는지도 모르겠다.

다른 여자의 신부가 되어 있는 제 사랑을 볼 수 없는 치졸한 제 마음 때문이었는지도 모르겠다.

현서가 다시 연락이 온 것은 결혼을 하고 2년쯤 지난 후였다. 간간이 엽서로 자신의 생사만 확인시켜주었고, 대부분의 사람과 연락을 끊었던 상태였다.

갑작스러운 전화에 당황한 것은 오히려 지혁 쪽이었다.

[지혁아…….]

현서는 울고 있었다. 도윤을 갖기 전보다 더 구슬프고 아프게 울고 있었다.

[나 좀……. 나 좀 도와줘…….]

현서는 그 말을 끝으로 수화기를 잡고 오열했다. 무슨 일인지 물을 새도 없이 현서는 그저 펑펑 울기만 했다.

남 앞에서 우는 것을 죽기보다 더 보이기 싫어하는 여자였다. 남에게 아쉬운 소리를 하는 것을 못 견뎌하는 여자였다. 남에게 제 아픈 과거를 말하는 것을 자존심 상해하는 여자였다.

그런 현서가 제게 도와달라고 부탁을 하고 있었다. 그것도 어느 때보다 더 간절하게.

지혁은 그 길로 방랑을 접고 한국으로 귀국했다. 그리고 다시 만난 현서는 눈에 띄게 수척해져 있었다. 제가 떠날 때 봤던 그 모습보다도 더 처참했다. 팔다리는 바짝 마른 삭정이처럼 볼 수 없을 정도였고, 얼굴은 보기 힘들 정도로 야위어 있었다.

"너……."

얼굴이 왜 그러냐고 묻고 싶은 입을 다물었다. 그렇게 원하던 결혼을 해놓고서 얼굴이 왜 이러냐고 다그쳐 묻고 싶었다. 뭘 먹기는 했냐고 화를 내고 싶었다.

하지만……. 애써 제게 웃고 있는 현서의 모습이 너무도 안쓰러워서 도저히 화를 낼 수가 없었다.

현서는 지혁이 돌아오고 얼마 안 되서 이혼을 했다. 갑작스럽게 왜 이혼을 결정했는지, 도윤을 사랑하는 마음을 가지고 왜 그의 옆을 떠났는지, 그리고 왜 그렇게 힘든지 지혁은 묻지 않았다.

“고마워……. 나 너 아니었으면, 너 없었으면 못 떠났을지도 몰라.”

그 말을 전하고 현서는 미국으로 떠났다. 가는 뒷모습이, 축 처진 어깨가, 예전의 김현서를 도저히 찾아볼 수가 없을 정도였다.

그리고 두 달 뒤, 지혁은 현서가 있는 곳으로 갔다. 그곳에 도착해서 문을 연 현서의 몰골은 한국에서보다 더 처참했다. 자신이 만났을 때보다 살은 더 빠져 뼈만 남은 상황이었다.

가슴속에 남겨진 그 커다란 상처를 불덩이처럼 끌어안고 사는 현서는 오늘 사라져도 이상할 것이 하나도 없었다.

“방 있지? 신세 좀 지자.”

넉살좋게 집 안으로 들어갔지만, 현서는 적잖이 당황한 표정이었다.

현서는 바짝 말라 곧 바스러질 사람 같았다. 그런 현서의 옆에서 2년을 지킨 것이 바로 자신이었다.

먹지 않는 현서를 억지로 끌고나가 숟가락을 쥐어주고, 다 게워내는 한이 있어도 억지로라도 먹였다. 어두컴컴한 집 안에 불을 켰고, 나가지 않겠다는 현서를 억지로 밖으로 내보냈었다. 햇빛을 보고 맑은 공기를 마시고 밝은 노래만 듣게 했다.

그렇게 일 년을 노력한 끝에 현서는 최소한 아픔을 억지로 묻을 수 있었다. 이따금씩 추억 한 자락이 나오면 울고 또 울기를 반복했지만, 그래도 최소한 예전보다는 나아졌다.

서도윤이란 이름을 듣고서 눈물부터 보이지 않게 된 것은 꽤 놀라운 변화였었다.

그렇게 웃음을 찾기까지 2년이란 시간이 걸렸다. 그런 우리의 힘겨운 시간을 아무것도 모르는 도윤이 망치려고 했다.

겨우 찾은 웃음을, 겨우 찾은 안정을, 도윤이 모두 망치고 있었다.

*

현서는 어려서부터 감기를 달고 살았다. 그 감기가 한참을 가곤 했었다. 하지만 그 감기는 항상 누군가에게 옮겨지면 금세 낫곤 했는데 그 상대가 항상 도윤이었다. 현서를 간병하는 사람이 도윤이었으니까.

아무리 바쁜 일이 있다 해도, 잠시라도 들르고 가곤 했었다. 다른 사람이 아닌 현서였으니까. 가지 말라고 투정을 부려도, 아침이면 사라지고 없었지만 새벽녘에 잠시라도 들러 현서의 상태를 확인하곤 했었다. 잠시 들를지라도 항상 현서의 감기는 도윤에게 옮겨가곤 했는데, 그 덕에 현서는 항상 감기가 나았었다.

반대로 현서가 병문안을 가려면 도윤은 화를 내며 그녀를 근처도 오지 못하게 했었다. 제 감기가 다시 옮겨갈까 봐 그랬을 것이다. 한 번 걸렸던 감기가 다시 옮겨올 일 따위는 없는데…….

그렇게 도윤은 제 몸보다 현서를 더 챙겼었다.

"현서 씨, 몸 괜찮아? 요새 안 좋았었잖아."

"아, 이제 괜찮아요."

그날의 기억이 다시 떠올랐다. 현서는 가슴속에 남은 응어리를 한숨처럼 뱉었다.

"하아……."

"웬 한숨?"

"아니에요."

감기가 아침에 눈을 떴을 때 씻은 듯이 나았었다. 참 빌어먹게도 말이다. 그 모습을 봤을 때, 어찌나 허탈하고 기가 차던지, 짜증이 났더랬다.

왜 하필 서도윤일까. 제 손으로 끊은 인연의 실이 다시 제게로 되돌아오고 있었다. 찢어지는 고통으로 끊어낸 실이, 자꾸만 저를 날카롭게 찔러댔다.

[나 아프다니까 왜 연락도 없어.]

현서는 어제부터 잠적 중인 지혁에게 메시지를 넣었다. 아프다는 것을 알면 당장에 달려올 그가 요 며칠 조용했다.

[나 보고 싶었어?]

어디냐고 물으려던 그녀의 휴대폰이 갑자기 울렸다.

"응."

—보고 싶었냐고 묻잖아.

"그래. 보고 싶었어."

끈질기게 물어올 지혁의 성격을 알기에 현서가 순순히 원하는 대답을 해주었다.

—그래? 그럼 봐야겠네.

"뭐?"

전화가 끊겼다. 어리둥절한 표정으로 고개를 들자, 지혁이 싱긋 웃으며 한 손을 흔들었다.

"뭐야, 언제 왔어?"

현서가 어이없이 웃으며 지혁의 쪽에게 다가가자, 그는 말없이 현서를 꽉 끌어안았다.

"갑자기 또 뭔데?"

"보고 싶었다며."

심장의 공명하는 소리가 고스란히 들릴 정도로 현서를 세게 끌어안았다. 제 마음의 소리가 들릴 만큼.

"아프다고 할 때는 나타나지도 않더니만……."

"미안."

투정 어린 현서의 말에 지혁은 그녀의 등을 천천히 쓰다듬었다. 더 이상 현서가 아파하는 것을 보고 싶지 않았다. 현서가 그때로 다시 돌아가는 것은 보고 싶지 않았다.

그리고…… 현서가 우는 것을 이제는 두 번 다시 보고 싶지 않았다.

억지로 만들어낸 자리지만, 언제 없어질지도 모르는 불안감에 떨어야 하지만, 파고드는 도윤에게 그 자리를 내줄 생각이 없었다.

지혁은 제 품 안에서 현서를 떼어놓고 그녀의 눈을 똑바로 바라보았다.

"나 너랑 이제 못 놀아준다."

"갑자기 무슨 소리야?"

"이제 바빠질 거란 소리지."

지혁은 가볍게 미소를 지으며 큰 손으로 현서의 머리를 헝클었다.

*

"감기?"

혜린은 누워 있는 도윤의 이마를 한 손으로 짚으며 물었다.

"어떻게 왔어."

"오늘 출근 안 했다기에, 걱정돼서 왔지. 어지간하면 출근 안 할 사람이 아니니까. 그나저나 갑자기 웬 감기야? 도윤 씨, 감기 잘 안 걸리잖아."

도윤은 말없이 몸을 일으켜 침대헤드에 등을 기댔다. 왜 그랬을까. 현서는 어려서부터 알약을 먹지 못했다. 약국에 들러서 약을 샀을 때도, 익숙하게 현서가 먹던 약을 사서 가지고 갔다.

습관이란 참 무서운 것이었다.

제 성의를 무시하고 약을 쓰레기통에 버린 현서에게 화난 것은 아니었다.

그저……. 얼굴이 빨개져, 열이 펄펄 끓으면서 화를 내는 현서의 모습에 화가 났던 것이었다. 현서는 한 번 아프기 시작하면 일주일을 내리 앓아눕곤 했었다.

항상 그 감기를 제게 옮기곤 씻은 듯이 낫곤 했는데, 그것이 참 다행이라고 여겼었다. 현서가 아픈 것보단 자기가 아픈 것이 나으니까.

항상 제 손을 꼭 잡고 자는 것을 좋아했다. 어디 가면 안 돼, 고등학생이 된 후에도 어린애처럼 손가락을 걸고 꼭꼭 약속했었다.

그가 미울 것이다. 자신이 얼마나 모질게 굴었는지 잘 알고 있었다. 현서의 원망 어린 시선이 가슴속에 날카롭게 박혀 들고 있었다.

'왜 나를 안 믿어……?'

믿을 수 없었다. 믿고 싶었지만, 믿을 수가 없었다. 모든 정황들이 현서를 가리키고 있었다. 아무도 도와주지 않는 혜린을 저까지 버릴 수가 없었다.

그런데, 왜 저 말이 가슴속에 여태껏 맺혀 있는 것일까.

"도윤 씨, 듣고 있어?"

혜린은 사온 죽과 약을 그의 머리맡에 내려놓으며 물었다.

"이 약 먹고 푹 자둬. 난 집 정리 좀 할 테니까."

"이만 가. 좀 쉬고 싶어."

혜린은 눕는 도윤을 보며 입술을 달싹거리다 이내 참고 화사하게 웃었다.

"그럼 약 꼭 먹어. 나갈게."

혜린이 돌아가고 적막이 찾아왔다. 도윤은 한 팔로 눈을 가렸다. 제가 감기에 걸렸으니 현서가 나았을 거란 안도감에 한숨을 뱉었다.

그렇게 며칠이 지났다. 지혁은 그날 이후 간간이 문자와 전화로만 연락을 해올 뿐 모습을 보기가 힘들었다. 아침저녁 주야장천 보던 사이라 이런 반응이 약간 어색하기만 했다.

시간은 평소대로 흘렀으며, 평소처럼 조용하고 고요하기만 했다. 도윤은 그때 이후로 만난 적이 없었다. 어쩌면 제가 감기를 또 도윤에게 옮겼는지도 모르겠다. 도윤 역시 제 감기를 가져가면, 며칠 내내 앓아눕곤 했었다.

"현서 씨, 저기 위 좀 닦아야겠다."

"네."

현서는 안에서 마른걸레를 가져와 먼지가 앉은 유리 쇼케이스를 닦았다.

서도윤이란 세 글자를 제 가슴에서 지워내기 위해 얼마나 노력했던가. 이제 안정을 찾을 무렵 도윤은 다시 나타났다.

그리고 저를 다시 흔들어 놓고 있었다. 그것은 두렵고도 격렬한 고통이었다.

"나 이거 환불 좀 하고 싶은데."

중년 여자는 작은 쇼핑백에 든 상자를 현서가 닦고 있는 쇼케이스 위로 던졌다. 갑자기 떨어진 날벼락에 현서가 천천히 고개를 들었다.

"잠시만요. 고객님."

아직 현서는 고객 응대에 익숙지가 않았다. 남들에게 친절하게 구는 것은 성격에 맞지도 않았거니와, 이런 식의 반말은 들어본 적이 없었다.

구겨지려는 얼굴을 애써 웃으며 여자가 던진 보석함을 열어보았다. 여자가 들고 온 것은 목걸이였는데, 착용한 흔적이 열력한 목걸이였다.

"아, 뭐해! 빨리 환불해 달라잖아!"

"저기 죄송하지만 착용하신 제품은 환불이 불가능하세요."

"이거 여기서 판 거 아니야? 무슨 백화점이 이래? 고객이 마음에 안 들면 환불해주는 게 맞는 거지!"

"착용 안 하신 제품은 환불이 가능하지만, 착용하신 흔적이 그대로 있어서요."

현서가 정중하게 대꾸하자 여자의 주름진 얼굴이 붉으락푸르락하게 변했다.

"너 지금 뭐라고 그랬어? 내가 했던 거나 환불하러 오는 그런 몰상식한 여자라 이거야? 너 내가 누군 줄이나 알고 이러니? 매니저 어디 있어! 매니저 불러와!"

난생처음 겪는 모욕에 현서가 눈을 느릿하게 감았다 떴다. 하지만 제가 여기서 멋대로 화를 낼 수가 없었다. 그렇다고 회장 손녀랍시고 함부로 똑같이 말을 할 수도 없었다.

현서는 다시 한 번 참을성 있게 말을 이었다.

"저기, 고객님……."

"아니, 됐고. 난 너랑 말할 생각 없으니까 매니저 불러와!"

매장에 한바탕 소란이 일어났다. 점심을 막 먹고 오던 매니저가 헐레벌떡 뛰어왔고 주위에 구경꾼이 몰려들었다.

"고객님, 무슨 일이세요?"

"어! 당신이 여기 매니저야? 직원 교육 이따위밖에 못 시켜?"

"죄송합니다, 고객님. 우선 화 푸시고……."

"내가 지금 화 풀게 생겼어? 나를 몰상식한 여자로 몰아가 놓고선! 야! 너 아까 한 말 다시 말해봐!"

매니저가 현서의 소매를 잡아끌었다.

"뭐해, 현서 씨. 얼른 죄송하다고 말씀드리지 않고."

현서의 입가에 선득한 미소가 지어졌다. 진숙에게서 이야기로만 듣던 것을 처음 겪으니 어이없고 황당하기만 했다. 하지만 당황했던 현서의 눈이 이내 담담하고 냉정해졌다.

"잠시만요."

현서가 차분해진 말투로 말을 이어가려고 할 때였다.

"나와."

낯선 이의 등장에 시선이 모두 한곳으로 모였다. 현서는 열었던 입을 다물며 제 몸을 반쯤 가린 그림자를 바라봤다.

"뭐해. 나와! 당장!"

"여긴 어떻게……."

도윤은 현서의 손목을 잡아끌어 제 뒤에 세우고 중년의 여자를 똑바로 쳐다봤다. 냉정했던 눈에 불꽃같은 열기가 서렸다.

6

현서의 감기가 걱정돼 잠시 들러본 것뿐이었다. 하지만 모욕을 당하는 현서의 모습을 보자, 불꽃같이 분노가 눈에서 타닥, 튀어 올랐다. 제가 끼어들 일이 아니란 것을 잘 알고 있었다. 제가 끼어드는 순간 어떤 가십이 뒤따를지도 알고 있었다. 하지만 화를 참을 수가 없었다.

다른 사람도 아닌 현서에 관한 일이었으니까.

"당신 뭐야! 얘 남편이라도 돼?"

도윤은 품 안에서 제 명함을 꺼내 여자에게 던지듯 건네주었다. 코웃음을 치며 명함을 들여다보던 여자의 얼굴이 순간 새하얗게 질려버렸다.

"더 할 말 있으면 그쪽으로 연락하시죠. 저도 변호사 통해서 법적인 조치를 취하겠습니다."

웅성거리던 소란이 잠시 동안 조용해졌다. 여자는 도윤의 명함을 읊조리며 기세등등하던 표정을 한껏 누그러들었다.

"아, 음……. 제가 사장님을 모, 몰라 뵀네요. 이거 죄송해서……. 말씀을 진작하시지!"

여자는 도윤에게 죄송하다는 말을 하며 기름진 얼굴에 흐른 땀을 두툼한 손으로 닦아냈다. 현서는 제가 가진 권력이 그동안 어떤 힘을 펼쳐왔는지 똑똑히 보고 있었다. 그리고 가지지 못한 자를 대하는 세상의 자세까지도, 제대로 보고 있었다.

"내 정신 좀 봐. 약속 있는 걸 깜빡했네."

여자가 허둥지둥 얼른 그곳을 빠져나가려고 하자, 도윤이 여자를 오만하게 내려다봤다.

"할 말, 더 있지 않습니까?"

"음, 음, 아가씨 미안해."

들리지도 않을 정도로 웅얼거리며 사과를 내뱉던 중년 여자는 제 목걸이를 챙길 새도 없이 얼른 그 자리에서 도망을 갔다.

매니저와 진숙의 시선, 그리고 구경꾼의 시선까지 한 몸에 받은 현서는 바들거리는 분노를 참을 수가 없었다.

현서는 제 앞에 서 있는 도윤을 날카롭게 쳐다보다 그의 팔을 끌고 그곳을 빠져나갔다. 사람의 이목을 의식했는지 도윤 역시 현서의 손에 순순히 끌려나왔다.

한참을 걷던 현서는 사람이 지나다니지 않는 한적한 곳에서 그 손을 놓았다.

"다시는!"

분노로 바들바들 떨리는 어깨를 겨우 진정시켰다.

“다시는……. 내 일에 신경 쓰지 마세요. 설사 내가 죽더라도 그냥 지나가요. 제발, 부탁이에요.”

제가 어떤 마음으로 여태껏 참았고, 여태껏 어떻게 버틴 줄 아무것도 모르는 주제에 도윤은 제 일을 완벽하게 망쳐버렸다. 들끓는 분노와 실망 그리고 수치심에 현서는 화가 났다.

스쳐 지나려는 현서의 발걸음을 도윤이 붙잡았다.

“나는 그렇게 못해.”

‘왜 하필 나였어……. 왜 나였냐고!’

술기운을 빌려 원망 섞인 목소리로 내뱉던 그의 말을 잊을 수가 없었다. 왜 항상 당신이었는지, 그녀조차도 알지 못했으니까.

차라리 그를 사랑하지 않았다면 우리의 관계는 아직 꽤 괜찮았을지도 모르겠다. 하지만 그 관계는 끝났고, 종지부를 찍은 지점에서 다시 시작할 순 없었다.

“내가 사라지는 거 오빠가 원하던 거였잖아요. 원하는 거 해줬는데 뭐가 문제예요.”

“내가 말하던 건 이런 게 아니야. 현서야, 나는…….”

도윤이 지친 얼굴로 말했다.

“잘 생각해봐요. 그런 게 정말 아니었는지.”

현서는 도윤을 뒤로한 채 걸었다. 걷는 내내 헛웃음이 새어 나왔다. 작은 추억마저도 악연으로 물들고, 악연이 증오로 물들고, 그 증오가 원망을 낳았다. 이제 가슴속에 남아 있던 작은 추억마저도 추억이 아닌 빛바랜 낡은 기억이 될 뿐이었다.

현서를 감히 따라갈 수가 없었다. 그녀를 원망하던 자신의 모습이 눈앞에 주마등처럼 스쳐 지나갔다. 현서의 말이 맞을지도 모른다.

우리는 그저 악연이었으니까.

돌아간 매장에서는 자신을 바라보는 눈초리가 달라졌음을 느꼈다. 그것은 경외나 시기가 아니라, 그저 질투가 깔린 분노였다.

"세영그룹에 후계자라지? 어떻게 꼬셨어?"

매니저가 팔짱을 끼고 그녀에게 비아냥거렸다. 도윤이 남기고 간 후폭풍은 생각보다 컸고, 그 후폭풍은 그녀가 사라질 때까지 계속될 것이라는 걸 알 수 있었다.

"어머, 무시하는 거 봐봐. 너 매니저 말 안 들리니?"

현서는 중년 여자 때문에 잠시 멈췄던 일을 계속하고 있었다.

"남자 하나 잘 꼬셨다고 네가 이러나 본데……."

현서는 허탈한 웃음이 새어 나왔다. 제가 항상 혜린에게 했던 그 말이었다. 혜린을 괄시하고 무시하면서 했던 그 말이 바로 저 말이었다.

그 말들이 자신에게 돌아오는 것이었다.

"어머 얘 미쳤나봐. 너 웃어? 웃니?"

웃던 현서의 눈빛이 날카롭게 빛났다. 하지만 자신은 혜린이 아니었고, 혜린처럼 몸 하나로 버텨온 사람이 아니었다. 설사 아무것도 갖지 않았더라도 그딴 것에 고개를 숙일 생각이 없단 말이었다.

"멋대로 생각하세요."

"너 그 남자 약혼자도 있다고 공공연히 소문 다 났다던데 이래도 되는 거니? 내가 다 너 걱정돼서 하는 말이야. 반반한 얼굴 가지고 네가 이러는 거라면……."

현서는 참 상황들이 웃기다고 생각했다. 저를 걱정해주는 사람이 이리도 많은지 절대 몰랐으니까.

현서는 차분하게 마른걸레를 내려다놓고 매니저를 똑바로 쳐다봤다.

"지금까진 넘어갔지만 앞으로 매니저님 입에서 나오는 숱한 억측들, 그리고 앞으로 만약에라도 도는 소문에 매니저님 이름이 하나라도 들어가 있으면 책임지셔야 할 거예요."

"뭐? 너 지금 뭐라고 했니? 책임? 네가 날 어떻게 책임지게 할 건데? 그리고 행실을 똑바로 안 한 네 잘못이지!"

"못 듣진 않으셨을 텐데……. 다시 한 번 말씀드릴까요? 저는 똑똑히 경고 드렸어요. 아까처럼 반전이 일어날지 누가 또 알겠어요?"

황당함에 입만 뻥긋거리는 매니저의 유니폼 위에 앉은 먼지를 손으로 툭툭 쳤다.

"앞으로 한마디만 더 해보세요."

태어나면서부터 가졌던 권력이었다. 그 권력을 어떻게 이용해야 사람들이 고개를 숙이는지, 현서는 너무도 잘 알고 있었다.

설사 그것이 제 뒤에 없다고 해도 상관없었다. 숱한 사람들 위에 군림했던 현서로서는 누군가의 위에 선다는 것이 어렵지 않은 일이었다. 그게 이혜린과 자신의 다른 점이었다.

제가 쌓아놓은 게 비록 무너졌지만, 그런 말도 안 되는 것에 질 생각은 없었다.

김 회장은 안 실장에게 업무보고를 받고 있었다. 현서의 관한 것은 일거수일투족을 보고받고 있었다. 한데, 서도윤이 다시 나타났다라…….

김 회장은 그저 호탕하게 웃었다. 하지만 그 눈빛만은 서늘했는데, 그 의중을 감히 안 실장으로선 파악하기가 힘이 들었다.

"현서를 그대로 두실 생각이십니까?"

안 실장의 물음에 김 회장은 그저 허허 사람 좋게 웃을 뿐이었다.

"현서가 아직 백기를 안 들었지 않은가."

"하지만…… 현서가 앞으로 더 힘들어질 거 같습니다."

여자들의 소문에 대해 모르지 않는다. 여태까지 경험상 안 실장은 매장 사람들이 현서를 어떻게 따돌릴지 뻔히 알고 있었다. 그 모습이 더 안쓰러웠다. 이제 막 일어서기로 마음먹은 아이인데, 그것에 더 큰 상처를 받을까 봐 걱정될 뿐이었다.

"제가 힘들다고 백기를 든다면 그릇이 딱 그거인 게지."

"……."

어쩔 때 보면 여느 집 할아버지 같다가도 이럴 때 보면 영락없는 기업인이었다. 안 실장은 속으로 한숨을 내뱉었다.

"도윤이를 좀 만나봐야겠군. 평창동으로 들어오라고 하게."

"네, 알겠습니다."

강하게 키우겠다 마음먹은 손녀이지만 안타까울 때가 한두 번이 아니었다. 제 손으로 이뤄준 인연이 현서에게 더 큰 상처를 불러올 줄 상상도 못했다.

그것이 김 회장의 크나큰 회한이었다.

도윤은 갑작스러운 김 회장의 부름에 잠시 당황했었다. 하지만 현서의 일이다 보니 김 회장에게 보고가 들어갔을 거라는 것을 곧 직감했다.

평창동에 온 것이 어언 2년 만이었다. 현서가 사라지고 얼마 안 돼서 이곳에 오고, 다시는 발길을 하지 않았으니까.

"그동안 안녕하셨습니까."

도윤이 정중하게 김 회장에게 인사를 하고, 김 회장이 돋보기 너머로 도윤을 물끄러미 바라봤다.

"오랜만이구만. 앉게."

김 회장은 의자에서 몸을 일으켜 소파 상석에 앉았다. 2년 만에 만난 김 회장은 제가 생각한 것 이상으로 더 노쇠해져 있었다. 예전에 호랑이 같던 기백 대신 그는 이제 백발이 성성한 퇴역한 노인의 모습이었다.

2년 동안 현서가 힘든 만큼, 도윤이 현서를 걱정했던 만큼, 김 회장에게도 꽤 힘든 시간이었을 것이다.

"내가 자네를 왜 불렀는지 알지?"

어려서 김 회장이 참 무섭게 느껴졌었다. 그럼에도 이곳에 자주 왔던 것은 냉철한 눈빛 뒤에 숨겨진 김 회장의 따스함 때문이었다. 어미의 사랑을 받지 못하고 자란 도윤에게 따뜻한 말 한마디는 해준 적 없지만 대신 따뜻한 눈빛으로 따스한 밥 한 끼로 그 마음을 대신해주곤 했었다.

"자네가 이러는 이유를 내 모르겠군. 현서를 그냥 두게."

"현서를 저대로 계속 두실 생각이십니까? 현서 힘든 일, 남에게 무시 받는 일 한 번 당해본 적 없는 아이입니다. 그런 현서가 왜……."

김 회장은 도윤의 말에 호탕하게 웃었다. 그러고는 냉정하게 답했다.

"자네가 끼어들 일 아니지 않는가."

"회장님……."

"우리 사이에 두 번 다시 이런 일로 만나지 않았으면 좋겠군. 잊은 거 같은데 자네만큼 나도 현서를 아끼고 있네. 내 유일한 피붙이기도 하고."

도윤은 더 이상 말을 이을 수가 없었다. 현서를 위하는 마음이 저만은 아니란 것을 알고 있었다. 그런 마음으로 우길 수는 없었다.

제 마음조차 갈피를 못 잡은 이 상태에서 무엇을 말할 수 있을까.

"그럼 회장님 믿고 이만 돌아가겠습니다."

아쉬운 듯 돌아가는 도윤을 보고 김 회장은 나직이 한숨을 뱉었다.

"도윤아."

"……."

"죄책감 따위 가지지 말고, 이제 그만 다 잊고 너라도 행복하게 살려무나."

김 회장은 도윤이 나가는 모습을 보지 않았다. 도윤도 김 회장의 뒷모습을 볼 자신이 없었다. 죄책감이었는지도 모르겠다. 모두의 인생이 꼬여버렸으니까.

*

잠시 동안 생각에 빠졌던 거 같다. 차로 이동하는 내내 도윤은 손에 쥔 서류들을 하나도 볼 수 없었다.

김현서.

그 이름 세 글자면 자신의 생각들이 모두 다 꼬여버렸다. 현서에게만 약했고, 현서에게만 정을 내주었다. 그런 치떨리는 배신감 속에서도 현서에게만 흔들리는 제 마음이 있었다.

"사장님, 손님이 와 계십니다."

사무실로 들어가자마자, 비서가 난감한 표정을 지었다. 그리고 그곳에는 지혁이 말쑥한 차림으로 그에게 손을 흔들고 있었다.

"오랜만이야, 형."

지혁은 제 손으로 현서의 옆에 놔둔 사람이었다. 느물느물하고 방랑벽이 있는 것 같지만 속마음만은 착실하고 올곧아서 도윤은 지혁을 꽤 괜찮게 봤었다.

비서가 간단하게 차를 내오고 도윤이 물끄러미 지혁을 쳐다봤다. 저 낙천적인 성격 등이 항상 부러웠었다. 자신이 원하는 모든 것을 하고 사는 것도 그랬고.

"갑자기 어쩐 일이야."

찻잔의 뚜껑을 열며 도윤이 물었다. 지혁과 이렇게 마주본 것이 참 오랜만이었다. 현서와의 결혼식이 알려지고 난 뒤 지혁은 완벽하게 사라졌고, 그로부터 다시 만난 것은 저번 레스토랑이 처음이었다.

"형한테 묻고 싶은 게 있어서 왔어."

도윤은 되묻는 대신 지혁을 물끄러미 쳐다봤다.

"혜린 누나 여전히 사랑하지?"

"갑자기 그게……."

당황스러운 질문에 도윤이 난감한 표정을 지었다.

"그럼 질문을 바꿀까? 현서는 여전히 형한테 동생이야?"

"지혁아."

지혁은 도윤의 눈을 한 치의 흐트러짐 없이 바라보고 있었다.

진실 되고 올곧은 저 눈동자. 지혁에겐 그늘이 없었다. 그리고 원하는 것을 이루고 산 대로 자신감 또한 넘쳤는데 그 또한 도윤 저가 같지 못한 것들이었다.

"여전히 동생인 거지? 그 감정, 그렇게 변하지 않을 거잖아."

애절하게 자신을 바라보는 지혁의 표정에서 도윤은 아무 말도 할 수 없었다. 수도 없이 저에게 질문하고 당연하게 답했던 것들이었다. 그런데 왜, 진실된 지혁의 표정 속에 도윤은 아무 말도 할 수 없는 것일까.

"대답 못하네."

지혁은 허탈하게 웃으며 자리에서 일어났다. 무언가 한 대 얻어맞은 것처럼 앉아 있는 도윤을 물끄러미 내려다보았다.

어릴 적 참 좋은 형이었다. 저나 현서에게나 다정하게 대해 주는 것도 그랬고. 하지만 항상 그가 좇는 곳엔 현서가 있었다.

불안한 마음. 그리고 시기가 담겨 있는 옹졸한 제 마음을 이곳에서 확인하러 온 것이었다.

"혹시 착각할까 봐 미리 말해둘게. 현서, 이제 형한테서 마음 떠났어. 그러니까 이제 현서 앞에 그만 나타나줘. 현서나 형이나 서로 좋은 추억 아니잖아."

"그건 네가 상관할 문제가 아니야. 나하고 현서는……."

지혁이 입꼬리를 잡아당겨 빙긋이 웃었다. 서글서글하던 눈이 꽤 냉정하게 변했다.

"그래, 현서는 형한테 동생, 이지. 지금 그 마음 절대 변치 마."

이것은 부탁이 아니었다. 현서를 향한 도윤의 마음을 제멋대로 정리한 말이었다. 그 마음 변치 말라는, 도전이기도 했다. 치졸한 마음인지도 모르겠다. 뻔히 들여다보이는 마음이었지만 그것을 지혁은 외면하기로 했다. 한 번 가졌던 것을 놓치는 것은 도윤의 어리석은 실수였으니까.

그리고 이제는 저도 놓치지 않을 거니까. 억지로 만든 그 자리라도 제가 스스로 얻어낸 것이었으니까.

그것이 자신과 도윤의 차이였다. 비록 현서가 도윤을 바라본다 할지라도…….

지혁은 그 길로 나가 제 아버지를 찾아갔다. 도윤의 어떤 점이 현서는 좋았을까. 도윤의 다정함, 그리고 도윤과 나눈 그 시간들에 있을 것이다. 하지만 도윤이 없는 2년 동안 저 또한 그것들을 해왔었다.

그것은 도윤이 모르는 시간들이었고, 이번만큼은 도윤에게 지지 않을 자신이 있었다. 도윤이 없던 시간들을 자신이 쥐고 있으니까.

"어? 저?"

비서가 당황하던 말든 지혁은 벌컥 문을 열었다. 업무 보고를 받고 있던 차 회장이 놀란 듯 그를 바라보다 이내 담담하게 비서에게 나가라는 듯 고갯짓을 했다.

"해가 중천에 떠야 일어나는 놈이 이 시간에 여긴 웬일이냐?"

"물어보고 싶은 게 있습니다."

"네가 언제 나한테 뭐 묻고 했어?"

귀찮다는 듯 차 회장이 심드렁하게 대꾸했다.

"이혼녀 며느리 어떻게 생각하세요?"

냉담하게 서류만 보던 차 회장은 이혼녀라는 소리에 고개를 얼른 쳐들었다.

"이제 하다 하다 이혼녀냐? 왜, 불륜은 아니고?"

"저 장난하는 거 아닙니다. 아버지도 아는 사람이에요."

꽤 진지한 대답에 차 회장은 지혁을 물끄러미 바라봤다.

"현서를 얘기하는 거면……."

"아버지가 원하시는 거 다 갖고 있죠. 반대만 하지 말아주세요."

차 회장은 안경을 벗으며 두 눈을 검지로 짚었다.

"현서도 이 사실을 알고 있는 거냐?"

"아니요. 이제부터 꼬시러 가려구요."

"야 이 녀석아!"

차 회장이 자리에서 벌떡 일어나 던질 거 없나 두리번거리고 있는 사이 지혁은 얼른 한 발짝 물러섰다.

"아, 그리고 저 월요일부터 출근할게요."

"뭐?"

폭탄을 여러 개 건네주고 동시다발적으로 터트리는 통에

차 회장은 정신을 차릴 수가 없었다.

"우리 현서 먹여 살리려면 저도 일해야죠. 현서도 저렇게 열심히 일하는데."

"이 녀석이!"

지혁은 차 회장이 명패를 손에 쥐고 휘두르려는 시늉을 하자 얼른 뒤로 몸을 뺐다.

"반대하지 않는다고 하셨어요. 전 이제부터 아버지 며느리 될 사람 잡으러 가겠습니다."

"차지혁!"

불호령 같은 부름에도 아랑곳하지 않고 지혁은 사무실을 박차고 나갔다. 지혁이 나가는 것을 보고 차 회장은 고개를 절레절레 흔들며 웃었다.

역시 제 아들이었다. 원하는 것은 얻고야 마는 성격이었다. 사실 현서라면 그전부터 탐을 냈지만 도윤과의 결혼으로 차 회장은 아쉬운 입맛을 다시며 단념을 해야 했다. 애가 어려서부터 총명하고 차분하고 냉정해서, 지혁에게는 더할 나위 없이 좋은 짝으로 눈독을 들였었다.

이혼을 했다는 소릴 들었을 때도, 그저 아쉬워만 했었다. 아무래도 제멋대로인 지혁의 마음이 가장 중요했으니까. 저가 저리 발 벗고 나서준다면 차 회장으로선 굳이 반대할 이유가 없었다.

정략결혼이라는 거 그도 진절머리 나게 겪어봐서 그것이 얼마나 힘든 것인지 알고 있었으니까. 그래서 더 지혁의 마음을 중요하게 여겼다. 지혁이 현서를 찍은 이상 차 회장은 조만간 김 회장을 만나서 담판을 지어야겠다고 마음먹었다.

게다가 회사 경영에 관심이 전혀 없던 지혁이 회사 일까지 배우겠다고 나섰으니 차 회장으로선 두 마리 토끼를 동시에 잡은 격이었다. 이보다 더 좋은 것이 또 있으랴.

차 회장은 왁자지껄하게 지혁이 사라진 곳을 보고 호탕하게 웃었다.

매니저가 눈치를 줬지만 현서는 꽤 괜찮은 나날들을 보내고 있었다. 그녀의 협박이 꽤 잘 먹혔는지 입만 달싹거리며 소문은 내지도 못하고 있으니까.

사람이란 법적 조치 앞에서 무너지게 돼있고 호락호락한 상대가 아니란 것을 알면 바로 꼬리를 내리게 돼 있었다. 현서는 어려서부터 겪었던 진절머리 나는 상황들에 익숙해진 사람이었다. 항상 위에 있어야만 하는 사람이기도 했고.

누군가의 등장 전까지는 기분이 이렇게나 바닥을 치진 않았었다.

"잠깐 나랑 얘기 좀 해."

요즘 그녀를 불러내는 사람도 참 많았고, 찾아오는 사람도 참 많아졌다. 이럴 때면 차라리 외국에서 생활이 더 즐겁고 편안했다고 느끼는 중이었다. 그때였다면 이렇게 같잖은 여자가 자신을 함부로 불러내지도 않았을 테니까.

현서는 인상을 와락 찌푸렸다.

"난 할 말 없는데."

"아니, 너도 생길 거야. 곧."

혜린이 꽤 자신만만하게 웃었다. 자신에게 물따귀 한 번을 맞았을 때였던가, 그때 빼고는 혜린이 이렇게까지 자신만만한 표정을 지은 적이 없었다. 제게 항상 열등감을 느끼며 자신의 비위를 맞추기 급급했던 사람이었으니까.

사람은 저마다 패가 있기 나름이었다. 그리고 그 패를 적절하게 이용해야 할 때가 있고. 혜린은 현서가 생각했던 거보다 더 고단수였고, 그 패에 졌을 때도 있었다.

그리고 그 패는 비참하게도 항상 도윤이었다.

자신만만하게 웃고는 있었지만 입꼬리가 분노에 바들바들 떨려왔다. 오늘 동문회 날이었다. 동문회라고는 하지만 거의 자신의 과시욕 때문에 모이는 모임이었다. 대부분의 동기들은 재벌 집으로 시집을 갔고, 저 또한 서도윤이라는 남자를 잡고 있는 것을 공공연하게 모두 알고 있었다.

'그나저나 너흰 결혼 안 하니?'

항상 돈으로도 주인공 역할을 잡지 못하던 지연의 물음이었다. 자신에게 항상 열등감을 가지고 있었는데, 어떻게든 끌어내리지 못해 안달 난 친구 중 하나였다.

'곧 할 거야.'

다이아반지, 그것은 그저 하찮은 것이었다. 의미가 담기지 않고 조르고 졸라 받은 반지. 도윤은 제게 반지를 선물한 적이 없었다. 생일이라는 명분을 삼아 억지로 제가 주문하고 받은 것이었다. 하지만 그것이라도 혜린에겐 증표가 필요했다.

서도윤의 여자라는 증거. 그것이 이 반지였다.

'그래? 근데 요새 이상한 소문이 들리던데.'

'소문?'

'도윤 씨 너 말고 여자 생긴 거 같다던데?'

혜린은 동경과 부러움의 대상이 되어야만 했다. 어떻게 올라온 자리인데, 다시 안쓰러움과 동정의 대상이 될 수 없었다.

바들바들 떨리는 손끝을 꽉 쥐고 억지로 웃을 수 있었던 것은 바로 그 때문이었다. 자신은 돈과 권력을 가진 그 누구보다 더 화려하게 빛이 나고 더 화려하게 아름다워야 했다. 그리고 그 주인공의 자리에 자신이 꼭 서야만 했다.

그래야 자신이 여태껏 맨몸뚱이 하나로 올라온 것들이 값진 것이라는 것이 증명되니까.

지연의 비아냥거림 속에서 떠오른 것은 바로 현서였다. 자신을 유일하게 짓밟을 수 있고 무시할 수 있는 그런 여자. 그리고 자신이 하나도 갖지 못한 것을 다 갖고 있는 유일한 여자. 그리고 자신이 가장 싫어하고 증오하는 여자.

그 여자가 바로 자신의 앞에 앉은 김현서였다.

"말해. 하고 싶은 말."

혜린은 환하게 웃었다.

"이제 도윤 씨 그만 괴롭힐 때도 되지 않았니?"

"무슨 소릴 하는 거야?"

혜린은 우아하게 앞에 놓인 커피를 한 모금 마셨다. 처음부터 가지고 있는 기품 따위는 없었다. 제 스스로 살아가기 위해 그럴싸하게 포장해서 만들어낸 그런 기품이었다.

"도윤 씨 곁에서 이제 그만 맴돌란 소리야."

혜린은 웃고 있던 그 가면을 던져버렸다. 현서는 빙긋이 웃었다. 오히려 이편이 더 나을지도 모르겠다. 착한 척 고상한 척, 같잖게 구는 것보다는.

"그래, 이게 원래 네 본모습이지. 그런데 어쩌지? 내가 맴도는 게 아닌 거 같은데."

"그럼 도윤 씨가 네 곁을 맴돈다는 거야? 사랑하지도 않는 널 위해서?"

그 빌어먹을 사랑 때문에 참 많은 것을 잃었고, 참 많이도 울었다. 그런 그 사랑이 아니더라도 충분히 질긴 인연이었다. 도윤과 현서는.

"글쎄? 내가 그런 거까지 알려줘야 할 이유 없는 거 같은데?"

비아냥거리며 빙긋이 웃는 현서가 죽도록 싫었다. 처음 도윤에게 동생이라고 소개받던 그날의 현서의 눈빛을 잊지 못한다. 제 출신이 불행하고 불쌍하다 여긴 적은 많았지만 그런 냉대는 처음 받았었다.

권력을 가진 자의 오만함을 현서는 오롯이 가지고 있었으며 그 자신을 경시하는 시선 속에서도 혜린은 바보처럼 웃어야만 했다.

"현서, 너 여전히 어린애 같은 구석이 있구나."

"무슨 소리야?"

"도윤 씨는 그저 네가 가엾고 불쌍해서 감싸는 것뿐이라는 거, 너도 잘 알잖아."

저 여자가 가진 최대의 패는 역시 도윤이었다. 눈으로 웃으면서 감히 동정 어린 시선을 던질 수 있는 것도 도윤이라는 사람의 뒤에 숨어서였다. 감히 누가 누굴 가엽고 불쌍하게 만들 수 있을까. 한 가지만 빼고 다 가진 현서가, 아니면 한 가지만 가지고 있는 혜린이.

둘은 참 아이러니하게도 갖고 싶은 것을 반대로 가지고 있었다.

현서는 주먹을 꽉 쥔 채로 빙긋이 웃었다. 서도윤 이야기만 나오면 현서는 항상 그녀에게 지고 말았다. 가장 큰 무기이자 가장 큰 상처인 서도윤.

"가엽다라……. 누가? 나를?"

현서는 나직하게 소리 내어 웃었다.

"그 반반한 몸 하나로 버티는 그쪽보다 더 심하진 않겠지. 그 출신 때문인가? 아니면 그 더러운 근성 때문인가? 아니면 멍청한 건가? 누가 감히 누굴 동정해. 서도윤한테 버려지면 아무것도 하지 못하는 하찮은 인생이."

끼이익, 의자 끄는 소리가 들리고 현서가 자리에서 일어섰다.

"이혜린, 여기 와서 이럴 시간에 서도윤한테 어떻게 버려지지 않을 건지 그거나 궁리하지 그래? 아니면 그 못 쓰는 다리로 계속해서 동정 받을 길이나 찾아보던가."

배알이 순간 꼬여버렸다. 이딴 여자에게 빼앗겨버린 자신의 2년이, 지고지순했던 그 시간들이 가엽고 가련하고 불쌍해서 화풀이를 해버렸다. 속에서 끓어오르는 그 울분 속에서 아직도 잠을 이루지 못한 숱한 날들을 기억하니까.

"김현서……."

바들바들 떨리는 혜린의 어깨를 보고도, 처참하게 일그러지는 그 가면 속에 가려진 얼굴을 보고도 현서는 하나도 통쾌하지 않았다. 가슴속에 묵직한 돌을 얹은 듯, 답답했다.

현서는 상대할 가치도 없는 혜린의 옆을 지나치려 하고 있었다.

"네 말대로 나 몸 하나로 버텼으니까, 그러니까 이제 다른 패 한 번 꺼내보려고."

그 말 한마디가 현서의 발을 완전히 멈추게 했다.

"멍청한 건 내가 아니라 넌 거 같은데? 나한테 이래도 되나 몰라? 내가 어떤 말을 할 줄 알고."

"이혜린……. 너……."

"네 말대로 나 몸뚱이 하나로 서도윤 옆에 서 있으니까, 그마저도 버림받지 않으려면 이 방법밖에는 없네."

혜린이 오만하게 웃으며 현서를 똑바로 쳐다봤다.

"넌 그거 말 못해. 너 서도윤 사랑하잖아. 그러니까 옆에 있으려고 그렇게 발버둥 치는 거잖아!"

현서의 눈이 이지러지듯 흔들렸다. 하지만 혜린은 재미난

이야기를 한다는 듯 소리 내어 웃음을 터트렸다.

"우리 현서 정말 어린애네. 사랑 같은 건 너처럼 가진 거 많은 애들이나 하는 거야. 네가 말하는 비천한 나 같은 애들이 아니라."

항상 서도윤은 이렇게 자신을 무력하게 만든다. 단 한 가지 질 이유도 없는 여자에게 동정을 받고, 자신이 가장 싫어하는 사람에게 비웃음을 당하게 한다.

"그래서 말을 하겠다는 거야?"

일어나려는 혜린의 손목을 잡고 현서가 되물었다.

"글쎄? 난 너처럼 지고지순한 사랑을 한 적이 없어서."

"이혜린 너……."

"그러게 멍청하게 사람을 왜 밑바닥까지 보이게 해. 네가 날 이렇게 추악하게 만들고 있잖아."

현서는 나직하게 한숨을 삼켰다. 그것은 울음 섞인 한숨이었다.

"네가 원하는 게 도대체 뭐야."

혜린이 바들바들 떨리는 입꼬리를 겨우 끌어당겨 웃었다. 승리를 확신하지만 그 승리는 지독한 올가미처럼 제 목을 조여 오는 것을 혜린은 알고 있었다.

하지만, 이제 물러설 곳 따위는 없었다. 제 자리를 찾았고, 제 자리를 지켜야만 했고, 제 자리를 빼앗기지 않아야만 했다.

"그때처럼 도윤 씨 옆에서 사라져."

현서의 커다란 눈망울에 물기가 가득 어렸다. 누구에게도 지기 싫어하는 현서인데, 이 여자 앞에선 이렇게 무력해지고야 만다.

바로 서도윤 때문에…….

제일 갖고자 하는 사람은 저 여자를 선택했다. 제일 갖고자 하는 사람은 저 여자를 믿는다. 제일 지켜주고 싶은 그 사람은…… 그녀가 아닌 저 여자를 사랑한다.

그럼에도 그 사람을 지켜주고 싶은 제 마음은 변치를 않는다.

7

현서는 주먹을 꽉 쥐었다. 꽉 쥔 주먹이 바들바들 떨려왔다. 항상 이런 대화에선 현서가 선택을 해야만 했다. 그에겐 정말 아무것도 아닌 자신인데, 이상하게도 선택은 항상 제 몫이었다.

순간 웃음이 났다. 그러면서 한쪽 손목이 저릿하고 아려왔다.

"그거 알아? 네 말대로 사랑이란 거 참 우스워. 죽을 만큼 힘들고, 죽을 만큼 아팠지만, 정작 죽지는 않더라."

테이블 위에 있는 혜린의 손목 위를 현서는 날카롭게 긁었다. 혜린이 인상을 찌푸리며 손을 테이블 아래로 내렸다.

"지금 뭐하는 거야."

"어때? 느낌이?"

흔들리는 눈동자로 자신을 바라보는 혜린을 보며, 현서는 그저 웃음이 났다.

"피들이 한곳으로 몰리고 내 안의 것들이 모두 놓아버릴 수 있다는 편안함. 그리고 정말 내가 죽을 수도 있겠다는 두려움. 그것들이 느껴져."

현서는 자신의 마음을 삼키며 호기롭게 내뱉었다.

가장 큰 두려움은…… 다시는 그와 스치듯이라도 마주칠 수 없다는 사실이었다.

"그중에서 제일 큰 게 뭔 줄 알아? 정말 죽을 수 있다는 두려움이야. 어때, 넌?"

"도대체 무슨 말을 하는 거야?"

현서는 쿡쿡 소리 내어 웃었다. 하지만 그 웃음소리가 허공으로 사라지고, 이내 날카로운 눈동자로 혜린을 똑바로 바라봤다.

"미안하지만 네 말대로 할 생각 없어. 네가 겪지 못한 걸 나는 겪었고, 그게 아무 소용도 없다는 걸 이제는 알거든."

"뭐라고……?"

의외의 대답에 놀란 듯 혜린이 재차 물었다.

"못 들었어? 그렇겐 못한다고."

"내가 말 못할 거라고 생각하는 거야?"

목소리 끝이 떨려오는 혜린의 목소리를 현서는 똑똑히 들을 수 있었다. 아무리 하찮은 마음이라도 그 바탕엔 도윤에 대한 사랑이 깔려 있다는 것을 짐작할 수 있었다. 한편으로 안심이 되고 또 한편으론 마음이 아려왔다. 결국 언제나 불청객은 현서 저였으니까.

그래도 다행이었다. 이제 더 이상 지킬 이유도, 지켜야 할 관계도 아니라는 사실에서.

"네 마음대로 해."

"지금 네가 서도윤을 더 이상 사랑하지 않는다고, 그따위 헛소리를 하고 싶은 거야? 내가 그 말을 믿을 거라고 생각하는 거야?"

혜린이 기가 차다는 듯 웃으며 현서를 똑바로 노려봤다. 흔들리던 눈이 이제야 담담해졌다. 2년의 악몽, 그 악몽들이 떠올랐다. 몸부림치고 또 몸부림치던 그 시절이.

뼈아픈 후회, 그리고 아픔들……. 그중에서 가장 두려웠던 것은……. 다시는 그와 스치듯이라도 마주칠 수 없다는 사실이었다. 같은 실수를 반복하기엔 너무 큰 아픔이었다.

"믿든 안 믿든, 그건 네 마음이겠지."

하지만 그것은 도윤을 다시 되찾겠다는 의미는 아니었다. 어디까지나 저는 불청객이었으니까.

혜린을 스쳐 지나가면서도 가슴속에 일렁이는 파도가 잠잠해졌다.

"앞으로 서도윤 일로 다신 나 찾아오지 마."

현서는 속삭이듯 냉정하게 뱉고 카페를 나갔다.

제 패를 다 꺼내놓고도 물러서지 않는 현서를 보고 혜린은 애꿎은 입술만 깨물었다. 혜린을 그 자리에 두고 떠나오면서도 현서는 다잡은 마음을 흔들리지 않기 위해 노력해야만 했다.

혜린은 테이블 위에 있던 컵을 바닥으로 집어던졌다. 갑작스러운 소란에 주위의 이목이 집중됐지만 그런 것을 신경 쓸 여유가 없었다.

"아아아아악!"

제 뜻대로 되지 않고 있었다. 자꾸만 멀어지고 있는 도윤의 모습이 선연하게 보여서, 저보다 잘난 현서가 제 전부를 가져갈 것만 같아서, 불안하고 초조했다. 그리고 겁이 났다. 다 빼앗겨버릴까 봐.

현서는 언제나 그랬으니까. 당당하고 올곧은 눈빛으로 저를 초라하고 보잘것없는 사람으로 만들고 마니까.

저도 왜 몸을 숨겼는지 모르겠다. 나오는 현서의 뒷모습이 그저 한없이 작아 보였다는 것밖에는……. 지혁은 혜린과 현서가 사라진 그 자리를 번갈아가며 바라봤다.

현서에게 출근하기로 했다는 이야기를 하러 매장이 들른 차였다. 속닥거리며 그를 경계하는 여자들, 조롱이 가득 담기던 그 웃음, 지혁은 그 낯선 상황들을 이해할 수 없었다.

'걔 오늘 혼 좀 날걸요? 그러게 남의 남자는 왜 꼬셔. 겁도 없이. 그런 남자를…….'

'무슨 소리 하는 겁니까?'

'몰랐나 보네. 걔 세영그룹 후계자랑 바람나서 그 약혼자가 찾아왔잖아요.'

이혜린……. 이혜린이었다. 그래서 다짜고짜 달려왔지만

차마 들어갈 수가 없었다. 이혜린을 올곧게 바라보는 현서의 눈이 너무도 아파 보여서.

그리고 다급하게 울며 도와달라던 현서의 목소리가 순간 오버랩돼서…….

'나 좀 도와줘…….'

그것은 살려달라는 애원과도 같았었다.

왜 진작 몰랐을까. 현서는 고통에 말라비틀어질지언정 도윤의 옆이 더 행복했다는 사실을……. 제 옆에서 2년 동안 죽음 같은 고통에 몸부림쳤던 시간보다 도윤의 옆에서 그를 볼 수 있는 게 더 나았을 것이라는 사실을…….

도윤을 떠나오던 그 모습이 너무 갑작스러웠다는 사실을 이제야 알았다. 왜 그것을 이제야 알았을까. 무모하고 사랑 앞에선 물불 안 가리던 현서였다. 제 것을 지키기 위해 어떤 일이라도 할 것 같았던 현서가 도윤을 제 발로 떠나오다니, 그건 말이 되지 않았다.

지혁은 허탈하게 웃었다. 그래서…… 현서의 눈에 자꾸만 도윤이 비쳤나 보다.

돌아간 매장의 눈초리가 다시 한 번 달라졌음을 현서는 느꼈다. 마지막까지 챙겨주던 진숙조차도 그녀를 슬슬 피하고 있었다.

"너 결국 걸렸구나?"

매니저가 다가와 말을 걸었을 때, 현서는 아무것도 신경 쓰고 싶지 않았다. 매니저의 말을 무시하고 스치고 지나가자, 뒤에서 작은 소란 같은 울림이 들렸다.

"하긴, 남자 꼬시는 재주가 저렇게 특출한데 윗사람 말이라고 듣겠어? 아까도 어떤 남자가 또 찾아왔던데."

일순간 현서의 눈이 날카로워졌다. 비아냥거리는 매니저의 손목을 잡았다.

"누구, 누굴 말하는 거예요?"

냉정한 그녀의 눈빛을 볼 때면 왜 이렇게 주눅이 드는지 알 수가 없었다. 매니저는 주춤거리며 한 발 물러섰다.

"모, 몰라! 내가 어떻게 알아!"

현서는 당황해하는 매니저의 손목을 놓았다. 도윤의 이야기를 하지 않는 것을 보니, 그는 아닌 모양이었다. 괜스레 안도의 한숨을 내쉬었다.

"남자가 하도 많으니까 기억도 못하나 보네. 너 조심해라. 남자 등쳐 먹다가 한 번에 훅 가는 수가 있어!"

우리의 상황이 이렇게 뒤바뀔 수 있을까. 현서는 자조적으로 웃었다. 항상 반대로 혜린이 듣던 말들일지도 모른다. 어쩌면 남의 사랑을 방해한 죗값을 톡톡히 치르고 있은 건지도 모르겠다.

도윤은 단 한 번도 제 것이 아닌 적이 없었지만, 제 것인 적도 없었다.

하루가 어떻게 지나갔는지도 모르겠다. 매니저의 말도 안 되는 말을 들으면서도 머릿속은 여전히 복잡했다.

사랑싸움, 우리에겐 그런 것도 필요하지 않았었다. 일방적인 요구와 그 요구를 무시하는 도윤. 그것이 우리의 관계였다.

남자친구와 싸웠다는 친구의 이야기에, 인터넷에 떠도는 이야기들이 한없이 부러웠었다. 우리는 싸울 수도 없었으니까. 아니, 우리는 우리라는 단어조차 쓸 수 없는 사이였다.

남, 완벽한 남이었고, 스치듯 지나치는 인연보다 더 못한 사이였다.

현서는 낯선 바에서 독한 위스키만 들이켰다. 그때마다 허탈한 웃음이 새어져 나왔다. 빌어먹을 사랑이라는 놈은 질기고 질겨서 그 흔적까진 지우기가 어려웠다.

웃으면서 볼 순 없어도, 울지 않을 자신이 있었는데…….

그 말도 안 되는 다짐들은 바닷가에 쌓인 모래성처럼 속절없이 무너져버렸다. 서도윤이라는 이름하에.

"혼자 왔어요?"

대답 대신 현서는 앞에 놓인 위스키를 병째 들이마셨다.

"내가 한 잔 살까요?"

바짝 몸을 숙여오며 남자가 물었다. 쓰디쓴 위스키가 목구멍을 타고 뜨겁게 넘어갔다. 술기운이 열기처럼 온몸에 번져 들고 있었다.

"아니면 나가서 한 잔 더?"

어느새 남자는 현서의 옆자리를 차지하고 앉았다. 몸을 더 밀착시키며 아는 사람이라도 되는 것처럼 친근하게 굴었다.

제 몸을 능숙하게 쓰다듬는 남자의 손을 날카롭게 쳐내고 잔에 든 위스키를 남자의 얼굴에 뿌렸다.

"꺼져."

남자는 제 얼굴을 타고 흐르는 위스키를 손으로 닦아내며 인상을 와락 찌푸렸다.

"이게 미쳤나!"

기가 차다는 듯 현서를 향해 손을 쳐들었다. 하지만 그 손은 곧 누군가에게 잡혔고 현서는 무감각하게 그 둘을 바라봤다.

"넌 또 뭐야. 악! 이거 안 놔?"

지혁은 거칠게 남자의 손목을 뒤로 꺾어 바닥으로 내동댕이쳤다.

"좋은 말로 할 때 꺼져."

"이런 미친!"

무릎을 털며 일어난 남자는 욕을 읊조리며 어디론가 사라졌다. 현서는 그 모습에 소리 내어 웃었다.

"풉, 푸하하하."

웃음을 처음 배운 사람처럼 현서는 아예 박장대소하고 웃었다. 그 덕에 눈가에 눈물이 맺혀 있었는데, 그 눈물이 뺨을 타고 흘러내리고 있었다.

지혁은 나직하게 한숨을 내쉬며 현서의 손에 들린 병을 빼앗아 잔에 따랐다.

"왜 혼자 이러고 있어."

현서는 대답 없이 위스키 병을 다시 빼앗아왔다. 그러고는 자조적으로 웃었다. 그 웃음이 지혁의 눈엔 아픔처럼 느껴졌다.

항상 그랬으니까. 1년은 울었고 1년은 웃었다. 눈물을 숨기려는 듯 더 크고, 밝게 웃었다.

현서는 잘 웃는 사람이 아니었다. 건조하고 메마른 사람이었다. 누군가에게 환하게 웃어준 적도 없는, 그런 사람이었다.

그런 현서는 재미도 없는 프로를 보고도 크게 웃었다. 그때마다 지혁은 화를 내거나 텔레비전을 꺼버리곤 했었다. 그 모습이 보기가 지독히도 싫었으니까.

"내가 어려서 유일하게 부러운 게 하나 있었다? 그게 뭔 줄 알아? 부모님하고 소풍 가는 거……. 그거였어. 남들은 다 나를 부러워하는데……. 난 그들한테 부러울 게 하나도 없었는데……. 저게 그렇게 부러웠었어."

현서는 씁쓸하게 웃으며 위스키를 한 모금 마셨다.

"그래서 무작정 오빠 회사로 찾아갔던 적이 있었어. 그때 오빠는……. 막 회사 일 시작하는 단계여서 잠잘 시간도 없었단 말이야. 그런 오빠가 흔쾌히 허락해주더라. 얼굴은 반쪽이 돼 있으면서도……."

그렇게 갔던 곳이 야구장이었다. 회사 일을 부랴부랴 끝내놓고 달려온 도윤은 슈트 차림 그대로였는데, 그러면서도 그녀의 앞에서 웃음을 잃지 않았었다.

야구가 시작한 내내, 도윤은 졸음을 쫓기라도 하듯 일부러 현서에게 간식거리를 사다주며 잘 알지도 못하는 팀을 열심히 응원했었다. 야구 규칙도 잘 알지도 못하는 사람이 미리 공부라도 한 것인지, 현서에게 게임 규칙부터 이 게임이 이기게 되면 그다음엔 어느 팀하고 게임을 하는지, 현재의 승률까지, 마치 찾아온 지식처럼 그녀에게 말을 했었다. 잘 시간도 없는 사람이 온전히 저라는 사람 하나 때문에 그것들을 달달 외워 왔던 것이다.

"그날 오빠가 그러는 거야. 현서야, 하고 싶은 거, 부러운 거 있으면 다 말해. 오빠가 다 들어줄게. 너는 내 동생이니까. 오빠가 아빠도 해주고 엄마도 해줄게. 그러니까 혼자 울지 마."

식도를 타고 뜨거운 위스키가 조금씩 타고 넘어왔다. 열기와 함께 취기가 슬금슬금 몸을 뒤덮고 있었다.

"웃기지 않아? 난 가족도 아니고, 아무것도 아닌데……. 그냥 어려서부터 알던 동생일 뿐인데."

"취했어. 그만해."

지혁은 현서의 손에 들린 병을 빼앗았다. 더 이상 현서의 말을 듣고 싶지 않았다. 현서의 입에서 도윤을 여전히 사랑한다는 그 말 한마디가 나올 것만 같아서, 지혁은 대신 독한 술을 입 안에 털어 넣었다.

"후후, 그런 사람이……. 자기 사랑하는 것만은 하지 말라는데……. 그게 안 됐어. 난 그거 하나만 들어주면 됐는데……."

차라리 남하고 똑같이 대해주지, 차라리 더 모질게 대해주지, 다시는 보고 싶지 않을 정도로 더 독하게 굴어주지. 속으로 수백 번 수천 번 외쳤는지 모르겠다.

그랬으면……. 우리가 조금 더 나아졌을 수 있을까. 최소한 도윤의 바람 하나만은 들어줄 수 있었을지도 모르겠다.

"이제라도 들어주면 돼."

지혁은 현서를 바라보지 않았다. 흔들리는 그 눈을, 눈에 가득 고인 눈물을, 가슴속에 담긴 그 아픔을, 도저히 볼 자신이 없었다.

"이제라도, 라……."

현서는 말을 읊조리며 쓰게 웃었다. 그녀를 가장 행복하게 해주던 그 사람은 이제 그녀를 가장 불행하게 만드는 사람이었다.

그럼에도…… 완전히 미워할 수 없는 것은, 여전히 가슴속에 담겨 있던 그 따스함 때문일지도 모르겠다.

그가 주었던 그 따스함과 온정은 진실된 것들이었으니까.

*

혜린은 도윤의 집 앞에서 커다랗게 심호흡을 했다. 왜 이렇게 불안한지 모르겠다. 불안감의 정체를 눈앞에서 확인했지만, 눈앞에서 그 존재는 너무 쉽게 자신을 짓밟고 지나갔다.

혜린이 번호키를 누르고 집 안으로 들어갔을 때, 따스함보다 을씨년스러운 한기가 그녀를 더 먼저 반겼다.

도윤이 건조하게 방문인을 확인했다.

"연락도 없이 어쩐 일이야."

"그냥……. 도윤 씨 보고 싶어서."

알싸한 알코올의 향이 코끝에 스며들었다. 도윤은 그저 소파에 앉아 위스키 잔만 기울였다.

"왜, 안주도 없이 그렇게 앉아 있어. 내가……."

혜린이 겉옷과 가방을 내려놓으며 주방으로 들어가기 위해 몸을 돌렸다.

"괜찮아."

"속 버려. 금방 만드니까……."

"괜찮으니까, 아무것도 하지 마."

모든 것을 거부당한 기분이었다. 집에서 느껴지는 현서의 기운도, 아직도 남아 있는 현서의 향기도, 곳곳에 남겨져 있는 현서의 자취들도, 모두 다 끔찍하게 싫었다.

혜린은 숨을 크게 들이마시며 도윤의 옆자리에 앉았다. 그러고는 그의 어깨에 얼굴을 기댄 채, 그를 살며시 안았다.

"무슨 일 있는 거야? 도윤 씨, 나 걱정돼."

도윤은 말없이 술잔만 기울였다. 머릿속이 복잡해진 것은 순간이었다. 지혁의 물음에 답할 수 없었던 제 마음은 과연 무엇이었을까.

"나 내일 병원 가는데……. 도윤 씨 같이 가줄 거지?"

혜린은 다리 때문에 정기적으로 검사를 받곤 했는데, 그게 내일인 모양이었다. 한국에 들어온 후로 항상 도윤이 동행했었다.

"나 현서 원망 안 해. 현서 때문에 내 다리가 이렇게 됐지만, 이젠 괜찮아. 그러니까 아직도 죄책감 때문에 이러는 거라면 그러지 말아요."

제 불안감의 정체를 혜린은 너무도 잘 알고 있었다. 도윤을 완벽히 제가 가졌다는 자만을 했더라면 차라리 나았을지도 모른다.

자기가 모르는 유대 관계가 현서와 도윤에게 있었다. 알지 못하는 시간들이 있었고 그녀가 사라진 시간들이 있었다.

그래서 더 아등바등 도윤의 사랑을 지키려고 애썼다. 그것이 비록 제 모습이 아닐지라도, 도윤이 자신을 사랑하면 되는 것이라는 생각을 했다.

하지만…… 지금 잡고 있는 것이 동정심일지도 모르겠다. 설령 이것이 동정심이라도 어떻게든 이 사람을 잡고 싶었다.

비록, 그것이 사랑이 아닐지라도.

우르르 쾅쾅, 날카로운 소리와 함께 하늘이 밝게 비쳤다가 곧 사라졌다. 창밖을 보던 도윤의 눈이 이지러지듯 흔들렸다.

투두둑, 몇 번 번개가 점멸했다 사라지더니 이내 비를 토해냈다.

"비……."

"도윤 씨?"

자신을 감싸고 있던 혜린의 손을 자신도 모르게 날카롭게 쳐내며 도윤이 몸을 일으켰다. 식탁의자에 걸어둔 외투를 걸쳤다.

"미안."

"도윤 씨! 갑자기 어디……. 도윤 씨!"

혜린의 부름도 뒤로한 채, 도윤이 현관문 밖으로 사라졌다. 혜린은 닫힌 문을 허망하게 바라봤다. 허탈한 웃음이 입 밖으로 새어져 나왔다.

혜린은 거칠게 머리를 쥐어뜯듯 헝클였다.

김현서! 김현서!

현서는 제가 패배했다고 생각하겠지만 실상은 아무것도 아니었다. 저는 그저 동정심으로만 저 사람을 잡고 있는 그런 사람일 뿐이었다.

도윤이 사랑이라고 착각하는 것은 그저 동정심이었다. 그것은 그저 끝맺지 못한 사랑에 대한 미련과 안쓰러움이었다.

혜린은 입술을 꽉 깨물며 파고들 듯 주먹을 꽉 쥐었다.

그것이 동정심이든 연민이든 상관없었다. 어떻게든 지키고 가지고 차지하면 다 제 것이었다. 그 누구라도 상관없었다.

서도윤은 자신을 버리지 못할 거니까. 서도윤은 그런 사람이니까.

어떻게 이곳까지 왔는지 모르겠다. 무작정 택시에 올랐던 거 같다. 날카롭게 토해내는 그 빗속을 우산 하나 없이 맨몸으로 헤매면서.

빗물이 창밖으로 주르륵주르륵 흘러내릴 때마다 마음속이 착잡해졌다. 혜린의 목소리도 아무것도 들리지 않고, 오직 저를 찾아 헤매던 현서의 모습만이 눈앞에 선연하게 그려졌다.

"누굴 만나러 가기에, 그 빗속을 그렇게 다급하게 뛰어가십니까?"

룸미러로 저를 측은하게 바라보던 택시기사가 이윽고 말을 걸었다. 도윤은 덤덤한 눈으로 룸미러 사이로 기사와 눈이 마주쳤다.

"굉장히 소중한 사람인가 보네요."

재차 돌아오는 물음에 도윤은 저도 모르게 대답을 망설였다.

소중한 사람이었다. 귀하고 소중한 사람이었다. 하지만 혜린과 헤어진 후, 그 사람은 제게 아무것도 아닌 사람이 되어버렸다.

하지만……. 이제는? 머릿속이 새하얗게 변해버렸다. 낯선이의 질문이 가슴 속으로 파고들었다. 날카로운 단도처럼, 제 마음을 꿰뚫듯 파고들어왔다.

"네. 맞습니다. 소중한 사람."

도윤의 대답에 택시기사가 껄껄 웃었다. 날카로운 폭우는 차창을 부술 듯 쏟아졌고, 갈팡질팡하던 마음이 이내 사그라지고 단단해짐이 느껴졌다.

"어떤 아가씬지 참 좋겠네요. 이렇게 잘생긴 청년이 빗길까지 헤매면서 쫓아갈 정도면."

현서는 제 옆에서 행복한 적이 없었다. 현서는 저와 결혼 후에 웃은 적이 없었다.

"거 괜찮겠어요? 이거라도 쓰고 가시구려. 손님이 놓고 간 거긴 하지만 어차피 주인 잃은 우산. 원…… 비가 이렇게 내려서야."

"감사합니다."

택시기사가 비를 잔뜩 맞고 탄 그가 안쓰러웠는지 작은 우산 하나를 건넸다.

작게 내리던 빗줄기는 독하게 쏟아졌다. 추적추적, 구슬프게도 울어댔다. 돌풍 같은 바람이 가슴속에 스쳐 지나갔다.

돈을 지불하고 내린 곳은 현서의 집 앞이었다.

현서는 비를 지독히도 싫어했다. 현서는 비를 지독히도 무서워했다. 현서는 비 오는 날 혼자 있지 못했다.

머릿속에 지워야 할 기억들이 너무도 많이 쌓여 있었다. 그래서 우리는 그 관계를 끊을 수가 없었다. 이미 너무 많은 것들을 알고 있고, 너무 많이 기억과 추억 속에 가시처럼 박혀 있었으니까.

비가 올 거 같은 날씨였다. 현서는 하늘을 잠시 일별하고 나직하게 웃었다. 추억은 기억으로 남았고 그 기억은 결국 악연으로 끝을 맺었다. 그럼에도 좋았던 기억은 퇴색되지 않는다. 아니, 오히려 저를 더 지독하게 옭아매는 올무같이 따라붙었다. 차라리 아무것도 기억하지 않았다면, 추억조차 없었다면,

좋았던 기억 따위 없었다면, 이렇게 아파할 일도 없었을 텐데.

"비 올 거 같네."

차창을 바라보던 지혁이 조용히 읊조렸다. 현서와 깊게 관련이 있는 사람이라면 누구나 다 알 것이다. 현서가 비를 지독히도 싫어한다는 것을.

"기사님, 죄송하지만 빨리 좀 가주세요."

차라리 듣지 않고 보지 않으면 나을지도 모르겠다. 지혁은 말없이 현서의 손을 꽉 잡았다. 자신이 본 것을 묻지 않았다. 도대체 무슨 일이 있던 거냐고, 왜 혜린이 널 협박하냐고 묻지 않았다. 그동안 가슴속에 묻고 있는 것이라면 무언가 있을 것이다.

현서는 제 마음속에 담긴 것을 쉽게 꺼내놓지 않는 사람이었다. 그것이 곪고 또 곪아 썩어 문드러진 후에도 아프다는 소리조차 하지 않는 사람이었다.

"괜찮겠어?"

"뭐가?"

"비 말이야."

"이제 어린애도 아니고, 괜찮아."

자신이 어떻게 해야 하는지 현서는 너무 잘 알고 있었다. 한바탕 울고 한바탕 웃었더니 속이 조금 후련해졌다. 가슴속에 담겨 있던 응어리가 덩어리져 도무지 그 크기를 알 수 없지만, 이렇게라도 하지 않으면 현서는 죽을 것만 같았다.

서도윤……. 아직도 그 세 글자는 아프고 아픈 상처니까.

다행히 비는 현서의 집 앞에 도착할 때까지도 내리지 않았다. 붉게 물든 하늘을 잠시 바라보며, 곧 빗방울이 떨어질 것만 같은 하늘을 보며, 현서는 잠시 동안 그것을 바라봤다.

마침내 차가 현서의 집 앞에 멈춰 섰다.

"잠시만 기다려주세요."

현서가 내리자, 지혁이 따라 내리려는 듯 대리기사에게 양해를 구했다.

"내리지 마."

"들어가는 거 보고 갈게."

"뭐하러. 가."

현서가 차 문을 닫자, 차가 출발했다.

"그럼 들어가면 전화해!"

지혁이 아쉬운 듯 현서의 모습을 계속 보며 외쳤지만 현서는 대꾸치 않았다.

거짓말처럼 비가 한 방울 한 방울 머리 위로 떨어졌다. 투두둑, 모든 것을 토해놓듯이 거친 울림같이 빗줄기가 굵어졌다.

네가 모르는 것이 하나 있었다. 너에 대한 기억들이 모두 악몽 같은 악연으로 바뀌었지만, 네가 사라진 그날부터 비가 오는 날이면 나는 항상 이곳에서 널 기다렸다.

네가 어딘가에서 혼자 울 것만 같아서. 마치 지금처럼.

도윤은 대문 앞에 쪼그려 앉아 있는 현서의 머리 위로 우산을 씌워주었다. 거친 빗물에 제 옷이 젖고 있지만, 그 우산을 온전히 현서에게 씌워주었다.

"왜……."

왜 여기 이러고 있는 거냐고, 화를 내고 싶었다.

"도대체 왜……."

독한 술 냄새도 지워버릴 듯 퍼부어대는 빗줄기 사이로, 왜 웅크리고 버림받은 아이처럼 자신을 바라보는 거냐고 묻고 싶었다.

젖어 있는 그 눈길이 가슴속을 파고들었다. 현서는 언제나 가슴에 박혀 있는 커다란 가시 같은 존재였다. 그렇다고 쉽사리 뽑아낼 수도 없는 그런 고통이었다.

"오빠……."

쾅, 날카로운 소리와 함께 번개가 점멸했다 사라졌다. 바들바들 떨고 있는 현서의 어깨가, 자신을 울먹이며 바라보고 있는 그 눈이, 새하얗게 질려 있는 얼굴이, 어린 시절 현서를 바라보는 것만 같았다.

8

비는 생각보다 많은 것을 앗아갔다. 어린애 같은 웃음을 가질 수 있는 시간도, 자신을 보듬어주던 사랑하는 사람도, 모든 것을 앗아갔다.

폭우가 쏟아지고 돌풍 같은 비바람이 거칠게 불던 날이었다. 어두운 하늘을 번개가 환히 밝혔다가 다시 점멸하고 이내 거친 천둥을 토해내던 그런 날이었다.

시작은 아무 생각 없이 틀어놓은 텔레비전에서 나오던 뉴스 속보였다. 슬로우 모션처럼 들려오는 아나운서의 목소리가 귓가로 스미는 데 시간은 꽤 길었다. 무슨 말을 하고 있는 것인지, 저 사람은 과연 어떤 말을 하고 있는지, 알고는 있을까.

—뉴스 속보를 알려드립니다. JFK공항에서 7시 45분 이륙한 os—001 비행기 편이 기계 결함으로 추락했다는 소식입니다. 현재까지 생존자는 확인되지 않고 있으며…….

시간이 온전히 멈춰버렸다. 아무것도 들리지 않고 아무것도 보이지 않았다. 그리고 사방의 불이 모두 꺼진 것만 같은 착각이 느껴졌다.

'엄마 진짜 지금 오는 거지? 나 막 열이 나고 아프고, 엄마가 없어서 더 그런 거 같아.'

'알았어, 우리 현서 잘 놀고 있어. 할아버지 말씀 잘 듣고. 엄마 이제 막 비행기 탈 거야. 가서 보자, 내 딸!'

불과 몇 시간 전까지 밝게 통화하던 엄마가 저 안에 있었다.

쾅, 들고 있던 유리잔이 날카로운 소리를 내며 바닥으로 추락했지만, 아무도 없는 듯 시간이 멈춘 듯 그 누구도 움직이지 않았다. 아니, 감히 누구 하나 움직일 생각을 하지 못했다. 마치 이 모든 것이 현실로 다가올까 봐.

집 안 전체에 죽음 같은 시간이 찾아왔다.

누군가의 죽음은 누군가에겐 슬픔으로 누군가에겐 화제로 또 누군가에겐 그저 동정의 대상으로 뒤바뀌고 만다.

장례식장은 그야말로 조용했다. 누구 하나 울지도 않았으며 곡소리가 나지도, 실신해서 나가는 사람조차 없었다. 담담하게 치러진 장례식 속에 현서는 건조한 눈으로 가만히 부모님과 현우의 영정사진을 바라봤다.

다 함께 가기로 한 가족여행에 독감 때문에 현서만 빠졌었다. 그게 너무 서럽고 억울해서, 괜히 부모님과 남동생 현우에게까지 골을 냈었다.

'누나, 내가 누나 불쌍해서 빨리 돌아가자고 했어. 잘했지?'

제 사랑을 빼앗긴 거 같아 겉으론 잘해주지 못했지만, 그래도 저를 걱정하던 제 동생이었다.

현서는 망연자실하게 부모님과 동생의 영정사진을 바라봤다.

내가……. 내가…… 재촉만 안 했으면…….

내가……. 내가…… 아프다고 거짓말만 치지 않았다면…….

부모님과 동생은 예정된 비행기에 올랐을 거고, 제 옆에 계속 있었을 것이다. 모두 다 저 때문에 벌어진 일이었다.

울며불며 매달리는 현서의 어깨를 잡으며 할아버지는 냉정하게 말했었다.

'지금 네가 여기서 운다면 저 사람들이 너를 어떻게 볼지 똑똑히 생각해.'

'할아버지, 나 때문이에요. 엄마랑 아빠랑 현우가……. 다 나 때문에…….'

'잘 듣거라. 너 때문이라고 생각한다면 더 독해지고 더 의젓하게 행동해. 그래야 너희 부모님이 지키려고 했던 것들을 지킬 수 있어.'

차가운 할아버지 말에 현서는 눈물조차 흘릴 수 없었다. 마지막일지도 모르는 부모님과 현우의 사진을 그저 묵묵하게 바라볼 뿐이었다.

현서는 염하는 모습조차 볼 수가 없었다. 추락사고로 인해 시신 훼손이 너무 심했기 때문이다. 할아버지의 엄명이었고, 현서는 그것을 따랐다. 어린애처럼 울면서 떼를 쓸 수 있는 나이는 이미 지나버렸다.

현서는 건조한 눈으로 문상객들을 바라봤다. 저마다 그녀를 안쓰럽게 바라봤고, 저마다 그녀를 가여워했다. 그리고 눈물 한 방울 흘리지 않는 저를 독하다 수군거렸다.

"상심이 크시겠습니다. 하나뿐이었던 후계자가……."

"하나뿐이라니요. 여기 있지 않습니까. 내 후계자."

시작은 모두 할아버지를 위로하는 말로 시작했다. 그러고는 후계자를 걱정했으며, 그때마다 할아버지는 제 어깨를 꽉 잡았다. 그리고 저를 바라보는 사람들의 시선은 '감히 계집애 따위가 무엇을 하겠어.' 였다.

할아버지의 말뜻을 그제서야 현서는 이해할 수가 있었다. 저는 가족의 죽음을 슬퍼하기엔 잃을 게 너무 많은 사람이란 것을. 동정도 연민도 저에게 느끼면 안 된다는 것을.

동정이라는 단어는 처음부터 저에게 쓸 수 있는 단어는 아니었다. 아니, 처음부터 누군가의 위에 군림을 해야만 했던 현서에게 어울리는 단어가 아니었다.

그 어느 때보다 혹독하고 냉정하고 모질게 굴어야만 했다.

현서는 제가 이런 일로 무너지지 않는 어린애가 아니라는 것을, 약하기만 한 계집애가 아니라는 것을 똑똑히 보여줘야만 했다.

"괜찮아? 어떻게 뭐라 말할 수가 없네……."

마치 이 사실을 믿을 수 없다는 듯이 허례허식으로 채워진 가식적인 눈물에 현서는 소름이 끼쳤다. 제 가족의 죽음보다, 후계구도를 걱정하는 저들이, 제 가족의 죽음이 남에게 가십으로 전락하는 것이, 끔찍하게 싫었다.

그래서 더 울지 않았다.

"괜찮습니다."

가족의 죽음이 가슴 아프지 않은 사람이 과연 몇이나 있을까. 살갑지 않은 사이라도 부모의 죽음은 가슴이 미어지고 아리고 숨을 쉴 수 없을 만큼 힘든 일이다. 하지만 현서는 우는 대신 가슴에 담긴 슬픔을 악으로 참고, 입술을 꾹 깨물며, 손바닥이 파고들 정도로 주먹을 꽉 쥐었다.

대신 제 마음에 동생과 부모님을 새겨 넣었다.

"김 회장님 손녀라 역시 의젓하네요."

"그럼요. 김 회장님의 하나 남은 후계자가 이런 일에 무너질까요. 역시 김 회장님 기백을 닮아 대단합니다."

"별말씀을요."

제 어깨를 다독이면서도 머릿속으로는 주식 상황을, 후계구도를 걱정할 사람들의 앞에서 현서는 무너질 수가 없었다. 세상물정 모르는 그저 어린애로 보일 수가 없었다. 그래서 현서는 차라리 독하게 보이는 쪽을 택했다.

아무도 저를 감히 동정할 생각조차 못하게. 감히 저를 쳐다

볼 수 없을 정도로 강하게 여기게.

도윤이 등장했을 때도 그랬다. 그 앞에서만은 무너지고 약한 모습을 보였던 현서지만, 이번만큼은 그럴 수가 없었다. 나이가 점차 들어가는 할아버지, 사라진 부모의 그늘을 다시 한 번 실감하는 중이었으니까.

최소한 도윤이 들어왔을 때만 해도 그랬다. 눈물이 가득 고일지언정 이를 악물고 눈물 한 방울 내보이지 않았다.

하지만, 따스한 손이 말없이 그녀의 손에 겹쳐지자, 참아왔던 것이 와르르 무너지는 것이 느껴졌다.

"밥 먹었어?"

현서는 도윤의 그 말에 입가에 실소가 흘렀다. 누군가는 세상에서 사라졌고, 그 누군가의 자리를 그리워하고 있는 자신이, 그 한마디에 허기짐이 느껴졌기 때문이었다. 살아 있는 사람은 어떻게든 살아간다는 그 말이 현실로 와 닿았을 때, 현서는 주체할 수 없는 감정들이 몸 안으로 들끓었다.

부모님은 죽었지만, 나는 살아야만 했고, 나는 지킬 것이 너무도 많았다.

"배고프겠다. 밥 먹자."

아무것도 아닌 말이었다. 고작 그 한마디였는데, 따스한 위로의 말도 아니었는데 현서의 두 눈시울이 뜨거워졌다.

그 순간 도윤의 커다란 손이 현서의 눈을 가렸다. 뺨을 타고 흐르는 그 눈물을 아무도 볼 수 없도록, 눈물이 가득 고인 눈을 아무도 볼 수 없도록.

그날 병원에서 조금 떨어진 그곳에서 현서는 목구멍에 밥을 꾸역꾸역 밀어 넣고 또 울고 밀어 넣기를 반복했다. 아이처럼 목 놓아 우는 대신, 현서는 밥을 목구멍으로 밀어 넣었다.

여러 번 기침을 하면서도 그것을 꾸역꾸역 삼켜대는 현서에게 도윤은 말없이 빈 컵에 물만 떠다 주며 그녀의 옆을 지켜주었다.

시간은 참 야속하게 흘렀다. 염두에 두지 않은 이별의 시간은 너무도 빨리 찾아오곤 했다.

야속한 빗물은 폭우처럼 쏟아졌고, 날카로운 빗방울 소리 앞에서 묵묵히 현서는 이별을 준비했다.

차가운 땅에 묻히는 관을 보면서 현서는 더 이를 악물었다. 마지막, 이라는 단어가 가슴을 할퀴고 목구멍을 할퀴고 감정을 격렬하게 짓눌러댔다.

다시는 볼 수 없는 그 모습에 현서는 빨개진 눈을 감히 감을 엄두도 내지 못했다. 이미 파고들어 핏방울이 진득하게 맺힌 손바닥은 더 이상 쓰라림조차 느껴지지 않았다. 손바닥에 쓰라림 따위가 제 가슴에 흐르는 핏물에 비할 게 아니었다.

그 순간이었다. 비를 가려주던 우산이 바닥으로 떨어졌다. 세찬 빗줄기 아래 현서의 온몸을 비가 적셨다. 눈물인지 빗물인지 모를 그 물기들이 머리로 얼굴로 쏟아져 내렸다.

“인사해야지.”

할아버지의 말에 현서가 발을 머뭇거렸다. 정말 마지막이 될 것만 같았다. 아직 서럽게 울어보지도 못했는데, 마지막 인사를 고할 시간이었다.

그 순간 제 등을 누군가 밀었다. 등에 느껴지는 온기는 따스했고, 제 마음을 어루만져주는 것만 같았다.

현서는 제 의지와 상관없이 한 발짝 다가갔다. 그러고는 격렬하게 쏟아지는 물줄기 사이로, 가슴속에 스며드는 그 찬기 사이로 현서가 부모님에게 마지막 인사를 건넸다.

잘 가요, 엄마. 아빠……. 잘 가. 현우야…….

가슴속에 맺혀드는 단어들을 감히 내뱉지도 못했다. 내뱉는 순간 쓰러져 주저앉을지도 모르니까. 제 옆을 지탱해주는 그 사람에게 울며불며 매달릴지도 모르니까.

현서는 빗속에 제 눈물을 감추고, 제 마음을 감췄다.

폭우는 언제 그랬냐는 듯, 말끔하게 그쳤다. 젖은 땅도, 물기가 묻은 나뭇잎도, 이제는 바짝 말라 며칠 전 폭우가 내렸던 흔적들을 찾을 수가 없었다.

햇살은 사람들의 마음과는 다르게 밝고 포근했고 따스했다. 해를 맞이하는 것이 겁이 날 정도로.

현실은 금방 찾아오고, 시간은 더 재빠르게 흘러갔다. 사라진 그 자리의 흔적을 느끼지 못할 정도로 모두 다 일상으로 돌아갔다. 하지만 집 안에서 그 누구도 웃지 않았으며, 더 큰 적막함이 흘렀다. 그럴 때마다 이따금씩 가족의 빈자리를 느껴야만 했다.

제 방이 싫다며 제 옆에서 자던 현우도, 그런 현우를 나무라던 엄마도, 그런 엄마를 말리던 아빠도……. 하루아침에 모두 다 사라져버렸다.

말소리조차 잘 들리지 않던 저택이 더 적막해졌다. 서로의 상처에 대해 이야기 꺼내지 않았으며, 필요 외의 말을 하지 않았다. 이따금씩 김 회장 방문 앞에서 들리는 한숨소리가 다시 한 번 현실을 깨닫게 해줄 뿐이었다.

하지만 가슴속에 곪고 또 곪은 상처까진 메울 수 없는 일상이었다.

그때처럼 비가 거칠게 퍼붓던 날이었다. 까만 하늘을 번개가 환히 밝혔다가 점멸하고, 천둥이 거친 울음소리를 토해내던 그런 날이었다.

"악!"

날카로운 비명에 온 집 안이 난리가 났었다. 다급하게 소리가 나는 그녀의 방으로 올라온 사람들은 사색이 되었다.

"현서야!"

방구석에 앉아서 땀을 흠뻑 흘리고 새하얗게 질려 있는 그녀를 마주하는 것은, 보는 사람이나 당하는 사람 모두에게 고통인 것이었다.

"현서야! 눈 좀 떠봐. 현서야!"

밤새 한숨도 자지 못하고 방구석에서 바들바들 떨고 울고 또 울었다. 응어리진 아픔을 토해내듯, 울고 또 울었다.

"죄송해요……. 정말 죄송해요……."

"아가! 왜 그래. 왜 그러는 거야? 응?"

정 여사는 바르작거리듯 울고 있는 현서를 얼른 껴안았지만 현서의 몸은 여전히 바들바들 떨렸다.

"무슨 일이에요?"

"도윤아, 현서가……."

"제가 가볼게요."

도윤이 서둘러 바닥에서 구르듯 오열하는 현서를 껴안았다.

"괜찮아, 현서야……."

"오빠, 엄마가……. 현우가……."

"괜찮아, 네 탓이 아니야."

"모두 다 떠났어. 날 두고……."

"걱정하지 마. 난 널 떠나지 않아."

"거짓말! 다 떠날 거야. 다…… 나 때문에야……. 다 나 때문에……. 내가 아프다고만 안 했어도……. 내가 빨리 오라고만 안 했어도……."

머리를 감싸고 우는 현서가 안쓰러워 볼 수가 없었다.

"괜찮아. 괜찮아. 울어도 돼. 그러니까, 마음이 풀릴 때까지 울어."

그날 도윤의 품에서 현서는 한참을 울었더랬다. 마치 장례식 때 설움을 폭발시키듯, 그렇게 비 오는 날이면 매일같이 울음을 터트리고 혼절하길 일쑤였다.

그리곤 아침이면 아무 일도 없었다는 듯 일상생활을 하곤 했다. 마치 아무 일도 아니라는 듯.

전문가와 상담을 해도 제 스스로가 마음을 온전히 열지 못하니 소용없었다.

결국 그때마다 찾아온 것이 도윤이었다. 제가 마음을 열었던 유일한 남이었으니까.

도윤은 그날 이후로 거의 제 집에서 살다시피 했었다. 할아버지의 부탁 때문인 줄 알았지만, 그것은 도윤의 의지였다고 했다.

어쩌면 그때 도윤이 찾아오지 않았더라면, 차라리 도윤이 제 손을 잡아주지 않았더라면, 도윤을 사랑하지 않았을지도 모르겠다.

'걱정하지 마. 나는 어디 가지 않아. 네 옆에 항상 있을게.'

제 마음을 다독여준 것도 도윤이었고, 바들바들 떠는 차가운 제 손을 잡아준 것도 도윤이었고, 말없이 눈물을 닦아주었던 것도 도윤이었다.

어린 시절의 제 아픔을 나누고, 제 아픔을 보듬어주고, 누구에게도 말할 수 없는 슬픔을 그와 나누었다. 세상을 마주한 시간보다 서로를 바라보는 시간이 더 많았었다.

우리는 그랬다. 우리는……. 아직도 그 시간들을 잊을 수 없었다.

장대비가, 폭풍처럼 감싸는 바람이 가슴속에 스며들었다. 제 마음을 흔들어대듯.

현서가 제 가슴을 쏟아지듯 쓰러졌을 때, 도윤은 현서의 등을 천천히 두 손으로 감쌌다.

괜찮아, 괜찮아…….

어려서 하던 그 말처럼 현서의 등을 다정하게 쓰다듬으며 그 비를 한참을 맞고 서 있었던 거 같았다. 한바탕 쏟아지던 그 폭우가 지나가길 바라는 것처럼.

눈을 떴을 때 봤던 이곳은 참 익숙한 곳이었다. 현서는 찬찬히 주위를 두 눈으로 살폈다. 자신이 떠나기 전 그대로, 하나도 변한 것 없는 이곳은 그저 자신의 향기가 사라졌을 뿐이었다.

현서는 허탈하게 웃었다. 암막커튼 사이로 빗소리가 아직도 들려왔다.

번쩍, 번개가 사방을 밝혔다가 점멸해 소리 없이 사라졌다. 현서의 어깨가 잔뜩 웅크려졌다. 찬기가 온몸을 지배하는 것만 같았다.

현서는 숨을 크게 내쉬며 천천히 몸을 일으켰다. 이상했다. 방 안에 제 흔적 따위 하나도 남기지도 않았고, 제 흔적이 남을 만한 것들을 모두 다 가지고 떠났었다.

하지만…… 여전히 이곳은 익숙했다. 그리고 이곳을 바라보고 있는 지금 가슴 언저리가 아려왔다.

"일어났어?"

도윤이 방문을 열고 들어오자, 현서가 놀라 그를 무연히 바라봤다.

"왜……."

이곳에 나를 데려왔냐는 물음, 왜 아직도 이곳에 있냐는 물음, 여러 가지가 복합적으로 교차되어 있었다. 아니, 차마 물을 수가 없었다. 물으면 다시 예전처럼 돌아가 버릴까 봐. 자신의 가련한 마음을 인정해 버려야 하니까. 도저히 물을 수가 없었다.

"마셔."

도윤은 머그잔을 그녀에게 건넸다. 김이 모락모락 나는 재스민 차였다. 풋, 입가에 웃음이 지어졌다.

왜……. 이것은 소리 없는 원망이었다.

"이만 가볼게요."

현서가 머그잔을 테이블 위에 내려놓으면서 말했다.

"비 그치면 가."

현서가 아랫입술을 피가 날 정도로 질끈 깨물었다.

"상관할 일 아니에요."

"어린애같이 굴지 마."

도윤이 저벅저벅 그녀의 앞으로 걸어와 그녀를 화난 듯 바라보았다. 도저히 똑바로 볼 수가 없던 그녀의 얼굴을 손끝으로 올렸다.

"거봐, 여전히 무서워하잖아."

눈동자가 촉촉하게 젖어들었다. 도윤이 없었던 그날들, 비가 오던 그날들, 두려움에 떨었던 그날들, 그때도 그를 찾아 울부짖었다.

바들바들 떨던 손으로 아무도 없는 그 텅 빈 곳에 혼자 있을 때마다 그렇게 울부짖었다.

현서는 도윤의 손을 날카롭게 쳐냈다.

"그렇다 하더라도 오빠가 신경 쓸 일……. 악!"

쾅쾅! 사방을 두드리듯 번개가 점멸했다 사라졌다.

"쉬이."

막은 귀를 제 커다란 손으로 덮어주며 현서의 안색을 살폈다. 울음 섞인 비명, 이것들은 너무도 익숙한 것들이었다. 뺨을 조심스레 어루만지며 애틋하게 그녀의 눈가에 맺힌 눈물을 닦아주었다. 부드럽고 애틋하게.

"괜찮아."

제 뺨을 어루만져지는 그 따스한 손을 느끼며 현서는 눈을 느릿하게 감았다 떴다. 빗소리가 구슬프게 들려왔다. 아무도 움직일 수 없었고 멈춰진 시간은 간간이 들리는 빗소리로만 대신했다.

모든 것은 꿈같았다. 제 입술에 닿은 그 열기도, 저를 품에 안은 남자도, 모든 것은 꿈같았다. 내일이면 깨버릴 아련한 꿈.

우르르 쾅쾅, 거친 천둥소리와 함께 번개가 까만 하늘을 밝혔다가 사라졌다.

날카로운 소리에 현서의 어깨가 움츠러들었다. 현서의 허리를 한 팔로 감싸고 긴장으로 인해 잔뜩 움츠러든 그녀의 등을 찬찬히 쓸었다. 짭짜름한 소금기가 입 안으로 한 방울씩 스며들었다.

입술의 열기가 온몸으로 치달았다. 부드럽고 조급하지 않으면서, 또 조금씩 자신의 공간들을 찾아갔다. 얼굴을 쓰다듬는 손길은 따스했고, 맞닿은 입술의 열기는 뜨거웠다.

제 가슴속에 피어드는 그 열기처럼, 현서의 두 눈을 타고 또르르 눈물이 계속해서 흘러나왔다.

애잔했던 제 시간들이 안타깝고 불쌍해서. 그러면서도 도저히 거부할 수 없는 이 마음이 너무도 가련해서.

그의 품에 안겨 있는 이 시간이 그저 꿈같아서.

이따금씩 상상을 한 적이 있었다. 우리가 서로 모르는 사이로 만나 서로 사랑을 하면 어떤 느낌이었을까. 또 사랑하는 연인이 된 저를 도윤은 어떤 눈으로 바라볼까. 그것은 상상 속에만 등장하는 것들이었다.

따스하고 사랑으로 가득 찬 눈빛.

엄지손가락으로 눈물이 어룽진 눈가를 어루만지는 그 눈빛이 너무도 애잔해서 현서는 느릿하게 눈을 감았다, 떴다. 우리에겐 어느 것이든 남는 것은 슬픔과 아픔이었다.

"나는……."

현서가 울먹거리면서 말을 이었다. 그저 이것은 실수인 것이냐고, 되묻고 싶은 마음을 억눌렀다. 그저 실수라도 괜찮다 생각했다. 그저 한순간의 충동일지라도 괜찮다 생각했다. 자신의 상처 난 가슴을 어루만져주는 그 따스함이, 옛 기억들을 지워주고 있으니까.

누가 먼저랄 것도 없이 다시 찾아든 입술은 열정적이었고 뜨거웠다. 혀끝의 감도는 그 포근함과 따스함, 숨을 앗아갈 듯 빨아들이는 그 열기가 가슴속에 뜨거운 불씨를 던질 것만 같았다.

억누르고 억눌렀던 마음이 폭주하듯 맞닿은 입술이 더 진해졌다. 서로의 몸을 쓰다듬는 손길은 느릿하지만 농밀했다. 자신의 상처 난 가슴들을 어루만지듯.

괜찮아, 괜찮아…….

속삭이듯 천천히 맞닿았다. 뜨거운 열정 같은 열기가 몸 안으로 피어들었다.

쾅! 천둥이 요란하게 몰아쳤다. 꿈같은 키스도……. 꿈같았던 이곳도……. 애잔한 그의 눈빛도……. 모두 다 하룻밤이면 사라질 신기루니까.

등 뒤로 느껴진 시트자락이 사각사각 소리를 냈다. 맨살의 닿는 시트의 감촉이 차가웠지만 가슴은 뜨겁고 따듯했다.

떨어지지 않을 듯 게걸스럽게 입술을 삼켰다. 목구멍까지 치고 들어오는 타액을 삼키며, 서로의 온기를 느끼며.

입술이 떼어졌을 때, 촉촉하게 젖은 그의 눈이 그저 애달프기만 했다.

현서는 그의 얼굴을 손가락 끝으로 가만히 쓸어내렸다.

하나도 빠짐없이 기억하던 그의 얼굴이 기억나질 않았었다. 수백 번 수천 번 봤던 그 얼굴이, 그와 헤어지고 떠난 그곳에선 기억이 나질 않았다. 그에 대한 기억은 점점 더 선명해지는데 그의 얼굴은 하나도 기억나질 않았다. 그의 목소리, 그의 얼굴, 그의 손길, 어느 것 하나 기억나는 것이 없었다.

현서는 그의 얼굴을 각인하듯 손가락으로 섬세하게 쓸었다. 제 얼굴을 느른하게 쓰다듬는 현서의 손바닥 깊숙이 입을 맞추고, 손가락 하나하나에 자잘하게 키스했다.

"보고 싶었어요……."

물기 어린 목소리가 먹먹하게 도윤의 가슴을 울렸다.

"매일 밤 당신이 그리웠어요."

제 뺨 위에 떨어지는 눈물이 그의 것인지 자신의 것인지 감을 잡을 수가 없었다. 캄캄한 방 안, 제 독백 같은 고백은 내일이면 사라질 것들이니까.

대답 대신 그는 제 입술에 격렬하게 키스했다. 그 어느 때보다 뜨겁고 열정적으로. 얽혀든 혀가 깊숙하게 들어오고 격정적으로 빨아들였다. 타액이 넘나들고 숨결 하나까지 앗아가듯 농밀하게 입을 맞췄다. 입 안에선 짭짜름한 짠기가 넘실거렸다.

술기운 때문일지도 모르겠다. 아니면 그가 건네는 열기 때문일지도 모르겠다. 입술이 스치는, 그의 손이 닿는 곳곳마다 열꽃처럼 열기가 훅 끼쳤다.

쇄골 위로 뜨거운 입김이 불어왔다. 그의 손은 한없이 상냥했지만 조급하게 그녀를 몰아붙였다. 입었던 블라우스 단추를 찢듯이 모조리 풀어내며 봉긋하게 오른 가슴을 짓이기듯 매만졌다. 손안에서 일그러지는 가슴에 현서는 낯선 신음을 흘렸다.

"하아……."

손길이 스치는 곳마다 낯선 느낌이 척추를 타고 흘렀다. 그는 소담한 제 가슴을 입 안에 가득 담아 천천히 굴렸다. 커다란 손으로 제 가슴을 쥐고 유두를 튕기듯 매만졌다. 현서는 그를 뜨거운 숨을 뱉으면서 그의 머리를 한껏 껴안았다.

이조차도 내일이면 기억이 나질 않겠지. 눈을 따라 흐르는 액체가 베갯잇을 조용히 적혔다.

"예쁘다, 우리 현서……."

제 얼굴을 눈물을 닦는 그의 손길도, 제게 다정하게 뱉는 그의 말투도 모두 다 어색했다.

"하읏."

빳빳하게 일어난 유두를 혀로 깨물자 현서가 온몸을 비틀었다. 예민한 부분에서 주는 짜릿한 쾌감이 온몸을 관통한 것이다. 그녀는 자신의 입새로 나오는 신음소리에 스스로도 놀라고 있었다.

아무것도 상상할 수 없던, 까마득한 그날들이 기억이 나지 않을 만큼 모든 것이 꿈만 같았다. 그의 품에 안겨 달콤한 신음을 내뱉는 제 모습이 이질적으로 느껴지고 있었다.

도윤의 입술이 천천히 아래로 내려갔다. 다른 한 손으론 레이스 천 위 정점 부분을 매만지며 축축하게 젖은 곳을 살살 달랬다. 생경한 느낌이 척추를 타고 흘렀다. 현서는 허벅지를 오므리려 했지만, 강한 힘이 그녀를 막았다. 팬티를 내리는 그의 손을 현서가 잠시 잡았다.

내일이면 후회할 것이라는 것을 너무 잘 알고 있었다. 이것은 비단 도윤도 마찬가지일 것이다.

"두려워?"

탁하게 가라앉은 그의 눈이 자잘하게 파동을 일으켰다. 아마도 그것은 저에게만 하는 물음은 아니었을 것이다.

후회하겠지. 내일이면 아무렇지 않게 다시 또 지낼 수 없을 것이다. 저를 바라보는 그 눈을 바라보며 현서는 그의 손에서 손을 뗐다.

마치 신호탄 같았다. 그녀의 손이 떼어지는 순간 그의 손길이 조금 더 다급해졌다. 긴 손가락으로 검은 수풀을 천천히 쓰다듬으며 그녀의 입술을 단번에 머금었다. 느긋하게 입을 맞추며 손가락이 예고도 없이 여성 안으로 파고들었다.

낯선 이물감에 현서는 엉덩이를 비틀었다.

"읍……."

그럴수록 혀의 결속은 더 단단해졌고 아래에 머무는 손가락의 깊이도 점점 깊어졌다. 손가락은 마치 관계를 하듯 천천히 빠져나갔다 제 몸 깊숙이 파고들었다. 손가락이 그녀의 여성을 느긋하게 희롱했다.

아랫배가 간질거리며 허벅지 사이가 뜨거워졌다. 심장은 쿵쿵 뛰었고 몸이 제 통제와 상관없이 움직였다. 온몸이 파들파들 떨려왔다.

"하아……."

제 몸 안에서 격렬하게 움직이던 손이 빠져나가자 현서가 가쁜 숨을 몰아쉬었다. 하지만 그는 쉴 틈을 두지 않았다. 애액으로 범벅된 허벅지를 손으로 벌리며 제 몸 안으로 들어왔다.

"윽!"

"으읏……."

좁은 길을 단번에 꿰뚫고 온 남성에 현서가 비명 같은 신음을 내질렀다. 불 꼬챙이가 제 몸을 쑤시듯 커다란 그의 몸이 제 안으로 들어왔다, 천천히 빠져나갔다. 그리고 다시 천천히 제 몸으로 파고들었다.

"하악……."

좁은 길을 꿰뚫고, 단 한 번도 열리지 않았던 그곳을 격렬하게 몰아붙였다. 엉덩이가 들썩거리며 현서 역시 그의 몸에 맞춰 엉덩이를 움직였다.

아무 생각도 들지 않았다. 그의 품에 안겨 있는 저도, 저를 안는 그도, 그 어떠한 생각도 할 수가 없었을 것이다.

이것은 신기루니까. 오늘이면 끝이 나고, 새벽이면 꿈처럼 사라질 일이니까.

"하읏……."

심장이 벅차오르는 동시에 그의 엉덩이가 빠르게 움직였다. 현서의 손을 자신의 목에 감싸게 한 후 그녀의 몸을 들어 결속을 좀 더 깊게 만들었다. 맞닿은 가슴 사이로 현서의 가슴이 짓이겨졌다.

허벅지 깊은 곳에서 느껴지는 생경한 느낌과 함께 그가 다시 안으로 들어왔다. 전진과 후퇴를 하면 할수록 현서의 몸이 흔들렸다.

그는 거칠게 그녀의 몸 안으로 들어와 격렬하게 움직였다. 살이 맞부딪히는 색정적인 소리와 질척대는 느낌에 그는 숨을 가쁘게 몰아쉬었다.

그리고 요란하게 내리던 빗소리가 잦아들었다. 이제 꿈에서 깰 시간이었다.

*

안 실장은 룸미러 너머로 김 회장의 얼굴을 살폈다. 늘 건재한 호랑이 같던 김 회장의 얼굴에서 흰머리가 성성한 노인의 회한이 스치고 지나갔다.

잎사귀에 묻은 빗방울만 차창으로 톡톡 떨어졌다.

집 앞에서 사라진 현서 때문에 집이 한바탕 소란이 일었었다. 비는 거세졌고, 집 앞에서 내려줬다던 현서는 온데간데없이 사라졌었다. 그리고 현서의 행방을 찾는 것은 그리 어렵지 않았다.

'그래, 알아봤나.'

대문에 달린 cctv를 확인한 안 실장은 무어라 말해야 할지 몰라 잠시 머뭇거렸다.

'그게……. 저…….'

'도윤이던가?'

'네.'

김 회장의 표정이 가히 좋지 않았다. 제 스스로 놓고, 제 스스로 믿지 못한 사람이었다. 그 정이 끊어내기 힘든 것이었다고 하더라도, 억지로라도 끊어냈어야 할 정이었다.

'내 직접 가지.'

도윤의 집 앞에 멈춰선 김 회장은 눈을 감고 있었다.

"들어갔다 오겠습니다."

"아니, 기다리게나. 잠시 시간이 필요할 거야."

김 회장은 그 집 앞에서 현서를 기다렸다. 거대한 비가 밤새도록 쏟아졌고, 새벽녘 즈음 비가 잦아들 때쯤 현서가 나왔다.

가만히 현서의 뒤를 따라가면서 김 회장은 한참 말이 없었다. 젖은 옷이 꽤나 추울 법도 한데 현서의 뒷모습은 그저 공허하기만 했다.

안 실장이 현서를 차에 태우려 했지만, 만류한 것은 김 회장이었다.

"억지로 끊은 연 아니던가. 이렇게라도 제 스스로 정리를 해야만 할 것일세. 이만 집으로 가세."

현서를 스치고 지나가면서도, 김 회장의 표정은 씁쓸하기만 했다.

안 실장의 부축을 받고 집으로 돌아온 김 회장은 피곤한 듯 얼굴을 쓰다듬었다.

"어디를 다녀오신 거예요? 두 분 다?"

정 여사가 놀란 듯 김 회장의 안색을 살폈다.

"저……, 그게……."

"아무 말 말게나. 나 물이나 한 잔 주오."

"네, 잠시만 기다리세요."

정 여사가 주방으로 들어가자, 안 실장이 김 회장의 눈치를 살피며 입을 떼었다.

"어떻게 할까요?"

"우선 그냥 두게나."

김 회장은 잠시 생각에 잠겼다. 끊어야 할 인연은 끊어져야 했다. 그것이 설사 다시 이어 붙일 수 있는 것이라도, 한 번 아닌 것은 아니었다.

집 안은 어두컴컴했다. 아무 기척도 느껴지지 않는 고요한 집 안은 죽은 듯 조용했다. 현서는 불이 꺼진 김 회장의 방을 잠시 일별하고 제 방으로 올라섰다.

제 방에 들어서, 온기가 맞닿자 그제야 제가 덜덜 떨고 있음을 인지했다. 현서는 젖은 옷을 벗고 욕조에 조용히 몸을 누였다.

그런 밤이 있었다. 당신을 이렇게 사랑하는 나인데, 왜 그 사랑은 보답 받지 못할까. 밤새 사무치게 아려오는 그런 밤이 있었다. 그리고 알게 되었다.

내가 사랑하는 만큼 당신도 누군가를 그만큼 사랑하고 있다는 것을. 결국 내 사랑은 보답 받지 못할 사치였다.

이 모든 것은 후회할 줄 알고 저지른 일이었다. 제 사랑에 대한 애달픈 보상 같은 것이라고 생각했다.

하지만 그의 눈에 스치는 애잔함과 동정 그것을 도저히 직면할 수가 없어 도망치듯 그 집을 빠져나왔다.

결국 2년 후에도 자신은 그를 가졌지만 갖지 못했다.

현서는 눈물 섞인 눈으로 입술을 피가 날 정도로 세게 깨물었다. 꿈결 같던 그 시간들은 깨어보니 더 독한 아픔을 남겨주었다. 그를 떠나오며 느낀 것은 공허함과 허탈함 그리고 가슴이 짓이겨질 만큼 아픈 쓸쓸함이었다.

동정일 뿐이라도 저를 봐주기를 바랐지만, 그렇게라도 저를 다시 보길 바랐지만, 실상 그것을 받았을 때 느껴지는 것은 그저 비참함이었다.

비참하고 처량한 제 마음이 가련하고 추악하고 더러워서, 도저히 제 마음을 돌아볼 수가 없었다.

이렇게라도 한 번은 갖고 싶었으니까.

공허한 웃음이 빈 공간에 흩어지듯 내뿌려졌다. 스르륵 사라지는 불같은 제 마음처럼.

그리고 울었다. 가련한 제 마음이 불쌍해서…….

눈을 떴을 때, 현서는 없었다. 그녀와 함께 있던 그 공간에 도윤은 다시 혼자 남았다.

메마른 새벽의 어스름이 내리고 있었다. 불도 켜지지 않은 그 어둠 속에서 도윤은 제 얼굴을 두 손으로 피곤한 듯 쓸었다.

이 집은 현서와 함께 살던 그 집이었다. 함께 살았다고 하기에도 민망한, 그런 아픔과 분노와 원망만 남은 집이었다.

처음엔 현서에 대한 원망 같은 마음에 이 집마저 처분을 하려고 했었다. 하지만 그 안에 남은 현서의 흔적들이 그의 눈길을 잡아, 차마 그럴 수가 없었다.

잘하지도 못하는 요리를 하고 잘하지도 못하는 빨래를 하고 해본 적 없는 다리미질을 하고.

모두 외면했던 것들이 현서가 떠나가고 조금씩 보였다. 그리고 한순간에 계획했던 것처럼 사라졌을 때, 허탈한 웃음이 새어져 나왔다.

현서가 떠나가고 남아 있던 것은 그녀에 대한 분노와 증오가 아닌 걱정이었다.

비 오는 날은 자신이 함께 있었으니까, 아픈 날도 제 손을 꼭 잡고 잠이 들던 현서이니까.

예쁘고 착한 동생이었다. 가슴속에 박혀드는 가시 같은 아이였다. 동생, 자신의 친혈육과도 다름없는 아이였다. 아니, 제 친혈육보다 더 사랑을 나눠준 아이였다.

그런데 왜……. 지혁의 물음에 단번에 대답할 수 없었을까. 그저 동생이라고, 사랑하는 사람이 아니라고.

어쩌면 제 마음을 그전부터 눈치채고 있었는지도 모르겠다. 그래서 더 자신 때문에 꿈을 잃은 혜린에게 잘해주었던 것인지도 모른다.

현서는 자신이 동정한다고 생각하겠지만, 실은 그 동정

상대가 바뀐지도 모르겠다.

"하아……."

도윤은 나직하게 한숨을 내쉬며 얼굴을 두 손바닥에 파묻었다. 가슴속에 박힌 가시가 더 크게 찔려왔다.

충동, 그저 충동적이라고 하기엔 조금 무리가 있었다. 충동이 아니었다. 현서의 젖은 두 눈을 볼 때면 항상 제 마음은 그랬었다. 안쓰러움. 그리고 보듬어주고 안아주고 싶은 제 마음이 항상 그랬다.

그리고 이제는 인정해야만 했다.

현서에 대한 제 마음을.

현서는 밤사이 잠 한숨 자지 못했다. 계속해서 울리는 휴대전화도 받지 못한 채, 방 안에서 웅크리고 앉아 있었던 거 같다.

그의 품에 안겼던 그 느낌이 아직도 선연하게 느껴져서.

"현서 씨, 누가 찾아왔는데……."

사이가 서먹해진 진숙이 말을 건넸다.

"누구……."

진숙에게 가려진 지혁을 보자 현서가 나직하게 한숨을 내쉬었다. 인상을 잔뜩 찌푸린 얼굴이 단단히 화가 난 모양이었다.

지혁은 다짜고짜 현서를 끌고, 아무도 없는 휴게실로 갔다. 안 실장의 연락을 받고 당장에 그녀에게 뛰어가고 싶었다.

아마도 김 회장의 전언이 있지 않았다면 밤새 그녀의 집에서 지키고 서있었을 것이다.

"아……."

"아파?"

꽉 잡은 손목이 아려 현서가 살짝 비틀자, 손에 힘을 풀었다. 그 모습에 현서는 웃으면 안 되는 줄 알면서도 설핏 웃었던 거 같다.

"웃지 마. 나 지금부터 화낼 거야."

제법 한 톤 낮은 목소리로 지혁이 간결하게 말했다.

"알았어."

웃음기 섞인 현서의 목소리에 지혁이 인상을 찌푸리며 현서를 바라봤다.

"웃지 마. 네가 웃으면 나 화 못 내."

지혁의 말에 현서는 다시금 미소를 지었다. 그래, 그는 그랬다. 제 웃음 하나에 좋아했고, 제 말 한마디에 달려왔고, 제 손짓 하나에 다가왔다.

항상 그랬었다. 이런 그를 왜 사랑할 수 없을까. 이따금씩 생각했던 거 같다. 차라리 제가 사랑하는 사람이 지혁이었다면 자신의 사랑은 완벽한 해피엔딩이었을 텐데.

"도대체 어떻게 된 거야."

다소 누그러진 말투로 지혁이 물었다. 그 물음 고작 하나였다. 많은 것을 입 안에 담고 마음속에 담고 있을 그와는 다르게, 고작 내뱉은 말은 그 한마디였다.

그런 작은 배려가 현서의 마음을 편하게 해주곤 했었다.

"미안."

하지만 현서가 내뱉은 말은 이 말 한마디였다. 현서의 덤덤한 반응에 지혁은 머리를 거칠게 헝클었다.

현서가 이러는 이유를 왠지 알 것만 같아서, 그 이유를 말해 버릴까 봐 덜컥 겁이 났다.

"무슨 일이 있었던 거야."

"미안."

공허하게 흘러 퍼지는 그 대답에, 지혁이 나직하게 한숨을 내쉬었다.

"김현서……. 현서야……."

애원 섞인 눈으로 현서의 어깨를 잡고 지혁은 그녀를 마주 보았다. 텅 비어버린, 그 눈을 볼 때마다 가슴이 아렸던 것은 왜였을까. 아무것도 기대하지 않고, 아무것도 바라지 않는다고 생각했었는데…….

현서의 이런 눈을 마주할 때마다 울분처럼 차고 올라오는 그 무엇은 도대체 무엇일까.

도윤은 항상 제게 좋은 형이었지만 방해꾼이었다. 차라리 도윤이 현서를 사랑했다면, 차라리 둘이 마주보는 사랑을 했다면, 제 마음을 접기가 수월했을지도 모르겠다.

하지만 현서는 저처럼 돌아봐주지 않는 사람을 사랑했고, 그 상처로 얼룩진 마음을 볼 때마다 제 가슴은 무너졌다.

제발……, 뒤에 있는 자신을 봐달라고 읍소하고 애원하고 싶었다. 하지만 그럴 수 없는 것은…… 제 마음까지 강요받은 현서가 무너지는 것을 보고 싶지 않아서였다.

하지만…… 지금은? 이제 잘 모르겠다. 다시금 무너지려 하는 현서를 보면서 제가 어떤 말을 해야 할지 도무지 알 수가 없었다. 묵묵히 뒤에서 그녀를 지켜주고 언젠간 바라봐줄지도 모른다는 기대감만으로 살아가야 하는 건지 이젠 잘 모르겠다.

"현서야……."

목소리 끝이 파르르 떨려왔다. 현서의 눈동자에 선연히 그려지는 그 누군가를 너무나 알 거 같아서.

"혹시…… 도윤이 형이야?"

"……."

"어제 네가 사라졌던 게…… 서도윤 때문이야?"

마주봤던 현서의 눈동자가 이지러지듯 흔들렸다. 현서의 어깨를 꽉 잡고 있던 손이 미끄러지듯 흘러내려왔다. 현서의 눈을 똑바로 봤던 그 시선이 바닥으로 떨어졌다.

"왜! 왜, 또! 서도윤이야!"

"그런 거 아니야."

냉담하게 내뱉는 현서의 말이 더 가슴속에 파고들었다. 지혁은 앞머리를 거칠게 헝클이며 현서의 어깨를 다시금 꽉 잡았다. 바짝 들어간 힘이 아릴 정도였지만, 현서는 대신 입술을 꾹 깨물었다.

"안 되는 거야. 알지? 너도?"

"아니라고 했잖아."

"그래, 아닌 건 아닌 거야. 그 마음 꼭 변하지 마."

"알아."

지혁은 나직하게 한숨을 내쉬며 현서를 힘주어 꽉 껴안았다. 제발……. 이제는 그 가슴속에 담긴 사람을 지워달라고, 애원하듯 제 마음이 닿길 기도하며 더 힘을 주었다.

순순히 현서는 제게 안겨 있었지만 제 마음이 전해지지 않을 것이라는 것을 지혁은 너무도 잘 알고 있었다. 현서가 제 마음까지 바라보기엔 너무 버겁고 힘이 드니까.

지혁은 제 품에서 현서를 떼어내고 눈을 똑바로 마주쳤다. 담담하게 자신을 바라보는 저 눈빛이 거절을 뱉겠지만.

"김현서……."

그래도…… 현서를 혼자 둘 수가 없었다.

"그냥 나한테 와라."

자신을 바라보는 그 눈빛이 꼭 거절을 말할 것만 같았다. 진동 소리조차 묻힐 정도로 낯선 침묵이 계속되고 있었다.

그 순간에도 휴대폰의 진동이 계속해서 울려대고 있었다.

"갑자기 무슨 소리야."

"갑자기가 아닌 거 너도 알고 있잖아."

"지혁아……."

"항상 물러섰어. 네가 너무 힘들어할 거 아니까. 그리고 네가 날 의지할 때마다 좋았어. 그 정도면 된 거라고 생각했어. 하지만 이제는 아니야."

"지혁아, 나는 그러니까……."

"아니, 대답하지 마. 네 마음이 어떻든 나도 이제는 물러서지 않을 거니까."

"……."

"서도윤은 아니야. 이제 더 이상 아니야. 그러니까 이제 나를 봐."

현서는 한참을 지혁을 바라봤던 거 같다. 올곧은 그 눈빛을, 이제 더 이상 물러서지 않겠다는 그 강한 눈빛을.

도윤은 익숙한 기계음으로 넘어가는 전화에 피곤한 듯 얼굴을 감쌌다. 제가 이러면 안 되는 것을 도윤 역시 잘 알고 있었다. 제가 다시 흔들어놓을 이유도, 권리도 없다는 것을 너무 잘 알고 있었다.

불안한 제 마음을 합리화시키듯, 도윤은 현서의 목소리 한 번만 들을 수 있으면, 괜찮다는 현서의 말 한마디만 들었으면 했다.

잘 들어갔다는 것을 확인한 주제에, 뭐가 이리 불안한지 알 수가 없었다.

'여전히 동생인 거지? 그 감정, 그렇게 변하지 않을 거잖아.'

세상에 변하지 않는 감정이 있는 것인 줄 착각을 했었다. 혜린에 대한 마음도, 제가 현서에게 품은 그 마음도. 모두 다 한결같이 지속되리라는 어리석은 착각을 했었다.

그것이 얼마나 안일하고 멍청한 확언이었는지, 이제는 조금 알 수 있을 거 같다. 대답치 못하는 제 모습을 보며, 대답할 수 없는 제 모습을 보며, 마음속에 품은 제 마음을 아직도 이해할 수 없었다.

제 사랑은 혜린인데……. 제 사랑이 자꾸만 지워지려 하고 있었다. 자신 때문에 모든 것을 잃은 그 가련한 사람이 지워지려 하고 있었다.

—사장님, 서일건설 김준혁 이사님이 오셨습니다.

"들어오라고 해요."

도윤은 요란스럽게 제 사무실 문을 열고 들어온 준혁을 건조하게 바라봤다.

"어쩐 일이야?"

"반갑지 않은 거 티 내긴. 근데 내가 말하는 거 들으면 꽤 반가워질걸?"

갑작스럽게 방문한 준혁을 보며 도윤이 눈과 눈 사이를 손가락으로 짚었다.

"차는 뭐로 드릴까요?"

"저는 따뜻한 홍차로 부탁드릴게요."

준혁이 비서에게 싱긋 윙크를 하며 말했다. 준혁은 소문난 바람둥이였다. 여기저기 여자들한테 찝쩍대기를 좋아했는데, 그런 면모 때문에 준혁을 무르게 보는 사람이 꽤 많았다. 하지만 사업적으론 냉철하고 꼼꼼해서 만만하게 봤다 큰코다친 사람이 한둘이 아니었다.

그런 면모 때문에 도윤이 그를 옆에 두는 것이기도 했고.

"말해."

"새끼, 까칠하긴……."

비서가 내오는 차를 한 모금 마시고 준혁이 나직하게 웃었다.

"오, 고마워요. 역시 세영그룹 비서라 그런지 엄청 예쁘네."

당황스러운 준혁에 말에 비서가 당황해하자 도윤이 나가 보라는 듯 고갯짓을 했다.

"그딴 얘기 하려고 온 거냐?"

"아니, 내가? 우중충한 네 얼굴 보는 게 뭘 좋아서. 지금부터 하는 얘기가 아주 흥미로울 거다."

준혁이 다소 음흉한 미소를 지었다.

"너 진성그룹 최제영 알지?"

"그래. 말해."

냉담하게 대답하는 도윤을 보며 준혁이 다소 뜸을 들이듯 말했다.

"걔가 이혜린 스폰이었다더라."

지끈거리는 머리를 한 손으로 짚으며 기대어 있던 도윤의 눈이 다소 커졌다. 그 모습이 통쾌한 듯 준혁이 껄껄 웃었다.

예전에 혜린이 최제영과 이야기를 나누는 것을 본 적이 있었다. 발레를 그만두기 전이었는데, 그때 저를 보는 눈초리가 상당히 좋지 않았었다.

그리고 저를 보고 놀라던 혜린의 모습도 참 낯선 것이었었다.

'서 사장, 오랜만입니다?'

아래위를 훑는 그 시선이 참 묘했었다. 승리에 도취된 시선 같기도 했고, 저를 무시하는 시선 같기도 했다.

'어떻게 아는 사이야?'

'그냥 친구 오빠라서…….'

대수롭지 않게 넘어갔고, 기억 속에서 지웠던 일이 주마등처럼 상황들이 펼쳐지는 것 같았다.

도윤은 지끈거리는 머리를 한 손으로 짚었다.

"뭐야, 너. 알고 있었어?"

준혁은 다소 놀란 듯, 그를 바라보았다.

"아니, 몰랐어."

"역시, 알 리가 없지. 괜히 쫄았네. 나름 신경 써서 가져온 정보였는데, 알고 있으면 너무 재미가 없잖아."

"더 이상 쓸데없는 소리 하지 마."

시덥지 않은 소릴 더 이상 듣고 싶지 않았다.

"그렇다고 해도……."

변하는 것은 없었다. 변하는 것이 없어야만 했다. 하지만 이제는 인정해야만 하는 그 마음 때문에 도윤은 섣불리 대답할 수 없었다.

"그래, 네 성격에 이런 건 묻어둘 수 있겠지. 하지만 이것까지 가능할까?"

준혁의 표정이 날카롭게 변했다.

"이제부터 비싼 값을 받을 얘길 할 거거든. 그러니까 각오 단단히 해."

입꼬리를 바짝 올린 준혁은 자신의 승리를 예상하는 베팅가처럼 차갑게 웃었다.

도윤은 창밖을 바라보며 사람들 무리 사이에서 섞여 나오는 현서를 무연히 바라보았다. 아니, 정확히는 섞이지 않고 현서는 혼자 나오고 있었다. 한참을 이곳에 차를 세워두고 현서가 나올 그 문을 바라봤던 거 같다.

저를 기다렸을 때, 현서가 이런 느낌이었을까. 늦었다고 타박 한 번 한 적 없었다. 제가 잊지 않고 와주는 것만으로도 고맙게 여겼던 현서의 모습 때문에 괜스레 한쪽 가슴이 먹먹해졌다.

이곳에 왔을 땐 그저 현서를 먼발치에서 보고 갈 생각이었다. 하지만 그녀의 얼굴을 보자 저도 모르게 차에서 내려 그녀의 앞에 서 있었다.

건조한 눈길로 저를 바라보는 현서의 눈빛에 가슴이 찌르듯 아려왔다.

왜일까. 수도 없이 생각했다. 그저 가족으로만 여겼던 사람을 잃어서라고 하기엔 너무 다른 아픔이었다. 치떨렸던 배신감과는 다른 종류였다.

"또 어쩐 일이에요?"

'근데 목격자는 현서하고 이혜린하고 싸운 것밖에 보지 못했다고 진술했다던데……. 어쩌다 현서 혼자 뒤집어쓰게 됐을까? 이상하지 않아?'

'그건 김 회장님이…….'

'김 회장님이 그렇게 큰 사고를 친 현서를 무조건적으로 감쌌다? 네가 본 그분이 그런 분이었어?'

머릿속이 아득해졌다. 자신의 분노로 눈을 가리고 귀를 닫고 제 앞에서 애원하는 저 아이에게 매몰차게 굴었다.

제 사랑을 끊지 못하고 엮지도 못한 것은 제 무능함 탓이었는데, 가장 소중하고 아낀다는 사람을 제 손으로 밀어내고 벼랑 끝으로 내몰았다.

도윤은 현서의 손목을 꽉 잡고 말없이 제 품으로 끌었다.

9

사랑이라는 것은 굉장히 우습다. 열렬히 사랑한다며 모든 것을 줄 듯이 굴지만, 활활 타올랐다 꺼져가는 불씨처럼 모든 것이 금세 식어버린다.

마치 저를 사랑한다 했던 그 남자처럼.

혜린은 조용히 소파 옆 테이블에 향초에 불을 붙였다. 머리가 지끈거리고 집중이 어려울 때면, 향초만 한 것이 없었다. 불이 꺼진 저녁, 형형하게 타오르는 초들을 바라보며 혜린은 자조적으로 웃었다. 거실을 가득 메우고 있는 한기를 초들이 불빛으로 조금이나마 지워주고 있었다.

본디 사랑을 믿지 않았다. 본디 영원한 사랑이란 것이 있다고 생각한 적이 없었다. 단 한 순간도 믿은 적이 없었다. 언제든 변덕스럽게 저를 떠날 수 있다고도 생각했다.

그래서 더 여우같이 굴었다. 제 것을 챙기고 쥐고 놓지 않으려고 안간힘을 썼었다.

—연결이 되지 않아, 삐 소리 후…….

익숙한 기계음이 울리며 혜린이 자조적으로 웃었다. 그날 새벽 도윤의 집에서 나서는 현서를 보자, 불같은 질투심이 흘러나왔다.

감히, 어떻게 서도윤이…….

"아아아악!"

테이블 위에 집기들을 바닥으로 내동댕이치며 머리를 거칠게 헝클였다.

제 손을 절대 놓을 수 없는 그 남자는 제가 사라졌던 동안 다른 여자를 눈에 담았다.

멍청한 그 남자는 저를 절대 놓지 못하면서도 그 여자의 그림자를 밟고 있었다.

눈물겹기 그지없는 사랑이었다. 혜린은 소리 내어 웃으며 숨을 크게 들이마셨다. 눈물겨운 그 사랑은 이루어질 수 없고, 짓밟혔던 저의 지난날처럼 똑같이 짓밟혀야만 했다.

어떻게 이곳까지 올라왔는데, 감히 그 자리를 그 누구도 빼앗을 수 없다. 그것이 비록 현서라 할지라도, 제가 이길 수 없는 상대라도, 혜린은 제 자리를 빼앗길 생각이 없었다.

"미안해, 도윤 씨. 도윤 씨 사랑은 계속 나여야만 해."

혜린은 나직하게 웃으며 휴대폰을 바닥으로 집어던졌다. 쾅 날카로운 파편과 함께 부서진 휴대폰을 보고 아무 감흥이 들지 않았다.

그날의 일을 보고도 눈감고 넘어가는 것은, 도윤이 제 사랑을 눈치채지 않아야만 하기 때문이었다. 고개를 드밀려는 기대감의 싹을 완벽하게 잘라야만 했다.

그래야만, 서도윤을 완벽하게 차지할 수 있으니까.

서도윤은 자신을 떠날 수 없고, 자신은 서도윤을 놓아줄 생각이 없었다.

*

갑자기 찾아와 저를 와락 끌어안은 도윤을 밀치며 현서가 명령하듯 차갑게 말했다.

“이거 놔.”

“현서야…….”

“이름 부르지 말아요. 당신이 내 이름 부르는 거 이제 소름 끼치게 싫어요.”

현서의 냉정한 그 말에 도윤의 손이 스르륵 무너져 내리듯 풀렸다. 현서는 덤덤한 눈으로 도윤을 냉정하게 바라봤다. 완벽한 타인임을 증명하듯, 남에게 하듯 권위 있고 차갑게.

“앞으로 찾아오지 말고, 더 이상 내 앞에 나타나지도 말아요.”

도윤이 당황스러운 눈빛으로 현서의 얼굴을 살폈다. 감히 미안하다가 말을 할 수가 없었다. 아직 아무것도 확실해진 것은 없었다. 단지, 모든 것은 준혁의 말뿐.

그러면서도 현서의 읍소하던 그 모습이 아른거려 이곳에 오고 말았다. 눈에 밟히고 가슴에 박혀드는 가시와도 같았다.

"몸은, 괜찮아?"

"무슨 상관이에요."

무미건조한 현서의 말에 도윤은 인상을 찌푸렸다. 현서의 나직한 그 한마디가 제 가슴을 날카롭게 찌르는 비수가 되어 날아왔다.

차라리 화를 낼 때가, 차라리 그를 보며 울 때가, 더 나았던 걸 깨달았다.

"나는 상관있어."

저를 믿어달라던, 그 눈빛이 꼭 오늘과도 같았다. 저를 믿어줄 거냐고 되묻는 체념의 그 눈빛이 마치 마지막을 말하는 지금과도 같았다.

'확실한 거야? 만약에 한 치의 거짓이라도…….'

준혁의 멱살을 잡고 차갑게 되물었을 때, 준혁의 담담한 그 눈빛을 보고 알았다. 제가 모르는 것이 있음을.

"나는 상관없어요. 신경 쓰지 마세요."

왜, 현서의 한마디 한마디가 제 가슴속으로 박혀드는 것일까. 저는 수도 없이 내뱉었던 독과 같은 말이었는데, 작은 한마디에도, 완벽한 타인이라는 그것들이 왜 가슴속에 박혀드는 것일까.

도윤은 자신에게서 멀어져가는 현서를 따라가 붙잡았다. 하지만 되돌아오는 것은 경멸 어리고 차가운 눈동자였다.

"나는 네가 신경 쓰이고 네가 걱정돼!"

현서가 헛웃음 치듯 그를 바라봤다.

"네가 그립고."

도윤의 손끝이 현서의 뺨을 애절하게 어루만졌다.

"네가 보고 싶었어."

현서는 도윤의 손을 쳐내는 대신 더 차갑게 그를 바라봤다. 아마 제게 마음을 준다 해도 이혜린에 대한 죄책감에 힘들어할 사람이었다.

그래서, 우리는 안 됐다.

"갑자기 날 사랑이라도 하는 건가요?"

"……."

"그런데 어쩌죠? 내 사랑은 이미 끝났는데."

"그렇게 말하지 마."

"아무리 오빠가 나에게 사랑한다고 매달려도, 설사 이 자리에서 당장 죽는다고 해도, 더 이상 내 마음은 움직이지 않아요. 오빠와 헤어진 그날 그 마음 모두 다 버렸거든."

"현서야……."

"그러니까 이제 더 이상 나 보러 오지 말아요."

"아니, 네 마음도 끝나지 않았어."

단정 짓듯 뱉는 도윤의 말에 현서는 입술을 꾹 깨물었다. 하루에도 수십 번씩 이 남자를 보면 흔들리고, 제가 다짐했던 것들이 무너져 내리려고 했다. 하지만 그것들은 이제 끊어내고 또 끊어내야 하는 것들이었다.

"하루 만에 네 마음이 변하기라도 했다는 거야?"

"그것 때문이었군요. 그런 한낱 실수밖에 안 되는 그 일에 마음 쓸 정도로 감상적인 사람이었나요?"

"김현서!"

"참 우습고 쉽네요. 서도윤이란 남자. 이렇게 쉬울 줄 알았으면 진작 잘 걸 그랬나봐요? 그랬다면 내가 죽도록 힘들지 않았을 텐데!"

"현서야……."

"이런 소리 듣기 싫죠? 나랑 감정 낭비하는 것도 싫죠? 나 역시 마찬가지예요. 이제 제발 나 좀 그만 괴롭혀요."

도윤은 나직하게 숨을 들이마셨다.

"나중에 다시 얘기하자."

"아니요. 나중이란 건 없어요."

"나중에, 그러니까……. 나중에……."

"……."

모든 것이 확실해지면, 그때 다시 현서를 찾아오리라 다짐했다. 아프지 않고 잘 있다는 것을 확인했으니까.

평소와 다르게 제게서 등을 돌리는 도윤을 보고 현서는 가만히 그 자리에 서 있었다. 단칼에 끊어냈어야 했는데, 더 이상 말을 할 수가 없었다.

그가 제게서 등을 보였을 때가 언제였더라. 처음부터 그랬던 것은 아니었다. 혜린과의 관계가 틀어지고 나서도 도윤은 제 앞에서만은 항상 망설였다.

아마, 자신이 혜린을 미워하는 것을 믿고 싶지 않았을지도 모르겠다. 하지만 저와 혜린의 관계가 파국으로 치달으면서 도윤은 저 대신 약자인 혜린의 편에 섰다.

서도윤은 그런 사람이었으니까. 모든 것을 잃어버린 혜린을 버릴 수 없었을 테니까.

가끔 그런 생각을 했었다. 차라리 저가 모든 것을 가지지 않았다면, 차라리 저가 강자가 아니었다면 도윤은 과연 자신의 편을 들어줬을까.

하지만 이미 일어난 일이었고, 모든 것이 부질없다는 것을 이제는 잘 알고 있었다.

현서는 눈을 가리는 머리칼을 쓸어 넘기며 도윤의 뒷모습을 무연히 바라봤다. 멀어진 도윤의 등이 유난히 작아 보이고 아렸다.

촉촉이 젖어 있는 당신의 눈은 도대체 뭘 말하고 싶었을까. 하지만 제 마음속에 담긴 그 한 가지 궁금증을 바람으로 흩어지게 가만히 두었다.

그래야만 했으니까.

'미안해.'

상투적인 대답을 지혁에게 뱉어냈다. 기계적으로 뱉는 제 말에 지혁은 묵묵히 물러나 주었다. 이미 예상이라도 한 것처럼. 그것이 더 미안하고 또 미안했다.

그의 마음은 이미 눈치채고 있었다. 지혁의 마음을 알고 있으면서도 그를 밀어내지 못했고 선도 긋지 못했다. 그를 사랑하지도 않으면서도, 지혁의 마음을 이용했는지도 모르겠다. 교활하고 영악하게 굴었다.

그러면서도 도윤을 떠올리는 제가 너무 우습고 한심하고 멍청했다.

머릿속에 혼란이 가득했다. 갖고 싶었고, 갖고자 했던 저 남자를 가질 수 있을지도 모른다는 헛된 희망이 자꾸만 피어오르려 해서 그것을 억눌러야만 했다.

나는 서도윤과 되지 않는다.

나는 서도윤과 만날 수 없다.

나는 더 이상 서도윤을 사랑하지 않는다.

몇 날 며칠을, 아니 몇 년을 그렇게 되뇌고 또 되뇌었다. 서도윤이란 그 세 글자에서 벗어나기 위해 안간힘을 쓰고 몸부림치고 또 몸부림쳤다.

하지만 그가 나타나는 순간 항상 제 노력은 다 물거품이 되어버리고 말았다. 어리석고 멍청한 자신이 한심하고 우스웠다.

그러면서도 현서는 가슴속에 피어오르는 알 수 없는 불안감의 정체를 떨쳐버릴 수가 없었다.

자신을 눈물 섞인 눈으로 바라보는 현서를 보니 도윤은 가슴이 아려왔다. 지금이라도 달려가서 너의 짓이 아니었냐고, 확실한 거냐고, 되묻고 싶었다. 감히 저에게 물을 자격이라도 있을까.

제가 아니라고 수십 번 수백 번 말했을지도 몰랐다. 모든 것은 믿지 못한 저 하나 때문에 시작된 일이었다.

모두 처음부터 제 잘못이었는지도 모르겠다. 아니, 처음부터 모두 다 제 잘못이었다.

여지를 두었고, 현서를 믿지 못했고, 가련한 제 사람을 버리지도 못하면서 현서를 놓지도 못하는, 모두 제 잘못이었다.

도윤은 차에 올라 커다란 두 손에 피곤한 듯 제 얼굴을 파묻었다.

도윤이 그렇게 사라지고 며칠이 지난 거 같았다. 매장은 예전 같은 모습을 찾았으며 매장 사람들이 눈에 띄게 자신을 피하는 것을 느낄 수 있었다. 그것은 이전과 같은 그녀를 무시하는 모습이 아니었다.

"혀, 현서 씨……, 제영그룹 사모님이 주문하신 거 언제쯤 도착한다고 했죠?"

매니저는 눈에 띄게 그녀에게 사근사근하게 굴었고, 일 외에는 딱히 그녀에게 말을 걸지 않았다. 갑작스러운 변화가 낯설었지만, 대충 감은 왔다. 출근길에 먼발치에서 안 실장을 봤기 때문이었다. 할아버지에게 저의 일거수일투족이 낱낱이 보고된 것이다.

"18일에 도착한다고 했습니다."

"흠흠, 그럼 일 봐요."

현서가 매니저를 보고 보일 듯 말 듯한 미소를 지었다. 결국 저도 뒷배경 없이는 아무것도 아닌 존재일지도 모르겠다. 호기롭게 내뱉었던 자신이 우습고 한심해졌으니까.

아무래도 이곳에서의 일이 오래가지 못할 것이란 게 느껴졌다.

똑똑, 유리 쇼케이스를 손으로 두드리는 소리에 현서가 고개를 들었다.

"어쩐 일이야?"

지혁이 한 손엔 커피 캐리어를, 또 한 손엔 도넛을 들고 빙긋이 웃었다.

"자, 이거 드시면서들 일하세요."

"우와, 감사합니다."

직원들이 지혁이 건네는 간식거리를 받아들고 환호하듯 좋아했다.

"잠깐 괜찮지?"

현서가 매니저를 바라보자, 나갔다 오라는 듯 매니저가 그녀에게 눈짓을 했다. 어떤 경로를 통해서 자신의 정체가 흘러나왔는지 몰라도, 확실히 편한 것도 있긴 했다.

눈을 찔러대는 따사로운 햇빛 때문에 현서가 눈을 찌푸렸다. 그러면서도 햇살의 포근함이 싫지 않았는데 오랜만에 찾는 안정인 거 같았다.

그렇게 사라진 도윤은 연락조차 없었고, 불안감은 여전했지만 현서는 그것을 애써 잊으려고 노력하고 있었다.

"오랜만에 낮에 이렇게 나오니까 좋다."

"그러네."

해가 날카롭게 내리쬐는 날을 좋아한 적이 없었다. 비 오는 날을 극도로 싫어했지만, 햇살이 따스한 날도 좋아한 적이 없던 거 같다.

"언제까지 있을 거야? 아까 대충 보니, 상황 파악 끝난 거 같던데."

"곧 그만둬야 할 거 같아."

지혁은 그날 이후로 제 마음을 다시금 확인하기 위해 안간힘을 쓰지는 않았다. 평소대로, 평소처럼 그녀의 옆에 있어주었고 제 마음을 강요하지도 않았다.

"내가 먹여 살리면 되니까 걱정하지 마."

능청스럽게 지혁이 대꾸하자, 현서가 순간 헛웃음을 지었다.

"네가 무슨 수로."

"아직 소문이 느리네."

그 순간이었다. 블랙 슈트 입은 남자가 현서와 지혁이 있는 곳으로 다가왔다.

"팀장님, 이제 돌아가셔야 할 시간입니다."

다소 당황스러워하는 현서를 바라보며 지혁이 한쪽 눈을 찡긋거렸다.

"나 지난주부터 출근했다."

"허?"

지혁이 비서에게 턱짓을 하며 먼저 가보라는 듯 말했다.

그러고는 현서의 한쪽 손을 꽉 잡으며 그녀의 눈을 빤히 바라봤다.

"왜 그래, 갑자기."

"나 다음 주에 너희 할아버지한테 인사드리러 갈 거야."

"지혁아."

다소 진지해진 그의 눈빛을 바라보자 현서는 혼란이 찾아왔다. 이번만큼은 쉽게 물러서지 않을 느낌이었다.

"미국에서처럼, 다시 그렇게 지낼 수 있어. 그러니까, 조금만 기다려."

지혁은 흔들리는 현서의 눈동자를 뒤로한 채, 몸을 일으켰다.

"오빠 돈 많이 벌어올게."

단언을 하듯 바라봤던 그 눈빛이 거짓이라도 되는 양, 지혁이 익살스럽게 말했다. 현서는 멀어져가는 지혁에게서 눈을 돌리고 망연히 스쳐 지나가는 사람들을 바라봤다.

미국에서처럼…….

죽을 만큼 힘들었지만 죽을 만큼 노력했던 시간들이었다.

죽을 만큼 겁이 났지만 최소한 정리를 할 수 있는 시간이 있었다.

어쩌면 그때로 돌아가는 것이 나을지도 모르겠다. 맑게 갠 하늘이 가슴팍을 짓누르지만 최소한 숨통을 짓누르진 않으니까.

*

하루가 일 년 같았다. 스치는 시간이 날카로운 가시가 되어 돌아오고 자신을 짓누르는 가혹한 형벌 같은 시간이었다.

피폐해진 그 시간 속에서 너는 어떻게 견뎠을까. 소리 없는 되물음이 비수가 되어 날아왔다.

섣불리 나설 수도 없었고, 섣부르게 속단할 수도 없었다. 그런 식으로 현서에 대한 제 마음을 그 시간 속에 가둬뒀었다.

—사장님, 최 실장님이 오셨습니다.

사건의 목격자를 찾는 일이 생각보다 더뎠다. 당장에라도 달려가고 싶은 제 마음을 가두고 또 가뒀다. 마지막 날 봤던 물기 어린 그 눈이 아직도 제 가슴에 맺혀 있었다.

"들어와요."

그리고 드디어 그 사건의 전말을 알 시간이었다.

쭈뼛쭈뼛 허름한 차림새의 남자가 주위를 두리번거리면서 안으로 들어왔다. 남자는 연신 사무실 안을 두리번거리더니 최 실장의 안내에 따라 소파에 얼결에 앉았다. 그러면서도 불안한 듯 주위를 살폈다.

"차는 뭐로 준비할까요?"

도윤이 남자를 바라보자, 남자가 그제야 시선을 한곳에 고정했다.

"저, 저는……. 물이요. 찬물!"

커다란 남자의 말에 비서가 살포시 웃으며 고개를 끄덕였다.

"네, 잠시만 기다리세요."

비서가 얼음이 담긴 물을 내오기 전에 최 실장은 파일을 도윤에게 넘겼다. 그것을 꼼꼼하게 넘기는 시간조차 숨 막히고 힘이 들었다.

비서라는 사람이 제 앞을 찾아왔을 때, 남자는 한몫 더 챙길 수 있다는 생각에 들떴더랬다. 경찰서에서 이미 목격자 진술까지 한 사안인데 다시 찾는다는 것이 의아했지만 상관없다고 생각했었다.

하지만 사무실 위용에 눌려 이곳에 오자, 괜한 생각을 한 건 아닌지 걱정이 앞섰다. 그리고 저 사장이라는 남자가 냉정하게 자신을 바라보는 것만으로도 숨이 막히고 가슴이 떨렸다.

"그날의 일을 듣고 싶군요. 아주 상세하게……."

도윤이 나직한 목소리로 말을 건네자, 비서가 가져다준 찬물을 허겁지겁 남자가 마시더니 숨을 크게 들이 내쉬었다.

"저 근데……. 돈은……."

최 실장을 바라보며 남자가 말을 흘렸다.

"걱정 마십시오. 사례는 충분히 할 테니."

그제야 남자가 한시름 놓은 듯 숨을 크게 들이마셨다.

"그날 그러니까……. 근처 막걸리를 한잔하고 오던 길이었어요. 여자 둘이 싸우고 있어서 신기하게 쳐다보고 있었거든."

일용직사무소를 나갔다가 퇴짜를 맞았던 날이었다. 새벽부터 나간 일용직사무소에서는 젊은 사람들만 데려갔고 남자처럼 나이 많은 사람은 좀처럼 뽑아주지 않았다. 일주일 내내 허탕을 치다시피 한 남자는 홧김에 아침부터 동네 슈퍼 앞에서 안주도 없이 막걸리를 들이붓다시피 마시고 있었다.

슈퍼 앞은 도로가였지만 생각보다 한적했다. 인적도 드물고, 동네가 동네다 보니 지나다니는 얼굴을 대부분 알 수 있는 작은 동네였다. 가끔 몇몇 트럭 기사들이 무자비하게 운전을 하긴 했지만, 그거 빼고는 소란도 드물었다.

아직도 왜 그 차가 그곳에 멈췄는지 알 수가 없었다. 남자는 감기려는 눈을 껌뻑거리며 등장한 외제차를 바라보았다. 이 동네에서 단 한 번도 본 적 없는 차였다.

"차 더럽게 좋네."

남자가 자신의 인생을 비관하듯 바닥에 침을 캭, 뱉으며 말했다. 그리고 차에서 내리는 젊은 여자를 괜히 시샘했다.

"저것들은 뭘 갖고 태어났기에 어린 나이부터 저런 차를 몰고 다니는 거야."

남자가 욕을 읊조리며 여자를 노려봤다. 나라 탓, 부모 탓, 있는 탓, 없는 탓을 해대며 여자의 인생에 악담을 퍼부었다. 젊은것들이 저래서는 안 되느니, 부모가 잘못됐다느니.

제 인생 비관을 괜히 그 여자에게 했던 것으로 기억한다. 그래서 더 기억에 남았던 것이고. 여자가 날카로운 구두 소리를 내며 과부인 김씨네로 들어갔다.

"뭐야. 도망갔다던 딸인가?"

남자가 조용히 읊조리자, 슈퍼댁 이씨가 혀를 끌끌 차며 나왔다.

"그 딸은 무슨 발레리난가 뭔가 됐다고 그러던데. 저기 오네, 그 딸."

남자는 가녀린 여자가 다급한 발걸음으로 집 안으로 들어가는 것을 무기력하게 바라봤다.

"그나저나 대낮부터 뭔 술을 그리 먹어 싸요!"

"남이사! 막걸리나 한 병 더 줘. 달아놓고."

"누군 땅 파서 장사하는 줄 아나! 기다려봐요!"

"꼭 줄 거면서 저러더라."

이씨가 고개를 흔들며 막걸리를 한 병 더 내왔다. 남자는 막걸리 한 사발 가득 따랐다, 한 잔 두 잔 또 한 병을 채 비우기도 전에 여자 둘이 밖으로 나왔다. 눈이 슬슬 풀리고 이미 술기운은 가득 올라 얼굴이 빨개진 뒤였다.

"네가 뭔데 여길 와! 네가 뭔데!"

악다구니를 써대는 김씨 딸의 폼이 요상치가 않았다. 김씨 딸이 아무리 소리를 지르고 악을 써대도 여자는 꿈쩍도 않고 버러지 보듯 김씨 딸을 쳐다봤다.

그 여자 참 독하네, 속으로 한마디 하고 평상에 벌러덩 누워 눈을 감았던 거 같다. 깜빡 잠이 들려는 그즈음이었다.

쾅쾅쾅쾅, 기차 소리처럼 요란한 트럭 소리가 평소처럼 들렸다.

"옘병할, 저놈의 트럭 조용히 좀 갈 수 없나!"

욕이라도 한 바가지 뱉어줄 요량으로 몸을 일으키는 순간, 날카로운 비명 소리가 들렸다.

"꺄아아아악!"

그리고 남자가 벌떡 일어나 그곳을 바라봤을 때, 김씨 딸이 아무리 악을 써대도 꿈쩍도 안 하던 여자가 두 입을 막고 놀라서 한곳만 바라보고 있었다.

김씨 딸은 바닥에 피를 칠갑한 채 바르작거리고 있었다. 이것이 그의 기억 전부였다.

"제가 진술한 건 여기까지가 답니다. 전 누가 밀었다고 말하지 않았어요. 단지……."

남자가 최 실장을 바라보며 말끝을 흐렸다. 자신은 죄가 없다는 것을 확인시키듯 남자가 변명의 눈초리로 시선을 떨궜다.

"걱정 마십시오. 해가 가는 일은 없을 겁니다."

"그 뒤로 죽은 줄만 알았던 김씨 딸에게 연락이 왔어요."

그 정도 피를 흘렸으니, 당연히 죽었을 거라 생각했다. 하지만 며칠 뒤, 저에게로 연락이 왔을 때 의아했었다. 사람 죽는 것을 목격하나 싶어 괜스레 겁이 났던 차였다. 하지만 멀쩡히 살아 있는 김씨 딸을 보자 남자는 안도의 한숨을 흘렸었다.

"아저씨, 경찰에 뭐라고 진술하셨어요?"

"그거야 자꾸 물어보기에 아무래도 여자가 민 것 같다고 했지."

남자가 주저하며 말했다. 그 말에 김씨 딸이 요요하게 웃으며 그에게 구미 당기는 제안을 했다.

"아저씨 제대로 말하셔야죠. 그 애가 절 민 거 보셨어요?"

"물론 못 봤지만 그렇지 않고서야 네가 트럭에 치일 리가 없으니까!"

"아니, 보태지 마시고 본 대로만 말하세요. 그러시면 돼요. 그리고 이거, 여기까지 오시느라 수고하셨다는 수고비예요."

그때까지만 해도 119에 신고해준 자신에 대해 고마움의 표시로 돈 봉투를 건넨 줄 알았다. 하지만 그다음 매스컴에 하나 둘 터지는 기사를 보고 알았다.

자신이 번복한 진술은 상대측 여자가 매수한 것으로 일파만파 퍼져가고 있었다. 하지만 그것을 바로 잡을 이유가 없었다.

어차피 뉴스에 나온 대로 갑이라는 자들에게 질릴 대로 질린 상태였으니까. 어쩌면 그 어린 나이에 성공한 그 여자애가 미워 더 말하지 않았다.

그리고 얼마 지나지 않아, 그 사건은 소리 소문 없이 조용히 묻혔다.

쾅! 날카롭게 책상을 내리치는 소리에 남자가 화들짝 놀랐다. 도윤의 눈빛이 날카롭게 변한 탓이었다.

"저, 전 거짓말을 한 게 아니에요! 그냥 있는 그대로 말했을 뿐입니다!"

남자가 변명하듯 말했다. 도윤이 눈짓으로 최 실장을 바라봤다.

"이만 나가시죠."

"저, 정말입니다! 전 본 그대로만 말했어요! 그 김씨 딸년이 말을 보탠 것뿐이라구요!"

변명을 하려 했지만, 할 때마다 여론의 강한 뭇매를 맞았고, 해명을 하느니 수습을 하는 쪽이 더 빨랐을 것이다. 어차피 사람들은 더 큰 것을 던져주면 그것에 시선을 쏠릴 게 뻔했으니까.

김 회장은 머리 회전이 빠른 사람이었다. 그렇다고 제 손녀의 죄를 무조건 감싸줄 사람도 아니었다.

현서는 제게 변명하지 않았다. 독하게 사람들의 손가락질을 견뎌냈으며 저가 주는 냉대를 묵묵히 참고 견뎠다. 겉으로만 강한 척하는 아이인데, 그것을 뻔히 알면서도 자신은 제 앞의 사랑에 급급해 눈과 귀를 닫았다.

"하아……."

조금만…… 아주 조금만……. 현서를 바라보면 쉽게 알았을 일이었는데, 자신에게 떨어진 불행을 현서에게 모두 다 돌리고 만 것이다. 부모님이 돌아가실 때조차 꿋꿋하게 버티는 그 아이를 저까지 외면해버린 것이다.

가슴속에 맺혀진 응어리가 날카롭게 심장을 짓눌렀다. 목구멍까지 차오른 죄책감에 도윤은 손에 얼굴을 파묻으며 아픔 같은 한숨을 뱉어냈다.

"사장님, 어디를……?"

다급하게 문을 열고 나오는 도윤을 비서가 놀란 듯 바라봤다.

"먼저들 퇴근하세요."

현서를 보고 아무 말도 할 수 없을 것이라 생각했다. 아니, 그녀를 보는 것만으로도 죄스러운 기분이었다.

차라리 말을 시키지 않는 편이 훨씬 나았다. 친한 척하며 엉겨 붙는 사람도 없었고, 딱 제 할 일만 하면 됐었다. 처음부터 직장동료에 대한 환상이나 로망 같은 것은 없었다.

어렸을 때부터 비슷한 아이들끼리 지냈고, 그것을 당연하게 여겼었다. 일반 사람들에 대한 환상 따위도 없었고 그래서인지 그들을 무시하거나 안타깝게 여겨야 할 이유도 없었다.

"왜 여기 있어."

제 앞을 가리고 있는 지혁을 보며 현서가 물었다.

"한가한가 보네."

다소 퉁명스러운 현서의 말에도 다정하게 웃으며 그녀의 어깨를 가볍게 감쌌다.

"나 엄청 바빠. 밥 먹고 다시 회사 들어가 봐야 해."

지혁이 손목의 시계를 일별하며 장난스럽게 말했다. 하긴 아무리 차 회장님이 막내아들에게 무르시다 하셔도 일도 안 하고 월급 주실 분은 아니었다.

"그럼 뭐하러……."

"뭐하러 오긴. 너 보고 싶으니까 왔지."

단정 지으며 말하는 지혁에게서 현서의 마음에 대한 예전 같은 배려심을 찾을 수 없었다. 이제는 절대로 제 마음을 숨기지 않겠다는 선전포고와도 같았다.

"말했잖아. 나 이제 내 마음 숨기지 않을 거야. 그럴 이유도 없고."

확신에 찬 눈으로 자신을 바라보는 지혁의 눈에 현서는 잠시 머뭇거리다 이내 담담한 표정을 지었다. 미안, 네 마음을 받아줄 수 없어, 라는 상투적인 말로는 끝을 맺을 수가 없었다. 그리고 그런 말을 내뱉는 자신이 너무 우습고 바보 같아 보였다.

"그래. 알았어."

지혁이 해사하게 웃으며 현서의 한쪽 손을 깍지 껴잡았다. 우리는 스킨십에 익숙했지만, 그것은 제 마음을 숨겼을 때의 일이었다. 하지만 그 말도 안 되는 스킨십에 손을 빼거나 얼굴이 빨개지거나 하지도 않았다. 그저 강바람을 맞으며 잔잔한 호수를 바라보듯 마음이 편안해졌다.

그래서 우리는 안 됐다.

하지만 우리는 결혼으로 사업을 했고, 결혼에 우리 의사가 크게 존중되지 않는다는 것을 잘 알고 있었다. 단지, 제 경우에 조금 달랐지만 그래도 이기적인 마음으로 제 마음이 가지 않아도 지혁의 옆이라면 괜찮을 거라는 이기적인 생각을 해 보았다.

모든 인연엔 타이밍이라는 것이 있었다. 업무에도, 사랑에도 그 적절한 타이밍이 필요했다. 하지만 도윤은 이미 그 타이밍을 놓쳤고, 제 눈앞에서 다정한 한 쌍으로 사라져가는 그 두 사람을 말없이 바라보아야 했다.

감히 제가 무슨 말을 할 수 있을까.

미안해, 잘못했다. 날 용서해줘.

저 말도 안 되는 단어들을 나열한다고 과거가 없어지는 것은 아니었다.

그럼에도 왜 나는 널 놓을 수 없는 것일까. 소리 없는 물음이 가슴속에 퍼져들었다. 우리의 인연은 처음부터 꼬이고 또 꼬였었다. 어쩌면 이것이 완벽한 제자리일지도 모른다. 하지만 그럼에도 나는 네가 보고 싶고, 네가 그리웠다.

이제야, 제 어리석은 마음을 인정할 수 있을 것만 같았다.

도윤은 액셀러레이터를 길게 밟아 두 사람에게서 멀어졌다. 운전을 어떤 정신으로 했는지도 모르겠다. 주체할 수 없는 화가 가슴속에 스며들지도 않았다. 그저 어리석은 자신에 대한 회한뿐.

'그리고 이거.'

이 실장의 건넨 서류에는 준혁이 말했던 스폰서의 실체가 들어 있었다. 그의 말은 사실이었고, 최제영이 대가로 건넨 아파트와 차 등이 혜린의 명의로 되어 있었다. 그리고 그 아파트는 이제 혜린의 어머니가 지내고 있었다.

띠띠띠띠, 현관문 소리에 혜린이 놀라 고개를 들었다. 이제 다시 오지 않을 것이라 생각했던, 그리고 유일하게 자신의 집 비밀번호를 알고 있는 그가 돌아온 것이다.

혜린의 입가에 조용한 미소가 드리워졌다.

역시 서도윤은 자신을 버릴 수가 없었다. 그는 그런 사람이었으니까.

"도윤 씨……? 도윤 씨야?"

혜린은 자신의 마음을 다 잡았다. 이번에야말로 김현서를 생각도 하지 못하게 서도윤을 꽉 잡겠다고 마음먹었다. 그래야만 제자리를 찾을 수 있고 시궁창 같은 인생해서도 비로소 벗어날 수 있다는 생각뿐이었다.

그래서 그랬나보다. 도윤의 어두워진 낯빛을 제대로 읽어내지 못한 것을 보면.

"왜 연락도 없이 왔어. 저녁은 먹은 거야?"

다정하게 물으며 도윤의 슈트 재킷을 벗기려던 혜린의 손을 그가 날카롭게 쳐냈다. 당황스러운 기색을 감추지 못한 혜린이 멍하니 그를 올려다봤다.

"도윤 씨……?"

무뚝뚝하긴 했지만 제게만은 한없이 다정한 남자였다.

"이혜린."

나직하게 제 이름을 부르는 목소리가 소름 끼치도록 차가웠다. 혜린은 갈길 잃은 눈동자로 그를 가만히 올려다봤다. 애써 웃음을 드리워보지만 마지막을 직감하고 있었다.

저 남자는 한 번 끝난 것은 절대로 돌아보지 않는다. 지금 놓치면 저 남자를 평생 다시 잡을 수가 없다.

그는 제 사람에게는 한없이 다정했지만 제 사람이 아닌 사람에겐 한없이 매정했으니까.

"도윤 씨, 이런 장난 재미없어."

어색하게 웃으며 도윤의 시선을 피해 몸을 돌렸다. 지금 쳐다본다면 썼던 가면을 모조리 벗어버려야 할 거 같았다.

그래도 한때나마 사랑했던 저 남자에게 악독한 모습을 보여주고 싶진 않았다. 혜린은 서둘러 소파에 기대어 앉았다.

"도윤 씨, 나 오늘 피곤한데……. 다음에……."

"네 입으로 직접 말해. 그러면 최소한 들어는 줄 테니."

"뭐, 뭘 말하는 거야."

이미 알고 있었다. 냉혹하게 저를 바라보는 그 시선 속에서.

"현서에게 했던 짓, 네가 꾸민 짓들 모조리 말하라고!"

"내가 뭘 했다는 거야. 도윤 씨 잊었어? 현서가 내 다리를 빼앗았고 내 꿈을 빼앗았어! 도대체 무슨 소릴 듣고 이러는 거야!"

"네 대답이 결국 그거란 말이군."

쾅, 테이블 위에 놓인 녹음기를 바라보며 혜린이 파들파들 떨리는 손을 애써 다 잡았다.

"이게 뭔데……."

제게서 마음이 떠남을 느꼈을 때, 끝을 상상하기도 했었다. 저를 사랑하는 마음이 사라졌음이 보일 때쯤 제가 한 짓이 언젠간 되돌아오리라고는 알고 있었다. 알면서도 제가 가진 것들을 놓을 수 없었고, 그것을 지켜내기 위해 아등바등 안간힘을 썼었다.

하지만 그것은 제가 노력하면 노력할수록, 가지려고 안간힘을 써댈수록 제 손을 점점 더 떠나갔다. 바로 제 손에 있던 바로 이 남자처럼. 사람 마음이란 참 우습게도 한순간에 변하고 한순간에 식어버린다.

—저는 김씨 딸, 그년이 시켜서 한 일이에요! 진짭니다!

남자의 격양된 목소리를 듣자, 혜린의 입가에 허탈한 미소가 드리워졌다.

"믿는 거야?"

혜린은 흔들리는 눈을 잡기 위해 이를 더 악물었다.

"지금 저따위 쓰레기 같은 사람 말을 믿는 거냐고 묻잖아!"

한층 날카로워진 혜린의 목소리가 거실을 가득 울렸다.

"지금부터 내가 하는 말 잘 들어."

"도윤 씨 나부터 말할게. 나 정말 황당해. 저런 이야기, 그러니까……. 저것도 현서가……."

이번에도, 이번에도, 서도윤은 제 편을 들어줄 거니까. 그럴 게 분명했으니까. 서도윤 눈에 약자인 제 편을 들어줄 것이 뻔했으니까. 그래, 그렇게 믿었다. 아니, 믿어야만 했다. 그래야 제 자리를 지킬 수 있으니까.

혜린의 뺨 위로 악어의 눈물 같은 눈물이 한 방울이 떨어졌다. 그러고는 한 발짝 도윤에게로 다가섰다.

"믿지 마, 도윤 씨. 도윤 씨 내 말만 믿어야지. 현서 말이 아니라……. 그동안 현서가 우리에게 무슨 짓을 했는지 기억하고 있잖아. 그렇지?"

"끝까지 너는 현서 탓을 하는구나."

도윤은 한탄 같은 말을 내뱉으며 제 뺨을 애절하게 쓰다듬는 혜린의 손을 날카롭게 쳐냈다.

"하……."

매정하게 내쳐진 제 손을 바라보며 혜린이 허탈하게 웃었다.

"네 말 이제 더 이상 한마디도 믿어줄 수 없을 거 같다. 미안하다."

"무슨 소리야. 김현서가! 김현서가! 다 거짓말하는 거잖아! 자기, 나 사랑하잖아! 근데 왜!"

혜린이 테이블 위에 있던 녹음기를 바닥으로 내던졌다. 머리를 거칠게 쓸어 넘기며 울분을 토하듯 거칠게 말을 토해냈다.

"이딴 게 뭔데! 도대체 뭔데!"

악다구니를 써대는 혜린을 보고도 안쓰러운 마음이 전혀 들지 않았다. 도윤은 피곤한 듯 얼굴을 한 손으로 짚으며 한숨을 뱉었다.

"나 사랑한다고 했잖아! 날 사랑한다며! 왜! 왜!"

비명 같은 울부짖으며 제 옷을 잡고 늘어지는 혜린을 보며 화도 나지 않았다. 어쩌면 혜린을 이렇게 만든 사람도 저일지 모른다는 죄책감에 한없이 마음이 무거워졌다.

"잘 들어. 이혜린."

매달리는 혜린의 두 손을 꽉 잡고 도윤은 나직하게 말을 뱉었다.

"이렇게 널 찾아오는 것도 마지막이 될 거다."

"도윤 씨! 왜 그래! 왜 그러는 건데! 내 말……. 조금만 더 들어봐. 그러니까……."

"너에 대한 배려를 하는 것도 오늘이 마지막이야."

매정하고 냉정했다. 차갑고 모질었다. 저를 쳐다보는 그 시선도, 내뱉는 말투도, 단 한 번도 느껴볼 수 없었던 가시들이 가득 차 있었다.

"그리고 다시 한 번 현서를 들먹인다면 그땐 다시 널 용서 못할 거 같다. 아니, 용서 안 해."

차갑게 저를 돌아서서 가는 저 남자를 다시 잡을 수 없을 것 같다는 불안감에 혜린은 거칠게 울음을 터트렸다.

"도윤 씨! 도윤 씨!"

애절하고 애원 섞인 목소리로 그를 불러보지만, 그는 절대로 돌아보지 않았다. 비록 몸뿐이라 할지라도 저가 울면 안아줬던 그 사람이 이제는 돌아보지 않았다.

쾅, 그를 빨아들이는 지옥의 문처럼 문이 닫히고 이 빈 공간에 혼자만이 남았다.

"말도 안 돼……. 말도 안 돼……."

저를 사랑한다던 그 남자가, 저를 시궁창에서 구해준 유일한 그 남자가, 이제는 제 인생에서 떠나갔다.

10

처음부터 자신은 시궁창 속에 살았다. 술주정뱅이 아버지와 노점에서 생선장수를 하던 엄마, 그리고 그 속에 버려진 자신.

구원의 손길이 필요했었다. 어떻게 해서든 벗어나고 싶었다. 지긋지긋한 술 냄새와 생선 비린내 속에서. 자신은 이곳에 어울리지 않는 사람이었으니까. 엄마 아빠처럼 살기 싫었으니까. 더 높은 곳으로 올라서야만 했다.

"어머님, 학원비 제때 안 내시면 곤란해요. 돈도 없으면서 무슨 발레를 하겠다고……."

냉랭하게 대꾸하는 발레선생님 앞에 머리를 항상 조아리던 엄마. 비싼 레슨비를 감당하기엔 그녀의 집은 너무 가난했다.

"이 망할 년이! 이딴 건 왜 한다고 해서! 당장 때려치워!"

"아이구! 혜린 아빠, 애 잡겠네! 그만해요! 그만해!"

"이것 봐. 이 독한 년이 두 눈 동그랗게 뜨고 지 애비 잡아 먹으려고 쳐다보는 것 보라고!"

"나한테 뭘 해줬다고 때려요! 나한테 뭘 해줬다고!"

"뭐, 이년아?"

"어서 잘못했다고 빌어! 어서!"

"네년이 애를 이따위로 키워서 다 이렇게 된 거 아니야!"

"혜린 아버지 잘못했어요! 잘못했다구요!"

제 몸을 감싸며 아빠의 모진 매질을 당하는 엄마를 보면서도 혜린은 눈 하나 깜빡이지 않았다.

아빠는 동네에 소문난 개였다. 술만 먹으면 남의 살림 자기네 살림 할 것 없이 모두 부쉈고 그때마다 그 감당은 엄마의 몫이었다. 그것이 비단 물건에만 해당된 것은 아니었는데 제 마음에 안 들면 엄마고 혜린이고 잡아다가 때렸다.

그렇게 모진 매질을 견디면서도 발레만큼은 포기하기 싫었다.

"그러게, 잘못했다는 소리 한마디면 될 것을 그걸 왜 안 해!"

멍든 제 팔에 약을 발라주며 엄마가 한탄 같은 한숨을 뱉었다.

"내가 뭘 잘못했다고! 나가 죽어버렸으면 좋겠어!"

"이년이! 못하는 소리가 없어!"

진심이었다. 제발 아빠가 없는 세상에서 살고 싶었다. 제 등짝을 후려치면서 점점 더 독해지는 엄마도, 술주정뱅이 아빠도 모두 다 없었으면 좋겠다.

차라리 고아였으면 좋겠다고 매일 수백 번, 아니 수천 번씩 생각했었다.

"그래도 하나밖에 없는 네 아빠야."

엄마가 하는 말은 항상 저거였다. 도대체 엄마는 뭘 믿고 아빠 옆에 꿋꿋하게 버티면서 살았을까. 아직도 참 이해하기 힘들었다. 차라리 저고 아빠고 다 버리고 떠나버리지.

무엇이 미련이 남아서 이곳에 있는지, 혜린으로선 알 수 없었다.

기회라는 것은 참 우습게 찾아온다. 그리고 그 기회는 잡아야 할 만한 것이었다.

고3 막바지에 접어들던 어느 날이었다. 상을 여러 군데에서 받긴 했지만 스포트라이트를 받기엔 턱없이 부족한 실력이었다.

그 사람은 같이 무용하던 친구의 사촌오빠였다. 그 친구는 제 처지를 알면서 과시한 적이 없었고, 제 처지를 알아서 저를 배려해주었다. 그랬지만 그 친구가 참 싫었다.

"이번 콩쿨 우승한 최연아에게 모두 박수!"

"연아야, 축하해."

돈도 없고 빽도 없는 게 버틸 수 있는 건 죽도록 노력하는 실력밖에 없었다. 하지만 그 실력마저도 하늘은 제게 쉽게 허락하지 않았다.

"축하해……."

"고마워, 원래 네가 받아야 할 거 같은데, 괜히 미안하네."

"아니야."

모든 걸 가졌고, 그 가진 모든 것을 덕분에 제가 가질 수 없는 것들을 너무 쉽게 얻어냈다. 저는 아등바등 한 가지 지키기도 힘들었는데 친구는 그 모든 걸 쉽게 가졌다. 열등감에 시달릴 때마다 더 독하게 연습했지만 온갖 비싼 레슨을 받는 친구에겐 참 부족했었다.

"너는 진로 어떻게 할 거야?"

"유학 갔다가 경영 수업이나 받을까 해. 그것도 아니면 디자인 공부나 할까?"

"발레는?"

"어머, 얘 좀 봐. 이건 심심풀이지. 결혼해서까지 할 생각 없어."

까르르 웃으며 철부지 같은 발언이 재미있다는 듯 말하는 친구가 미웠다. 재능도 실력도 돈도 모두 다 가진 저 아이는 전부를 건 저보다 모든 것이 월등했으니까. 그래서 잡아도 안 되는 손까지 잡았다.

"연아 친구지? 나는 연아 사촌오빠야. 최제영."

저에게 금박이 박힌 고급스러운 명함을 건네는 남자, 감히 이름조차 알 수 없던 명품 슈트를 입은 남자, 스치듯이라도 볼 수 없는 고급스러운 외제차를 가지고 있는 이 남자.

그녀는 딱 한 가지만 포기하면 됐다. 남자가 원하는 것은 고작 한 가지뿐이었으니까. 그러니까 포기가 생각보다 쉬웠다. 그리고 제 한 가지를 버리고 저를 억압하는 그 집에서 20살이 되자마자 도망쳤다.

남자를 사랑한다고 착각을 했던 적이 있었다. 남자는 제가 갖고 싶은 돈이 많은 사람이었고, 남자는 그녀에게 친절했다.

"뭐 필요한 건 없니?"

"저…… 토슈즈가……."

처음 시작은 아주 작은 것부터였다. 제 얼굴에 드는 멍을 보고 남자는 말없이 오피스텔 카드를 건네주었다. 남자는 흙탕물 속에 내려온 동아줄 같았다.

감히 바라볼 수도 없는 외제차로 그녀의 어린 마음을 흔들어 놓았고 들어가 보기도 힘들었던 명품 샵에서 그녀를 꾸며주었다. 신데렐라가 된 기분이었다. 어린 나이에 감히 가질 수 없던 것을 얻었고, 그동안 동경해왔던 친구들보다 더 한 것들을 누렸다.

그녀가 원하는 것이라면 금전적인 부분이라면 뭐든 사주고 들어주었다. 다시 되돌아간다 해도 혜린은 같은 선택을 할 것이다.

"오빠 오늘은 안 와요?"

혜린은 남자가 좋았다. 아빠 같았고, 다정했으며, 제가 원하는 것은 뭐든 들어주었으니까.

―바쁘네. 그리고 이렇게 전화하지 마라. 알아서 갈 테니까.

남자에겐 여자가 많았다. 남자는 수도 없이 많은 여자의 존재를 그녀에게 숨기지 않았다. 굳이 하찮은 저한테 그것을 숨길 이유도 없을 것이다. 그것 때문에 남몰래 울기도 울었지만 나중엔 그 모든 것이 당연해졌다.

"신나게 놀다 왔나 보네?"

남자의 본색은 금세 드러났고, 집으로 돌아왔을 때 그녀가 없으면 비아냥거렸고, 그녀를 거칠게 안았다.

"과제 때문에 늦었어요."

"말은. 뭐해, 벗지 않고?"

"네?"

"새삼스레 왜 그래. 벗어. 귀찮게 하지 말고."

창부가 된 기분이었다. 제가 가진 것 하나를 포기하면 된다고 생각했지만 실상은 다시 시궁창 속으로 들어간 거였다.

제 몸 위에서 헐떡이는 남자를 보면서, 아무 감정이 들지 않았을 때, 비로소 알았다. 저는 그저 풍족한 울타리가 필요했을 뿐이라고.

남자는 결혼과 동시에 그녀를 가차 없이 버렸고, 남자 덕에 나름의 성공을 거두었던 혜린 역시 남자가 필요하지 않았다. 이따금씩 부인과의 잠자리가 마음에 들지 않는다며 찾아오긴 했지만, 그마저도 뜸해졌을 때쯤 도윤을 만났다.

처음엔 도윤은 성품이 곧은 남자인지도 몰랐다. 최제영 같은 그런 놈이겠거니, 저의 몸을 탐하고 금방 버리겠거니 했었다. 하지만 남자는 저에게 지고지순한 사랑을 보였고, 저는 그것을 이용했다.

한때는 도윤을 사랑하고 싶다고 생각을 했었다. 하지만 언제든지 버려질지 모르는 저따위가 감히 그런 생각을 하면 안 됐었다.

경멸 어린 시선으로 저를 바라보던 현서, 그리고 그것을 감싸주는 도윤 사이에서 혜린은 더 독하게 굴었다.

진실은 저 밑바닥에 있었고, 그 밑바닥에 깔린 진실이 언젠간 드러나리라는 것은 너무 뻔한 결과였다.

하지만 알면서도 모르는 척했다. 최소한 지금 당장이라도 이 모든 것을 지킬 수 있으니까.

"현서야, 어쩐 일이야?"

동생 따위 좋아한 적 없었다. 저보다 많이 가진 사람 따위 좋을 리 없었다. 제가 밑바닥에서 몸을 굴릴 때 저 아인 모든 것을 가지고 행복하고 유복하게 살았었다. 그런 현서가 좋을 리 없었다. 하지만 제가 원하는 것을 얻기 위해 그래야만 했다.

도윤은 저가 지고지순한 여자인 줄로만 아니까. 그렇게 보여야만 했다.

"뭐해? 앉아."

현서가 저에게 명령하듯 뱉을 때마다 혜린은 멸시감에 시달려야 했고, 저를 깔보는 듯한 눈빛으로 바라볼 때마다 가지고 있던 자존심이 모두 다 짓밟히는 것만 같았다.

하지만 그래도 웃었다. 언젠가 저 아이가 저를 좋아하리라는 멍청한 계산 때문이 아니었다. 어차피 승자는 자신이니까,

어린애같이 투정을 부리는 현서에게 관용을 베풀어야 한다고 생각했다. 그것은 도취된 승리감이었는지도 모르겠다.

"할 말 있어?"

"내가 아니라 그쪽이 할 말이 많아질 거 같은데?"

현서는 제 옆에 있는 노란 서류봉투를 테이블로 집어던졌다.

"이게 뭐야?"

무시를 당한 듯한 기분을 꾹 참으며 해사하게 웃으며 물었다.

"열어보면 알 거 아니야."

"도대체 뭔데 그래."

"열어보기 겁나나보네. 내가 꺼내줄게."

현서가 자리에서 일어나서 봉투를 빼앗아 안의 내용물을 와르르 테이블 위로 뿌렸다. 그 순간 혜린의 표정이 딱딱하게 굳어버렸다.

"최제영이라……."

"현서야, 이건……."

"변명을 하려는 건가?"

"오해야. 이건 다 오해야!"

현서의 입가에 소름 끼치게 차가운 미소가 지어지는 순간 혜린은 더 이상 제 모습을 숨길 수 없음을 느꼈다.

"오해……. 가증스럽기는."

혜린은 바닥으로 고개를 떨어뜨린 채 주먹만 꽉 쥐었다.

드르륵, 의자 끄는 소리와 함께 현서가 자신을 경멸 어린 눈동자로 자신을 내려다봤을 때에도 혜린은 고개를 들 수가 없었다.

"3일 줄게. 그전에 헤어져."

"현서야! 잠깐만!"

혜린이 다급하게 현서를 따라 나가 그녀를 잡았지만 그녀의 손을 날카롭게 현서가 쳐냈다.

"아……."

"더러운 손으로 어딜 만지는 거야. 주제도 모르고."

아직도 그 말이 잊히지 않았다. 돈에 몸을 팔았지만, 시궁창 같은 인생이었지만 살면서 그런 모욕적인 말은 들은 적이 없었다.

약속된 시간이 돌아오지만 혜린은 갈피를 잡지 못했다. 그러던 중 다시는 돌아가지 않을 거 같았던 그 집에서 연락이 왔다.

—네 친구가 왔는데 아무래도 너한테 전화를 해야 할 거 같아서.

난감해하는 엄마의 전화에 하던 일도 모두 다 멈추고 달려갔던 거 같다. 제 밑바닥까지 보여줬다는 그 창피함과 수치심에 견딜 수가 없었다.

"너 지금 뭐하는 거야."

"혜린 씨가 왔네요. 저는 이만 일어나봐야겠어요."

"네가 왜 여기 있냐고!"

고고한 학처럼 앉아 있던 현서가 눈물겹도록 싫었고, 소름 끼치도록 끔찍했다.

"그럼 어머님 제 말 알아들으신 걸로 알고 이만 가보겠습니다."

바른 자세로, 바른 말투로, 현서는 또박또박 말했다. 그러고는 저를 노려보는 혜린을 비웃듯 바라봤다.

그녀의 눈이 말이 저에게 말을 하는 것만 같았다.

주제를 알아야지.

밑바닥에서 탈출해서 겨우 올라간 자리였다. 제 자리를 지키려고 되지도 않는 착한 척 연기를 해대며 겨우겨우 안간힘을 써서 지키고 있었다. 저는 그 자리 하나만 탐냈을 뿐이었다.

그리고 그녀가 떠난 자리에서 보이는 하얀색 봉투에 혜린은 헛웃음이 새어져 나왔다. 저벅저벅 그 자리로 걸어가 대문을 나가는 현서를 따라갔다.

"가져가."

"굳이 사양할 필요 있나? 어차피 돈 때문에 한 짓들인데."

현서의 눈이 다 쓰러져가는 허름한 집을 일별했다.

"가져가라는 말 안 들려? 나 이딴 돈 필요 없으니까 가지고 꺼져!"

최제영한테 몸을 팔았을 때도, 돈이 없어서 선생님께 고개를 조아릴 때도, 이렇게 자존심이 상하진 않았던 거 같다. 하지만 김현서에게 밑바닥을 들켰을 땐 자존심이 상해 참을 수가 없었다.

"이 정도는 나도 있어! 있다고! 네가 뭔데 나한테 돈을 주고 지랄인데!"

그리고 이성을 잃었던 거 같다. 현서의 옷을 잡아끌면서 자신을 떼어내기 위해 밀치는 현서에게 악다구니를 써댔다.

"네까짓 게 뭔데! 네가 뭔데!"

누군가 쳐다보던 말든 혜린은 눈앞에 보이는 게 없었다.

"이거 안 놔?"

그 순간이었다. 제 몸이 기우뚱하면서 뒤로 넘어간 것이. 순식간의 찰나였다.

혜린은 비명 소리와 함께 기억을 잃었다.

다시는 발레를 할 수 없다는 말에 하루는 울기만 했고 또 하루는 김현서를 당장에 죽여 버리고만 싶었다. 그래서 아무 죄도 없는 도윤에게 그 원망을 돌리기도 했다.

"당신이나 현서나 꼴도 보기 싫어! 보기 싫다고!"

"혜린아."

"제발 사라져! 제발!"

말없이 저를 돌아서서 가는 그 사람의 어깨가 안타깝기보다는 제 처지가 너무 불쌍했다. 하지만 혜린은 이를 악물었다. 운다고 해결되는 것은 아무것도 없었으니까.

제 편 아닌 하늘을 제 것으로 만드는 것은 아주 쉬운 일이었다. 사람들은 가진 거 없는 비련한 사람에게 동정표를 쏟게 돼 있었다.

"그렇군요. 그저 실랑이만……. 그런가 보네요."

허탈한 웃음과 함께 눈물 몇 방울이면 기자들이 여러 가지 이야기를 생성해냈다.

—프리마 발레리나 이혜린, 재벌 3세와 몸싸움.

—재벌의 갑질은 어디까지?

—프리마 발레리나 이혜린, 사고로 발레리나 인생 끝나다. 그 배후엔 재벌 3세 K양이 연루.

쏟아지는 기사들 속에서 혜린은 고고하게 웃었다. 진실 따위는 중요하지 않았다. 비록 현서가 죗값을 받지 않더라도 김현서에게는 살인미수의 낙인이 찍혀 있을 것이다.

그리고 예상대로 현서가 찾아왔다. 며칠 사이에 꽤나 수척해진 모습을 보자, 제 다친 다리를 잊을 정도로 기분이 좋아졌다.

"많이 상했네?"

"이젠 착한 척 안 하려는 모양이네."

"굳이 그럴 필요 없잖아?"

"그러네."

자신이 이겼다고 생각했다. 다 가진 김현서도 더 이상 자신을 어쩌지 못하리라고 생각했다.

"그런데 말이야. 뭔가 착각하는 모양이네."

"무슨 소리야?"

"변했다고 생각해? 착각하지 마, 이혜린. 여론 따위? 나하곤 아무 상관없어."

여전히 자신을 경멸하는 현서를 보자 부아가 치밀어 올랐다. 아니, 이제 위치가 바뀌었다. 김현서는 저한테 머리를 조아려야 하는 입장이 되어버렸다. 합의를 해야만 했고, 그러려면 저의 진술이 필요했다.

"괜한 허세 부리지 마. 사실은 그렇지 않잖아?"

"멍청하긴. 네가 이 자리에서 죽어나간다고 해도 변하는 건 아무것도 없어."

"웃기지 마! 변했어! 사람들은 모두 다 널 욕하고 있어! 알기나 해?"

"바보 같네. 사람들이란 참 우스워. 다른 사건이 터지면 이런 사건쯤은 금세 잊게 돼 있거든?"

혜린은 입술을 꾹 깨물며 현서를 올려다봤다. 차갑게 자신을 바라보는 현서의 눈이 승리를 말하고 있었다. 결국 가진 자를 없는 자가 이길 수 없다는 것을 보여주고 있었다.

"당장에라도 네 스폰서설을 기자들이 알면 어떻게 될 거 같아? 이 정도 사건은 금방 묻히겠지. 그런데도 지금 내가 너와 최제영에 대해 말을 안 하는 건, 내 사람이 너 따위와 같이 싸잡아서 끌어내려지는 게 참을 수 없어서야."

끼이익, 날카롭게 들리는 의자 소리와 함께 현서가 자신을 내려다보며 서늘하게 웃었다.

"내 자비는 여기까지야. 그러니 그 멍청한 머리로 잘 생각해. 나는 참을성이 많지 않으니까."

혜린이 나가는 현서를 바라보며 입술을 꽉 물었다.

"아아아아악! 죽여 버릴 거야! 김현서!"

현서의 말은 정말 틀리지 않았다. 기사들은 점차 연예인 스캔들기사로 묻혀갔고, 저에 대한 관심은 조금씩 떠나갔다.

혜린은 아무도 없는 그 빈 병실 울고 또 울었다. 퍼져드는 그 독기를 견딜 수가 없어서.

처음부터 김현서는 그랬다. 저를 무시했고 저를 업신여겼고 저를 괄시했다. 하긴 모든 것을 가진 현서에게 그녀는 지나가다 죽은 파리만도 못한 존재였을지도 모르겠다.

그리고 현서하고 다시 마주봤을 때, 혜린은 이를 악물었다. 제 모든 것을 빼앗겼지만 현서도 고통을 받았으면 했다.

"좋아. 네 말대로 도윤 씨와 헤어질게. 대신 조건이 있어."

"말해."

"약속대로 내 이야기는 비밀로 해줘. 그리고 네 말대로 나 돈 좋아하잖아. 유학 갈 돈 마련해줘. 그 정도는 해줄 수 있지?"

"비서 통해서 알아봐주지."

현서가 자리에서 일어났다. 저를 담담한 표정으로 바라보며 입꼬리를 살며시 올렸다.

"승리했다고 기뻐하지 마. 넌 서도윤의 사랑은 얻지 못할 테니까."

"이혜린 씨는 여전히 주제넘네? 버려진 네 걱정이나 해."

현서의 냉정한 말을 끝으로 병실 문이 닫혔다. 절대로 김현서가 행복한 꼴은 볼 수 없었다.

제가 김현서에게 이길 수 있는 유일한 한 가지는 서도윤이었다.

서도윤 옆에서 죽을 만큼 힘들어 보라지. 저를 이렇게 만든 현서를 도윤은 쉽게 용서할 수가 없을 테니까. 절대로 서도윤의 사랑을 얻지는 못하게 할 것이다.

그리고 그녀의 바람은 이루어졌었다. 하지만 지금은……. 제 바람과 기대가 모두 무너졌고 마지막 남은 희망이 제 품을 떠나갔다.

*

혜린과 그렇게 헤어지고 무슨 정신으로 운전을 했는지 모르겠다. 뒤에서 들리는 절규도, 애원도, 모두 다 들으면서도 머릿속엔 오직 현서 생각뿐이었다.

미안함. 감히 제가 미안할 수나 있을까.

하지만, 모든 것을 알아버린 지금 그녀를 찾아가 용서라도 구해야 했다. 그녀가 설사 받아주지 않는다고 해도.

너무 늦어버렸지만, 너무 뒤늦게 알아버렸지만, 현서의 다친 마음을 어루만져줄 수 없을지 모르지만, 그래도 현서를 봐야만 했다.

이기적이지만, 이기적인 마음을 조금 더 먹어보기로 했다.

"내 말이 우습군요."

제 앞을 막고 서 있는 도윤에게 현서는 꽤 냉담하게 말을 건넸다. 현서의 야윈 얼굴을 보는 순간, 도윤의 눈가가 촉촉하게 젖어버렸다. 그러고는 현서의 팔목을 잡고 제 품으로 잡아끌었다.

놓으라는 말을 해야 했다. 평소처럼 매정하게 밀쳐내야만 해야 했다. 하지만 젖어 있는 도윤의 눈을 보며 현서는 감히 그런 말을 하지 못했다.

왜, 나는 항상 당신에게 약해지는 걸까.

현서는 나직이 한탄 같은 한숨을 삼켰다.

"왜 말 안 했니."

"갑자기 무슨……."

"미안하다. 정말 미안해……."

"갑자기 무슨 소리예요."

"미안하다. 너를 아프게 해서."

"뭘…… 들은 거예요?"

현서가 놀라 도윤을 밀치려 했지만, 그런 현서를 도윤은 더 꽉 끌어안았다. 제 심장의 울림이 들릴 정도로. 온기가 고스란히 전해질 정도로 세게 끌어안았다.

"믿어주지 못해서……."

그 한마디에 현서의 몸부림이 거짓말처럼 멈췄다.

"널 아프게 해서……."

어쩌면 안도의 한숨인지도 모르겠다. 평생 당신은 몰라야 하니까, 당신이 아는 것은 딱 거기까지이길 바랐으니까.

현서는 숨을 삼키며 눈을 느릿하게 감았다 떴다.

"너에게 상처를 줘서……. 미안하다."

몇 번이고 되뇌었던 거 같다.

미안해. 미안하다…….

그게 현서에게 할 수 있는 전부였다. 못난 자신이 할 수 있는, 그리고 감히 뱉을 수 있는 말은 그 말뿐이었으니까.

"이런다고 달라지는 건 없어요."

현서의 건조한 그 말에 도윤은 마음이 무너지는 것만 같았다. 달라지는 것도, 얻을 수 있는 것도 없을지도 모른다.

도윤은 품에서 현서를 떼어놓고 똑바로 눈을 마주쳤다.

"달라지는 건 없겠지. 하지만 이제 물러서지 않을 거야."

"그렇다고 해도 내 마음이 돌아오진 않을 거예요."

도윤이 희미하게 웃으며 현서의 머리를 천천히 쓰다듬었다.

"괜찮아. 네가 받았던 고통 그대로 내가 받을 거야. 그러니까 계속 날 밀어내."

현서가 다소 혼란스러운 눈으로 도윤을 바라봤다.

"계속, 네 상처가 아물 때까지, 그렇게…… 날 미워하고 밀어내. 이번엔 내가 다가갈게."

밤새 한숨도 자지 못했다. 떠나간 도윤, 그리고 다시 돌아오지 않을 도윤, 멍하니 기다리고 있을 수 없었다. 어떻게 잡고 물고 늘어졌는데.

모든 걸 다 가진 현서에게 어떻게 이겨냈는데. 이 모든 것들은 말이 되질 않았다.

"제 발로 찾아올 줄 몰랐군."

서 회장이 혜린을 보며 기가 찬 듯 바라봤다. 느물느물 웃으면서 말하지만 상대를 압도하는 기세만큼은 절대 호락호락한 사내가 아님이 느껴졌다. 괜한 수를 쓰다가 잡아먹히는 쪽은 이쪽이 될 것이다.

하지만, 제 패 역시 그렇게 하찮은 것이 아니었다.

"처음 뵙겠습니다. 이혜린입니다."

"우리가 인사할 사이는 아닌 거 같은데. 본론부터 말하게."

도윤이 떠나간 지 일주일이 지나갔다. 그는 완벽한 끝을 말했으니, 이제 제게 오지 않을 것이다. 미련으로 끌어안던 사랑까지 끝이 났으니, 우리는 끝이 났다.

하지만 이대로 물러날 수 없었다.

"도윤 씨와 저 결혼하고 싶습니다."

"하하하, 그따위 말장난을 하려고 여기까지 찾아온 건가? 그것도 호랑이 굴에 제 발로?"

호탕하게 웃는 듯 보였지만 눈가가 매섭게 변했다. 혜린은 마른침을 삼키면서도 서 회장의 눈을 피하지 않았다.

"호랑이 굴인지는 들어와봐야 아는 것이죠."

"당돌하군. 여기까지 도윤이도 없이 온 거 보면 그 아이 마음이 떠났다는 게 맞겠군. 아닌가?"

역시 만만히 볼 상대가 아니었다. 잠시만으로도 자신의 모든 것을 간파당한 뒤였다.

"……맞습니다."

"그럼 얘기 끝난 거 같은데."

"회장님, 잠시만요!"

서 회장이 자리에서 일어나자 혜린이 서둘러 말을 이었다.

"이걸! 이걸 보시면 생각이 달라지실 겁니다."

"날 찾아온 거 보니 어지간히 다급하긴 했던 모양이군. 그런데 어쩌지? 나는 자네 같은 족속들을 뼛속까지 잘 알아. 천박하고 추악하지. 저가 원하는 바를 위해선 모든 하겠다고 덤비지만 결국 도와준 사람 뒤통수를 때리기 마련이거든. 내 말이 틀린가?"

"아닙니다. 저는 그런 사람이 아니에요!"

"뭘로 증명할 거지? 지금 이 자리까지 왔다는 것 자체가 자네를 증명할 증거들 같은데? 자네들 같은 족속들과 거래를 할 만큼 난 호락호락하지 않지. 돌아가."

혜린은 입술을 꾹 깨물었다. 서 회장의 말이 틀림이 없었기 때문이었다.

"회장님 말씀이 맞는지도 모르겠습니다. 하지만 제가 하는 일은 도윤 씨를 위한 일입니다. 물론 회장님과 저를 위한 일이기도 하구요. 회장님과 거래를 하고 싶습니다."

"거래? 이 건방진……."

서슬 퍼런 서 회장의 눈빛에 혜린이 치맛자락을 주먹으로 꽉 쥐었다. 하지만 이렇게 끝을 낼 수가 없었다.

"회장님!"

"착각하는 모양인데, 자네가 감히 나하고 거래를 할 주제가 된다고 생각하나? 자네 하나 사라지게 하는 거 나한텐 일도 아닌 거 알고 있을 텐데? 오만방자하기 짝이 없군."

"그 정도를 준비해두지 않을 만큼 아둔하지 않습니다."

서 회장이 어이없는 웃음을 흘렸다. 저를 보고 저 정도로 기세가 눌리지 않는 여자를 오랜만에 만났기 때문이었다.

"좋아. 그렇게 기세등등하게 말했으니 한 번 확인은 해보지."

혜린은 안도의 한숨을 내쉬며 제 가방에서 작은 봉투를 하나 꺼냈다.

"회장님은 허락하시게 될 겁니다."

혜린은 애써 숨을 삼키며 그것을 서 회장에게 넘겼다. 제가 가진 마지막 패를 던진 혜린은 마음을 다잡듯 주먹을 꽉 쥐었다.

확신은 없다. 아니, 확신은 없지만 돼야만 했다. 그래야 제자리를 지킬 수 있으니까. 궁지에 몰린 쥐는 고양이도 문다고 했다. 그만큼 저는 간절했다.

내용물을 확인하는 1분이 10년처럼 느릿느릿 흘러갔다.

도윤의 말은 거짓이 아니었다. 매일같이 제가 냉정하고 차갑게 대했지만, 그는 시간마다 그녀의 매장으로 찾아왔다. 그렇다고 부담스럽게 그녀를 귀찮게 하는 것은 아니었다.

매장 직원들은 그가 누구인지 알고 있었지만, 매출 때문인지, 현서 때문인지 그것을 드러내지는 않았다.

"오늘은 이걸로 주세요."

"사이즈는 8호 맞으시죠?"

"네."

"여자친구분을 굉장히 사랑하시나 봐요."

"네."

다른 일을 하고 있던 현서의 얼굴이 따끔거리듯 따가워졌다. 대답을 하며 그녀를 바라본 탓이었다. 그는 먼발치에서 그녀의 얼굴을 보고 쓸모도 없는 반지를 매일 사갈 뿐 따로 사담을 걸거나 하지 않았다. 딱 그 선만 지켰을 뿐이었다.

—오늘도 야근이야. 못 데리러 가겠다.

지혁의 메시지에 현서가 인상을 찌푸렸다.

"이거 마시면서 해요. 피곤해 보이는데……."

"괜찮습니다."

"그래도 마셔요."

"그래, 현서 씨. 일부러 사오셨는데."

매니저의 참견에 현서의 낯빛이 살짝 어두워졌다가 이내 담담해졌다.

"감사합니다."

"잠시만요. 재고가 매장에 없네요. 얼른 찾아올게요."

매니저가 잠시 매장을 나가고, 진숙은 오늘 휴무였다. 어쩔 수 없이 어색하게 도윤과 현서만 남게 되었다.

"도대체 왜 이러는 거야?"

참다못한 현서가 먼저 말을 건넸다. 쓸모도 없는 액세서리를 쌓아두고 어디다 쓰는지, 도무지 이해할 수가 없었다.

"이렇게라도 하지 않으면 네 얼굴 못 보니까."

현서가 찌푸린 표정으로 그를 올려다봤지만, 도윤은 희미하게 미소를 지었다. 그가 웃는 것을 보는 것은 실로 오랜만이었다. 어려선 저에게 자주 웃어주곤 했었는데, 그때마다 새치름하게 쏘아주던 것이 자신이었는데.

"이렇게 너하고 편하게 이야기를 나눈 게 얼마만인지 모르겠다."

제 마음을 들킨 것처럼 현서가 입술을 꾹 깨물었다. 순간 제 입술에 온기가 전해지고, 도윤의 손이 현서의 깨문 입술을 지그시 눌렀다.

"깨물지 마. 상처 나잖아."

"상관하지 마."

현서가 서둘러 고개를 돌려버렸지만 그럼에도 도윤은 미소를 머금고 있었다.

"제품 나왔습니다. 포장해드릴게요."

매니저가 포장한 것을 쇼핑백에 넣어 도윤에게 건넸다. 도윤은 잠시 현서를 일별하며 애써 떨어지지 않는 발걸음을 돌렸다.

"그럼 수고들 하세요."

가는 도윤을 보고 현서가 나직하게 한숨을 내쉬었다. 도윤은 항상 이런 식이었다. 점심시간이 끝나고 항상 3시쯤 찾아와 반지를 사고 직원들에게 음료수를 건네고 사라졌다.

도윤의 이런 행동을 밀어내야 함을 현서는 너무 잘 알고 있었다. 하지만 밀어낼 구실도, 밀어낼 상황도 도윤은 만들어 주지 않았다.

이러쿵저러쿵 말을 만들어내는 사람들 속에서 더 조용히 더 조심스럽게 그녀에게 다가오고 있는 탓이었다.

매장을 나가는 도윤을 안 실장과 김 회장이 가만히 바라보고 있었다.

"회장님, 괜찮으십니까?"

담담한 낯빛이었지만 마음만은 가히 좋지 않을 것이다.

도윤을 친손자만큼 예뻐했던 분이었다. 제 손녀가 상처투성이로 돌아왔을 때에도 도윤을 원망하지 않은 김 회장이었다. 하지만 다시 이어져서 될 인연이 있고 아닌 인연이 있었다.

같은 실수를 반복하기엔 그는 너무 노쇠했다.

"도윤이를 한 번 만나야겠군. 자리 마련하게."

"알겠습니다, 회장님."

"가지."

김 회장은 잠시 도윤이 사라진 쪽을 일별하고 안 실장과 함께 현서가 일하는 매장으로 들어갔다.

"회장님 오셨습니다."

갑작스러운 회장의 등장에 매니저와 직원들이 허둥댔다. 하지만 당황스럽긴 현서도 마찬가지였다. 아침식사를 할 때까지만 해도 그런 얘기가 없었기 때문이었다.

직원들이 허둥지둥 고개를 숙이고 현서도 멍하니 김 회장을 바라보다 허리를 숙였다.

"일하는데 내가 방해한 건 아닌가?"

"아, 아닙니다. 회장님."

"다들 긴장 풀어요. 격려차 들른 거니까."

그러면서 김 회장은 현서를 한 번 살폈다.

"그나저나 내 손녀가 잘하고 있는지 모르겠군."

"김현서 씨 같은 인재가 저희 매장에 있는 것만으로도 큰 힘이 됩니다."

입에 발린 매니저의 말에 현서가 실소를 흘렸다.

"그럼 일들 봐요. 현서는 나 좀 보고."

"알겠습니다."

"회장님, 조심히 가십시오!"

저 여자가 저렇게 우렁찬 목소리를 냈던가. 현서는 고개를 절레절레 흔들었다.

"어쩐 일이세요? 아침까지 이런 말 없으셨잖아요."

"어차피 저들이 이제 다 알지?"

"할아버지 덕분에 아는 건 아닌 거 같지만, 다 아네요."

"네가 얻고 싶은 건 얻을 수 있을 거 같니?"

은근히 운을 띄우는 김 회장의 속뜻을 모르지 않았다. 아마도 본사로 그녀를 불러들이고 싶은 욕심 때문일 것이다. 김 회장의 말대로 그녀는 이곳에서 얻을 수 있는 것이 더 이상 없었다.

"다음 주부터 본사로 출근하겠습니다."

"현서야, 잘 결정했다."

"아저씨가 저 사람들한테 말하신 거 다 알고 있어요."

"그건 말이다……."

"아저씨 뜻 알고 있어요. 저도 오래 있을 수 없다고는 생각하고 있었어요."

아마 현서의 의견을 지지해줬을 땐, 현서가 낯선 사람과 조금이라도 사귀길 바라는 마음에서였을 것이다.

어려서부터 현서는 비즈니스적으로 사람을 대했고 제 마음을 터놓고 지낼 사람이 몇 되지 않았다. 진실 된 관계를 바랐겠지. 하지만 그것은 쉽지 않은 일이었고, 결국 안 실장은 현서를 지키고자 이야기했을 것이다. 그것을 김 회장은 모르는 척 눈감아줬을 것이고.

"그럼 할아버지 조심히 들어가세요. 그만둘 땐 그만두더라도 마무리는 제대로 해야겠어요."

아마 매장에 들어가면 또 어떤 눈초리가 그녀를 반길지 모르겠다. 서민 코스프레하는 재벌이라는 둥, 이혼한 재벌 3세라는 둥, 말이 많아질지도 모르겠다. 그땐 확신이 없었지만 이번엔 확신이 생겼으니까.

돌아서 들어가는 현서를 김 회장이 가만히 바라봤다.

"도윤이 만나는 거 현서에게 비밀로 하실 생각이십니까?"

"그럴 생각이야. 그게 현서에겐 더 나을 테니까."

매장으로 들어간 현서의 표정이 딱딱하게 굳어졌다. 해사하게 자신을 보며 웃고 있는 그 여자를 보며 현서는 소름 끼치고 진저리가 쳐졌다.

“현서 씨, 이분이 현서 씨에게 제품을 꼭 구매하고 싶다고 하셔서…….”

매니저가 당황스러워하며 말끝을 흐렸지만 날이 서 있는 현서의 눈초리가 흐트러지지 않았다.

“잘 지냈어?”

“무슨 볼 일이야?”

“무슨 볼 일이라니. 주얼리샵에 뭘 하러 왔겠어.”

재밌는 말을 한다는 듯 혜린이 깔깔거리고 웃었다.

“그럼 알아서 맞추고 가. 매니저님, 고객 응대 좀 해주세요.”

이제 더 이상 그녀는 제 지위를 숨길 이유가 없었다. 혜린을 스치고 지나가면서도 현서는 그녀를 바라보지도 않았다.

완벽한 무시였다.

“아, 네. 제가 도와드리겠습니다. 고객님.”

현서의 태도에 혜린의 얼굴이 사납게 구겨졌다. 입술을 꾹 깨물던 혜린이 현서 쪽으로 고개를 돌리며 다시 해사하게 웃었다.

“도윤 씨가 요새 여길 매일 드나든다지?”

“고객님께서 매장 직원 사생활까지 신경 쓰실 이유가 없으신 거 같은데요?”

“그 눈물 나는 네 짝사랑은 여기까지일 거야. 나 도윤 씨와 약혼반지 고르러 온 거야.”

탕비실로 들어가던 현서의 발걸음이 순간 멈췄다.

11

현서가 떠난 후로 김 회장과의 연락은 단절됐었다. 정확히는 현서의 행방을 묻던 그를 돌려보낸 후로 김 회장은 저를 만나주지 않았었다. 사실 그때는 현서를 매몰차게 밀어낸 것에 대한 원망 때문이라고 생각했지만, 실은 그것이 아닐지도 모르겠다. 친손녀인 현서만큼 김 회장은 저를 아꼈었으니까. 제가 현서를 잊고 살길 바라서 그랬을지도 모르겠다.

어미에 대한 사랑도, 아비에 대한 사랑도 받지 못하고 집 안에서 완벽한 이방인이었던 도윤에게 유일한 가족은 현서의 집이었다.

어머니는 그가 다가오는 것을 지독히도 싫어했었다. 어미의 정이 그리워 한 발짝 다가가면 매정하게 내쳐졌었다. 그녀가 왜 그랬는지, 도윤은 지금은 어느 정도 이해는 한다. 하지만 완벽하게는 이해하지 못했다.

그는 원치 않는 결혼 후 태어난 아이였다. 그가 태어난 후에는 산후우울증을 심하게 앓았고, 그가 태어난 것에 대한 원망을 했으며, 그런 그가 아비의 관심을 받는 거조차 끔찍하게 싫어했었다.

결국 어머니는 우울증을 견디지 못하고 자살했다. 대외적으로는 단순 교통사고였지만 실은 자살이었다. 외가 쪽에서나 친가 쪽에서나 서로 기업 이미지에 먹칠하지 않기 위해 합의를 보았다고 했다.

드르륵, 문이 열리는 소리와 함께 김 회장이 지팡이를 짚고 안으로 들어섰다. 이제는 많이 노쇠한 김 회장을 볼 때마다 가슴 한곳이 불편한 것은 어쩔 수 없는 일이었다.

서둘러 다가가 김 회장을 부축하려던 도윤의 손을 슬며시 밀어낸 것은 김 회장 쪽이었다.

"됐다. 앉아라."

머쓱해진 손을 거둬들이며 도윤이 김 회장 맞은편에 앉았다.

"잘 지내셨습니까? 안 실장님도 잘 계셨죠?"

"그래. 얼굴이 좀 상한 거 같구나."

안 실장의 말에 도윤은 보일 듯 말 듯 희미한 미소를 지었다.

"밥부터 먹자꾸나."

도윤은 갑자기 씁쓸한 기분이 들었다. 김 회장의 가족이라도 된 것처럼 착각에 빠졌을 때가 있었다. 아니, 진짜 가족이고 싶었다. 제 어미와 아비가 아니라 현서의 오빠이고 싶었다.

그래서 더 현서가 다가오는 것이 겁이 나고 두려웠었다. 그 관계가 깨져버릴까 봐.

하지만 모든 것을 깬 것은 결국 자신이었다.

정갈하게 접시에 담긴 음식들이 하나둘씩 나오고 김 회장은 음식을 비우면서도 말이 없었다. 입 안에 굴러가는 밥알들이 돌멩이처럼 겉돌았다. 그것을 꾹꾹 씹어 억지로 넘길 때마다 물을 몇 번을 마셨는지 모르겠다.

김 회장은 제게 어려운 사람이었지만 동시에 따스한 사람이기도 했다.

'밥 먹고 가거라.'

늘 집에 오는 저에게 따뜻한 밥 한 끼를 먹여 보내곤 했는데 그게 항상 감사하고 좋았다. 아무 말도 오가지 않는 저희 집 식탁과는 전혀 다른 분위기였으니까. 그래서 20살이 되자마자 집에서 독립을 했던 거 같다.

어머니가 자살한 지 얼마 되지도 않아 들어온 새어머니, 그리고 제게 정 한 번 주지 않은 아버지, 그리고 아직 어린 남동생. 단란한 가족 사이에 그는 완벽한 불청객이었다.

그때마다 현서네로 피신 아닌 피신을 하곤 했었는데, 그런 저를 김 회장은 싫은 티 하나 없이 묵묵하게 받아주었다. 제 가족보다 더 깊은 정을 주었던 사람들이었다. 제 가족보다 더 가족 같은 사람들이었다.

이야기를 시작할 모양인지 김 회장이 입가를 닦고 물을 한 모금 마셨다.

"단도직입적으로 말하마."

"말씀하십시오."

"나는 현서와 지혁이를 짝지어줄 생각이다."

김 회장이 자신을 불러냈을 때, 그 속뜻을 모르지 않았다. 아마 저와 다시 연결되는 것을 원치 않는다는 말을 할 것이라 예상했다. 현서를 아프게 하고 상처를 준 그에게 현서를 다시 주고 싶지 않을 것일게 분명하니까.

하지만 이건 좀 다른 문제였다.

"회장님, 그건 현서의 결정이 우선입니다."

"제 결정대로 해서 한 번 상처 받았으면 그만하면 됐어."

자신을 질책하는 듯한 김 회장의 말에 도윤은 말을 덧붙일 수가 없었다.

"내가 서 사장을 이 자리에 부른 이유는 이미 알겠지만 현서를 다시 흔들지 말았으면 해서일세."

"회장님……."

"내 부탁하지. 나는 다시 현서가 상처 받는 걸 보고 싶지 않아."

도윤은 주먹을 꽉 쥐었다. 저를 반대할 만한 이유는 많았다. 저는 못난 죄인이었고, 그런 현서에게 상처를 준 사람이었다. 그런 저를 순순히 받아주리라 생각조차 하지 않았다.

하지만…… 이렇게 단칼에 끊어내는 김 회장의 냉정함에 도윤은 입 안이 써졌다.

"서 사장의 얼굴 이런 식으로 다시 보고 싶지 않군."

도윤을 부르는 호칭에서부터 김 회장은 저에게 완벽하게 선을 그었다. 예전처럼 돌아갈 수 없다고, 돌려 말하는 것만 같았다.

도윤아, 도윤아, 저를 부르는 그 말투가 참 좋았다. 삭막하기만 한 제 집에서는 느낄 수 없는 애정을 느낄 수 있었으니까. 가족의 정이라는 걸 처음 알 수 있는 곳이었다.

그래서, 현서에게 마지막까지 모질게 굴 수가 없었다. 혜린이 아파하는 것을 알면서도 더 매정하게 끊어내지 못했던 거 같다.

"죄송합니다, 회장님. 제가 입이 열 개라도 할 말이 없습니다."

"널 원망할 생각은 없다. 하지만 네가 현서를 더 이상 흔들어놓는 것은 못 보겠구나."

"……."

도윤은 김 회장의 말에 아무 말도 할 수가 없었다. 어쩌면 김 회장의 말이 모두 맞는지도 모르니까. 현서를 위하는 길이, 꼭 자신의 이기심만을 채워 옆에 있는 것이 아닐지도 모른다.

"부탁이 있습니다."

"말해보거라."

"어떤 일이 있건 현서의 행복을 최우선시 해주십시오. 상처가 많은 아이입니다."

"도윤아, 그건 회장님께서 알아서……."

"괜찮네. 내 그거 하나만은 약속하지."

"죄송합니다."

"더 이상 너와 이런 일로 마주 앉고 싶지 않구나. 가지, 안 실장."

"네, 회장님."

안 실장의 부축을 받으며 김 회장이 나가자, 도윤이 크게 숨을 삼켰다.

꼭 제 곁이 아니라도, 현서가 행복하다면 그것으로 만족해야 하는 게 맞았다. 어설픈 이기심으로 상처를 헤집을수록 다치는 것은 결국 현서였다.

도윤은 커다란 손에 얼굴을 파묻으며 입술을 꽉 깨물었다.

저는 결국 현서에게 상처밖에 되질 않았다.

혜린에게 한 발짝 한 발짝 다가서는 현서의 눈매가 매서웠다. 도윤이 제게 마음을 표현했을 때는 이미 혜린을 정리했다는 뜻이었다. 그런데 저를 도발하러 왔다는 것 자체가 참을 수가 없었다.

"약혼?"

"그래. 약혼."

"네 거짓말을 내가 믿을 거 같았어?"

다소 굳었던 혜린의 표정이 다시 해사하게 변했다. 하긴 저가 서도윤을 알듯이 현서 역시, 아니 저보다 더 도윤에 대해 잘 알고 있을 것이다.

"그렇게 생각해. 하지만 서도윤은 나한테 돌아오게 돼 있어. 잊었어? 너도 떠나게 만든 나야."

혜린이 웃음을 가득 머금고 현서에게 한 발 다가왔다.

"서도윤은 절대 나 못 버려."

"이미 넌 버려진 거 같은데?"

"그건 네 착각이고. 한 가지만 알아둬. 내가 못 가지면 너도 서도윤 못 가져."

"네 마음대로 해."

"허세 부리는 건 여전하네. 그거 알아? 쥐도 궁지에 몰리면 고양이를 무는 법이야."

혜린이 나직이 속삭이며 현서의 어깨의 먼지를 털듯 어깨를 툭툭 털었다.

"그러니까, 현서야. 반지 좀 골라줄래? 네가 골라주는 게 뜻깊을 거 같은데."

"이혜린……."

"누나, 여기서 뭐해?"

갑작스러운 소리에 현서와 혜린이 그곳으로 고개를 돌렸다. 지혁이 잔뜩 화가 난 듯 저벅저벅 걸어와 혜린을 날카롭게 내려다보았다.

"지혁이 오랜만이다."

"여기서 뭐하는 거냐고 묻잖아."

"뭐하긴. 약혼반지 맞추러 왔지."

"약혼반지를 왜 얘한테 봐달라고 해. 다른 데 가. 다른 데 가서 맞춰."

"김현서, 너는 참 가진 게 많네. 차지혁도, 서도윤도. 그리고 집안도."

혜린의 입가에 실소가 지어졌다. 한 가지만 갖고 싶었는데, 그 모든 것은 제 손을 떠나버렸고, 그 제 손을 떠난 모든 것들은 현서에게 돌아갔다.

"오늘은 날이 아닌 거 같네. 다음에 올게."

혜린이 입술을 꾹 깨물며 매장을 나가자, 지혁이 현서의 얼굴을 살폈다.

"괜찮아? 이혜린이 또 무슨 짓 한 거 아니지?"

"차지혁."

"왜? 혹시 뺨이라도 때렸어?"

현서가 고개를 절레절레 저었다.

"착각하는 모양인데. 저런 싸구려한테 질 만큼 내가 하찮지 않아."

"근데 왜 그렇게 불안한 눈으로 누나를 쳐다봐."

현서는 머리를 한 대 맞은 듯 지혁을 올려다봤다.

"무슨 소리야?"

"네 표정이 방금 그랬어. 들킬까 봐 불안해하는 표정, 딱 그랬어."

"말도 안 되는 소리 하지 마."

현서가 지혁의 시선을 피해 고개를 돌렸다. 어쩌면 그의 말이 맞을지도 모르겠다. 들킬까 봐 불안해서, 그가 상처 입을까 두려워서, 허세를 부렸지만 그러면서도 이혜린을 완벽하게 상대하지 못했다.

제가 모든 것을 가진 줄 알았지만, 실상 쥐고 있는 패가 많은 것은 혜린이었다.

"언제 퇴근해?"

"곧. 그나저나 어쩐 일이야?"

"얘기 못 들었어? 할아버지가 저녁식사 초대해주셨는데."

"할아버지가?"

"어. 너 데리고 오라고 하시던데."

현서는 나직이 한숨을 내뱉었다. 아무래도 김 회장은 저와 지혁을 슬슬 밀어붙일 모양이었다.

제가 가진 현서에 대한 감정이 도대체 무엇이었을까, 생각하곤 했었다. 애틋한 가족애라기엔 무언가 설명하기 힘든 감정들이었다.

항상 제겐 제일 예뻤고, 제겐 제일 사랑스러운 존재였다. 그리고 혜린과는 별개라고 생각했었다. 혜린은 과연 제게 사랑이었을까.

혜린이 다치면 걱정이 됐고, 현서가 다치면 화가 났다. 혜린이 저를 안으면 포근했고, 현서를 안으면 마음이 따스해졌다. 서로 다른 감정, 어느 하나 사랑이 아닐 순 없었을 것이다.

어느 순간부터 안쓰럽고 가엽게 느껴졌을 때, 더는 사랑이 아니구나 직감했었다. 그럼에도 놓을 수 없었던 것은 그 사람의 모든 것을 빼앗아갔었기 때문이었다.

"서 사장? 어쩐 일이야?"

새어머니가 제 등장에 꽤 놀란 듯 도윤을 바라봤다. 이 년 만이던가, 이 집에 다시 오는 것이. 도윤은 대답 없이 슬리퍼를 갈아 신고 안으로 들어갔다.

어머니가 자살하고 난 뒤, 이 집이 좋았던 적은 단 한 번도 없었다. 어려서부터 유일하게 저를 엄마처럼 챙겨주었던 이 비서와 아버지가 재혼을 했을 때도, 제 동생이라던 남자아이가 태어났을 때도 좋았던 적은 단 한 순간도 없었다.

"저녁은 먹은 거야?"

"신경 쓰지 마세요."

술을 한 잔 하고 빈집에 그냥 들어가기 싫었던 거 같다. 아니, 현서의 흔적이 남아 있던 그 집으로 들어가기 싫었는지도 모르겠다.

처음엔 현서를 원망했고 다음엔 걱정했다. 또 그다음엔 그리워했었다. 그럼에도 그 집을 떠나지 않았던 것은 다시 만날 수 있을 거라는 헛된 생각 때문이었다.

하지만, 지금은?

'나는 현서와 지혁이를 짝지어줄 생각이다.'

어쩌면 그것이 처음부터 맞았는지도 모르겠다. 그랬다면 저와 혜린도, 현서와 저의 관계도 모두 동화처럼 행복한 해피엔딩이 됐을지도 모르겠다.

눈치를 보며 따라오는 가정부 아주머니에게 이 여사가 눈짓을 했다.

"그냥 잠시 들른 것뿐입니다."

저를 졸졸 따라오는 이 여사에게 도윤이 차갑게 대꾸했다. 잠시 그곳에서 멈추었던 이 여사는 얼른 다시 도윤의 뒤를 따랐다.

"그래도 도윤이 너 얼굴 보니까 좋다. 자주 와……."

"……."

제 이름을 부른 것은 퍽 오랜만이었다. 아니, 제 이름을 부를라치면 화를 냈던 저 때문에 이 여사가 감히 부르지 못했던 것인지도 모르겠다.

방문을 열자 한동안 쓰지 않았던 차가운 흔적이 자신을 반길 것이라 생각한 것과 달리, 오랜만에 온 제 방은 아늑했다. 아마 이 여사의 짓이었을 것이다. 제가 독립이라는 것을 하겠다고 선언하고 나갈 때 이 여사는 뒤도 돌아보지 않는 저에게 이렇게 말을 했었다.

'언제라도 와. 네 방 그대로 둘게.'

같잖은 소리. 제 어머니가 죽자마자 그 자리를 빼앗고 들어온 첩에게 들을 소린 아니었다. 어머니를 무던히도 원망하면서도 어머니 자리를 빼앗은 이 여사가 참 싫었었다. 그럼에도 이 여사는 저를 무서워하면서 끊임없이 저에게 다가왔다. 참 신기한 사람이었다.

마치 저가 밀어내고 또 밀어냈을 때의 현서의 모습처럼.

도윤은 나직하게 숨을 삼켰다.

"저녁도 안 먹고 자면 속 버릴 텐데……."

도윤이 말없이 이 여사를 바라보자, 이 여사가 얼른 입을 다물었다.

"아, 미안. 피곤할 텐데 어서 쉬어."

"왜 우리 아버지와 결혼했습니까? 충분히 젊고 유능한 사람 만날 수 있었잖아요."

문을 닫으려다 도윤의 갑작스러운 질문에 이 여사가 놀란 듯 그를 바라봤다. 실로 그가 자신에게 말을 붙인 것이 퍽 오랜만이었다.

이 여사는 잠시 그를 지긋이 바라보다가 입가에 미소를 지었다.

"넌 믿지 못하겠지만 나 회장님 사랑해. 그래서 옆에 있기로 선택한 거였고. 그리고 거기에 너도 포함돼."

도윤이 가만히 바라보자 이 여사가 그럴 줄 알았다는 듯 고개를 끄덕였다.

"기억 못하는구나. 네가 입버릇처럼 그랬는데. 누나가 엄마였으면 좋겠다고. 그래서 난 내가 사랑하는 사람 옆에 있어도 잘해내갈 수 있을 줄 알았어. 네가 날 미워하는 거는 생각도 못했던 거지만."

"손가락질 받을 사랑이었어요."

"그럴지도 모르지. 근데 나는 손가락질을 받아도, 내가 불행해져도, 저 사람과 살고 싶었어. 너는 모르겠지만 회장님은 나에게 좋은 사람이었어."

"그랬을지도 모르죠. 하지만 우리 어머님한텐 참 냉정하셨던 분이죠."

"처음부터 그랬던 건 아니었어."

"무슨 소립니까?"

"네 어머니 사랑하는 사람이 따로 있었어. 그래서 더 여길 못 견뎌 하셨고, 회장님 얼굴 보는 것만으로도 끔찍하게 여기셨어. 그래서 옆에서 멀어지신 거야."

그랬을지도 모르겠다. 제가 가진 원망을 모두 이 여사에게 쏟아붓기 위해 안간힘을 썼던 것인지도 몰랐다. 어머니의 자리를 메꾼 누군가에게 타깃이 필요했으니까.

지금도 생각나는 것은 어머니는 참 저에게 매정했었다. 뿐만 아니라 아버지에게도. 끔찍한 벌레를 바라보듯 쳐다보던 그 눈빛이 아직도 잊히지 않았다.

그때마다 저를 달래주던 것은 이 여사였다.

'도윤아, 엄마는 널 미워하시는 게 아니야. 괜찮아.'

그때마다 이 여사에게 의지했던 주제에 이 여사가 제 집에 들어오자 진저리나게 새어머니를 미워했었다.

참 어리고 또 어렸었다.

"후회…… 안 하십니까?"

"회장님과 결혼한 거? 아니면 네 엄마가 된 거?"

"둘 다요."

"너는 현서와 만난 거, 후회하니?"

도윤이 놀란 듯 이 여사를 바라보자, 이 여사가 한 발짝 다가와 자신보다 한 뼘 더 큰 그의 머리를 천천히 쓰다듬었다.

어린 시절 제 어미에게 버림받았던 아이를 달래듯이.

"내가 이래 봬도 너 태어났을 때부터 봤던 사람이야. 나는 후회하더라도 그 사람 옆에서 후회하고 싶었어. 아마 현서가 너랑 결혼했을 때도 같은 마음이었을 거야."

"……."

"이젠 네가 손 내밀 차례야. 아직 현서가 널 사랑하는 걸 알고 있잖아?"

도윤이 망설이듯 이 여사를 바라보자 따스한 손이 그의 어깨에 닿았다. 제가 여태껏 그리워했던 어미의 정처럼 어깨에서 느껴지는 손길은 포근하고 따스했다.

이 여사가 방을 나가고, 도윤은 침대헤드에 기대어 앉아 가만히 눈을 감았다. 어쩌면 자신은 무언가 결핍된 사람이었는지도 모르겠다. 제가 든든한 버팀목처럼 지켜주고 싶었던 현서와 기대고 싶었던 혜린 사이에서 제 감정이 무엇인지도 모른 채 갈팡질팡하던 사람이었다.

혜린이 아버지에게 반대를 받았을 때, 느꼈던 분노는 제 어미가 아버지에게 버림을 받았던 그때의 원망을 쏟아냈던 것은 아니었을까.

결국 자신이 혜린에게서 원한 것은 제 어미에 대한 갈망과 원망 그리고 포근함이었던 것이다.

오랜만에 집이 시끌벅적해졌다. 조촐한 식사만 즐기다가 갑자기 소란스러워지니 정 여사님의 손길도 더 분주해졌다.

"할아버지, 정 여사님, 안 실장님! 저 왔습니다!"

"어서 오거라."

안 실장의 부축을 받으며 김 회장이 환하게 웃었다.

"시간 딱 맞춰왔네. 이제 막 저녁 준비 끝났는데."

정 여사님이 앞치마에 물기 묻은 손을 닦으며 지혁과 현서에게로 다가왔다. 누가 보면 사위라도 된 것처럼 극진한 환영이었다. 현서는 그것이 다소 마음에 들지 않았지만 티를 내진 않았다.

'도윤이 왔어? 저녁은 먹었고.'

'아니요. 일부러 안 먹고 왔어요.'

'잘됐다. 갈비찜 해놨는데. 조금만 기다려.'

도윤이 자주 집에 왔을 때도 지금처럼 딱 그랬더랬다. 웃음이 떠나질 않았고 작은 것에도 즐거워했으며 사람 사는 분위기가 났었다.

삭막하고 조용하기만 했던 집 안에 활력을 불어넣는 것처럼 도윤이 올 때면 항상 그랬다. 그런 사람이 사라지고 다시 생기를 잃은 집처럼 돌아왔을 때, 그 빈 공간이 견딜 수 없이 커져 있었다.

그때마다 그를 갖고자 했던 그 마음을 도저히 버릴 수 없었던 저 자신을 한없이 원망하곤 했었다. 저만 포기하면 다 편한 것이었는데…….

그는 제 삶의 큰 부분을 함께했고, 그를 빼고는 감히 추억을 논할 수조차 없었다. 집 안 곳곳에 스며든 그에 대한 추억 때문에 이 집을 더 떠났는지도 모르겠다.

"할아버지, 잘 계셨죠? 자주 찾아 뵀어야 했는데, 현서가 영 틈을 안 주네요."

"앞으론 자주 놀러오너라. 현서도 매일 늦고 영 무료해."

"할아버지가 불러만 주신다면 어디든 달려오죠!"

"녀석도!"

능청을 떠는 지혁 때문에 한바탕 웃음꽃이 피었다. 실로 오랜만에 듣는 웃음소리라 낯설면서도 참 포근했다. 현서는 괜히 떠오르는 추억들에 입술을 꾹 깨물었다.

"얘긴 나중에 하시고 얼른 들어오세요. 음식 다 식겠어요."

"제가 모실게요."

지혁이 지팡이를 짚은 할아버지를 부축했다. 어쩌면 이게 맞는 자리일지도 모르겠다. 아니, 처음부터 이 자리였으면 모두가 행복한 결말을 맺었을지도 모르겠다.

지혁은 저녁 늦게까지 할아버지의 바둑을 상대해주면서도 싫은 내색 한 번을 하지 않았다. 그것이 괜스레 미안했지만, 지혁은 특유의 낙천적인 성격으로 환하게 웃어주었다.

"내일 출근해야 하는데 피곤하겠다."

"나도 즐거웠는데, 뭘."

"고마워."

"김현서, 놀라운 발전이네? 고맙다고 순순히 말할 줄도 알고?"

현서가 어이가 없어 너털웃음을 짓고 말았다.

"그렇게 좀 웃어. 아까 네 표정 어땠는지 모르지? 가족들이 걱정하잖아."

"아……."

저도 모르게 옛 추억에 젖어 있었나 보다. 감상적인 사람은 아니었다. 뭔가에 감수성이 풍부해 눈물을 쏟거나 감동을 받거나 하는 사람은 더더욱 아니었다. 어떤 것이든 건조하게 대응했고 그것이 항상 옳다고 믿었다.

하지만, 요 몇 년 사이 눈물을 한껏 쏟아냈더니 저도 모르게 금세 감상적으로 변한 모양이다. 그러면 안 되는 일이었는데…….

"생각 좀 해봤어?"

"뭘?"

지혁이 고개를 가로저으며 현서의 어깨를 두 손으로 잡고 눈높이를 맞췄다.

"김현서, 못 피해 가. 나 이번엔 안 물러날 거거든. 그러니까 그만 고민하고 나한테 와."

"지혁아."

"대답하지 마. 어차피 우리 결혼 집안끼리 결정하는 거 너도 알잖아."

"……."

"근데 말이야. 그래도 난 네 스스로 나한테 왔으면 좋겠다."

현서는 아무 말도 할 수가 없었다. 자신을 비추고 있는 그 맑은 눈이 진실을 말하고 있어서.

"들어가. 내일까지 출근이라며."

"그래, 너도 조심히 가."

저에게 손을 흔들며 뒷걸음질 치는 지혁을 보며 현서가 입술을 달싹거리다 이내 다물었다.

미안해, 이런 상투적인 단어를 뱉는 것 자체가 죄스러웠으니까.

저는 결국 지혁의 저런 감정들을 여태껏 이용했던 것이었다. 그리고 그런 지혁의 감정을 알면서 애써 무시하고 그것들이 잠재워지길 빌면서도, 지혁이 제 곁을 떠나지 않길 바랐었다.

이기적인 마음.

제 마음이 얼마나 간악하고 간살스러운지 이제는 똑똑히 알아버렸다. 그럼에도 왜 어째서 서도윤에 대한 미련조차 버리지 못하는 것일까.

현서는 저만치 멀어져가는 지혁을 바라보며 몸을 돌렸다. 도저히 그 순수한 마음에 다가갈 수가 없어서.

*

제가 한 거래는 고작 한 가지였다. 제 모든 것을 내놓은 패였지만, 혜린은 단 한 가지만을 원했다.

"이따위 협박이 먹힐 것이라고 생각했나?"

"누구든 부모라면, 자식을 걱정하게 돼 있죠. 못 배우고 가진 것 없는 제 부모조차도 그랬으니까요."

"당돌하고 역시 건방지군."

"저는 많은 걸 바라는 게 아닙니다. 단지 한 번만 눈감아주세요. 제가 어떤 짓을 하든, 그거 한 번만 눈감아주세요. 회장님께 해가 가는 일은 없을 겁니다. 그게 제 조건입니다."

서 회장은 잠시 고민에 빠진 듯 턱을 손으로 쓸었다. 혜린은 더 이상 말을 덧붙이지 않았다. 제가 여기서 변명을 한다면 이 사내는 자신을 믿지 않을 것이 분명했다. 천성이 장사꾼인 사내였다. 저한테 떨어질 득과 실을 정확히 계산하고 있는 것이다.

"그래서 결국 내 며느리로 들어오겠다, 이건가?"

"이 정도 배짱이면 세영그룹 안주인 노릇 할 그릇은 된다고 생각합니다. 아시다시피 현서처럼 공주로 자란 아이와는 다르니까요."

일리가 있는 말이었다. 단지 도윤이 어떤 선택을 할진 알 수 없지만, 여우 같은 혜린의 수대로 돌아간다면 도윤의 후계자 자리도 위태로울 것이 분명했다.

"좋다. 내 한 번은 눈감아주지."

"감사합니다. 회장님."

간악한 술수를 쓰는 혜린이 마음에 들지는 않지만 그 패기만은 인정하고도 남았다. 혜린은 제 패를 다 얻은 듯 기쁜 기색을 숨기지는 않았다.

제 모든 것을 걸어도 현서를 이길 순 없지만, 제 모든 것을 걸어서 상처를 주기엔 충분했다. 어리석은 공주님은 제 사랑이 상처 입는 것을 절대 보지 못할 테니까.

김 회장은 조간신문과 석간신문 모두 꼼꼼하게 읽는 것으로 유명했다. 덕택에 안 실장 역시 김 회장이 먼저 보기 전에 그 기사 내용을 훑고 그곳에서 김 회장이 주목할 만한 사실에 표시를 해두는 것이 눈을 뜨자마자 하는 일이었다.

항상 사건 사고는 늘 접하는 일이지만, 오늘만큼은 그 착잡한 심경이 얼굴에 고스란히 드러났다.

"회장님, 안 실장입니다."

"들어오게."

침침한 듯 돋보기를 쓰며 방금 세수를 말끔하게 끝낸 김 회장이 안 실장을 바라봤다.

"자네 표정을 보니 뭔가 있나 보군. 주게나."

"네, 회장님."

신문을 건네받은 김 회장은 나직하게 한숨을 내뱉었다.

"현서가 힘들어할 거 같습니다."

"아닐세. 오히려 잘된 건지도 모르겠군. 가질 수 없는 것도 있다는 걸 아는 것도 나쁘진 않지. 물 한 잔만 가져다 주게."

"네, 회장님."

안 실장이 나가고 김 회장은 보던 신문을 마저 읽지 않고 신문을 접었다. 현서의 이혼 기사로 도배됐던 그때 이후 처음 있는 일이었다.

기사를 접한 것은 오후가 된 후였다. 아침부터 신문을 읽을 일도 없었을 뿐더러, 중요한 일이 있으면 자연스럽게 아침 식사 자리에서 이야기가 나오므로 굳이 제가 스스로 읽을 필요가 별로 없었다.

그래서 오늘 두 사람의 표정이 가히 좋지 않은 모양이었다. 현서는 허탈한 웃음을 지으며 전광판을 가득 메운 도윤과 혜린의 얼굴을 바라보았다.

이혜린도 저와 도윤의 결혼 기사가 터졌을 때, 이런 기분이었으리라.

결국 현서는 준 만큼 벌을 받는 중이었다.

—현대판 신데렐라 탄생. 세영그룹 서도윤 사장과 전 프리마 발레리나 이혜린 전격 약혼 발표.

현서는 행복해 보이는 두 사람의 모습을 보지 않기 위해, 고개를 돌렸다.

결국 이혜린의 말은 거짓이 아니었다. 그리고 4년 전이나, 지금이나 현서는 이혜린에게 완벽하게 패배자인 셈이었다.

12

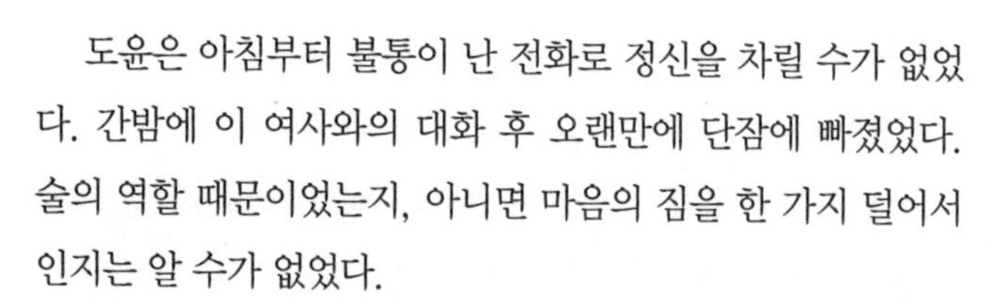

도윤은 아침부터 불통이 난 전화로 정신을 차릴 수가 없었다. 간밤에 이 여사와의 대화 후 오랜만에 단잠에 빠졌었다. 술의 역할 때문이었는지, 아니면 마음의 짐을 한 가지 덜어서인지는 알 수가 없었다.

덕분에 처음으로 지각이라는 것을 해보고 있는 중이었다.

"보고하세요."

"오늘 조간신문입니다."

신문을 건네받은 도윤의 얼굴이 처참하게 구겨졌다.

"이게 어떻게 된 일입니까! 당장 마케팅부에 연락해서 정정기사 내라고 하세요! 왜 이걸 이제야!"

"저 사장님……."

난감한 표정으로 최 실장이 그를 바라봤다.

"뭡니까?"

"회장님께서 정정기사를 막으셨습니다."

"그게 무슨 소립니까."

"오늘 아침 사장님께 보고 드리고 바로 정정기사를 내보내려고 했는데, 회장님께서 직접 그러지 말라고 지시하셨습니다."

도윤은 쏟아지는 앞머리를 거칠게 쓸어 올리며 조여 오는 넥타이를 느슨하게 풀었다.

"내가 직접 만나보죠."

한 번도 혜린을 탐탁하게 여긴 적 없는 분이었다. 그녀를 사랑한다는 제 마음을 이야기했음에도 현서와의 결혼을 밀어붙였던 것은 바로 자신의 아버지였다.

그런데, 왜 어째서?

도윤은 서 회장의 이해할 수 없는 행동에 화가 났다. 그리고 이 기사를 읽고 또다시 상처를 받을지도 모르는 현서에게 미안했다.

"저 사장님, 잠시만 기다려……."

비서의 만류에도 불과하고 도윤은 회장실 문을 벌컥 열었다. 서 회장은 놀란 기색 하나 없이 도윤을 인상을 찌푸리며 쳐다봤다.

"너는 예의고 뭐고 없는 거냐. 이게 무슨 짓이야."

"아버지야말로 이게 무슨 짓입니까. 정정기사를 내지 말라니요!"

"네가 원하던 거였잖니?"

대수롭지 않은 대답에 도윤은 주먹을 꽉 쥐었다.

"도대체 갑자기 마음이 변하신 이유가 뭡니까."

"이제라도 너의 그 마음 존중해주려고 그러는데, 뭐가 잘못된 거냐?"

"아버지!"

서 회장은 저벅저벅 걸어가 도윤을 날카롭게 바라보았다. 짝, 매서운 소리와 함께 도윤의 고개가 반대편으로 돌아갔다.

"멍청한 자식. 여자 하나 제대로 떼어내지 못해서 회장실까지 오게 만들어? 난 네 편 들어줄 생각 없다. 정리를 하려거든 똑바로 정리해."

"혜린이가 여길 왔습니까?"

"맹랑한 아이로더군. 그 애 말대로 현서보단 네 짝으로 그런 애가 나을지도 모르지. 하지만, 난 그런 근본도 없는 애 받아들일 생각 없다. 장단 맞춰주는 건 여기까지야."

서 회장이 불편한 심기를 고스란히 드러내며 목소리를 가다듬었다. 도윤은 뒤통수를 한 대 얻어맞은 듯 정신이 얼얼해졌다.

화가 난 것은 아니었다. 뻔히 보이는 혜린의 수, 그것에 장단을 맞춰줄 만큼 어리석지도 멍청하지도 않았다. 한 번 끝이 난 것은 끝이 난 것이었다. 동정과 미련으로 잡고 있었던 첫사랑에 애정을 돌릴 만큼 어린애도 아니었다.

단지 지금 드는 한 가지 생각은 현서였다.

놓아주는 것이, 잊어주는 것이, 나을 것이라고 생각했다.

하지만 놓칠 수 없는 사람을 한 번 놓친 것만으로 어리석은 후회는 그뿐이었으면 됐다.

"사장님, 11시에 임원 회의가 있으십니다."

"회의 오후로 미뤄줘요."

"사장님? 사장님!"

다급하게 부르는 비서의 목소리에도 도윤은 뒤를 돌지 않았다. 이렇게 다시 오해와 불신이 생긴다면, 현서에게 다가갈 수 없을지도 모른다.

아니, 다가갈 수 없어도 된다. 곁에만 맴돌아도 된다. 하지만 현서가 아파하는 것은 더 이상 볼 수가 없었다.

엘리베이터를 타고 다급하게 내려가는 일분일초가 길어졌다. 숨이 막히고 시간이 느릿느릿 흘러가는 것만 같았다.

수도 없이 많은 생각들을 해왔었다. 우리는 처음부터 사랑으로 묶일 운명은 아니었다. 현서는 스크린을 바라보며 가만히 서 있었다.

혹시나, 도윤이 해명을 하려 전화를 하지는 않을까. 혹여 저에게 문자 한 통 넣어주진 않을까. 하는 헛된 기대를 잠시나마 해보았다. 야속하게 울리지 않는 전화기는 여전히 움직이는 시간만을 알려주고 있을 뿐, 제가 원하는 것을 알려주지는 않았다.

허탈한 웃음이 입 밖으로 새어져 나온다.

뭘 기대한 걸까. 한심하고 어리석고 멍청하기 짝이 없다.

제가 언제부터 이렇게나 감상적이고 지고지순한 사랑을 했다고, 이딴 것에 실망을 하는 것일까.

정말이지 멍청해서 눈 뜨고 제 자신을 볼 수가 없을 지경이었다.

'오늘까지면 그냥 쉬지 그러니.'

안 실장님의 걱정스런 시선, 역시 알고 있었던 것이었다. 결국 저는 사랑 하나 때문에 많은 사람들의 걱정을 끼친 격이었다.

현서가 매장 안으로 들어서자 진숙이 난감한 듯 그녀를 바라봤다.

"현서 씨, 저기……. 손님이……."

"안녕, 저번에 못 맞춘 약혼반지 맞추러 왔어."

혜린이 해사하게 웃으며 저에게 말을 걸었다. 승리를 직감하는 그 표정, 언젠가의 표정과 오버랩되었다. 사고가 난 후에도, 한국에서 저를 찾아왔을 때에도 딱 저 표정이었더랬다.

감히 제 앞에서, 아무것도 가진 것 없는 이혜린은 서도윤의 사랑 하나만 믿고 기세등등했었다. 하지만 이제 이혜린이 쥐고 있는 것은 아무것도 없었다. 고작 가지고 있는 것은 얕은 수일 뿐.

"일 보세요."

진숙이 안절부절못하며 얼른 안으로 들어가자, 현서는 냉정한 눈으로 혜린을 바라봤다.

"그까짓 거 때문에 아침부터 날 찾아온 거야? 어지간히 불안한 모양이네."

"네 축하받고 싶어서 왔어. 기사 봤을 텐데, 축하 안 해주니? 그래도 네 전남편이잖아?"

주위에서 구경하던 매장 직원들의 시선이 제게로 쏟아졌다. 결혼보다 이혼이 더 떠들썩했지만 저를 아는 사람은 많지 않았다. 다행인지 불행인지 매장 사람들은 저에 대해서 정확히 알지 못했고, 그 낯선 시선을 받지 않아서 참 다행이라 여겼었다.

현서의 이맛살이 살짝 찌푸려지는 순간이었다.

"왕자님의 사랑조차 떠난 가련한 신데렐라의 결말이 과연 뭘까. 굉장히 궁금해지는데."

"난 너와 달라."

"하긴 그러네. 뼛속부터 묻어나는 너의 천박함, 그 천박함은 말이야. 아무리 포장을 해도 드러나게 돼 있는 법이거든? 너한텐 참 가당치 않은 자리야."

"그래. 이게 바로 김현서지. 근데 말이야, 언제까지 네가 그렇게 기세등등할 수 있을지 지켜볼게."

혜린이 고개를 비스듬하게 꺾으며 현서를 가만히 올려다봤다.

"회장님도 아셔. 내가 뭘 쥐고 있는지."

"이혜린, 그 수는 이미 안 통한다고 말했던 거 같은데?"

"풋, 정말이야? 아아, 서도윤 사랑 안 한다고 그랬지? 근데 네 표정이 조금 다르네? 모든 것을 다 쥐고 한 가지를 빼앗겨서 이러는 너와 아무것도 갖지 못하고 한 가지만 가진 나와 과연 누가 더 슬프고 아플까?"

"그런 같잖은 소릴 하러 여기까지 온 거야?"

"나는 가진 게 별로 없는 사람이라 한 번 가진 것은 죽어도 놓지 않거든? 무슨 수를 써서라도."

주위의 구경꾼의 시선이 조금 더 늘어남이 느껴졌다. 현서는 이맛살을 찌푸렸다. 이목이 집중돼서 좋을 건, 저에게 없었다.

"따라 나와."

영악한 여우는 제가 가진 패를 적절하게 사용할 줄 알았다. 제가 어느 부분에서 약한지조차, 영악한 여우는 너무 잘 알고 있었다. 제 지위도, 자존심도 모두 버릴 수밖에 없게 만드는 영악한 여우는 제가 두려워하는 것을 너무 잘 알고 있었다.

사람이 잘 드나들지 않는 복도에서 현서가 멈춰 섰다. 그러고는 혜린과 마주보고 섰다.

"네가 원하는 게 뭐야."

"기억나? 내가 미국에서 돌아왔을 때, 바짝 말라버린 네 얼굴을 보고 행복해 미쳐버릴 거 같았어. 넌 서도윤을 얻지 못했으니까. 천하의 김현서도 저렇게 될 수 있구나, 다 가져도 남자 하나 때문에 저렇게 망가질 수 있구나. 얼마나 기뻤는지 몰라."

"긴말 들어줄 정도로 내가 한가하지 않은 거 같은데?"

"떠나. 네가 했던 말, 그대로 돌려줄게. 서도윤 눈앞에서 사라져."

"이혜린, 잊은 모양인데 나 해성그룹 후계자야. 너한테 당하는 거 그때 한 번이면 족해."

"그래, 그렇게 나와야지."

혜린이 조소를 지으며 현서에게 한 발짝 다가갔다.

"네가 그랬지? 내가 이 자리에서 죽어나가도 신문기사 한 자락 안 내보낼 자신 있다고. 너는 나를 너무 얕잡아봤어."

혜린은 자신이 가지고 있는 봉투를 현서의 눈앞에서 흔들었다.

"네가 날 건드는 그 순간, 이 모든 건 언론사로 날아갈 거야. 그걸 바라는 거야? 너의 서도윤, 그 지고지순하고 고지식한 남자가 저걸 감당해내지 못할 텐데?"

"이혜린……."

"아, 화내지 마. 사랑도 받지 못했던 가련한 여자의 얼굴이 다시 보이려고 하잖아."

"이혜린!"

짝, 날카로운 소리가 허공을 갈랐다. 혜린이 빨개진 뺨을 한 손으로 쓸어내리며 혀끝으로 입술을 핥았다.

"그래, 이 정도는 예상했으니까. 3일 줄게. 어디든 다시 마주치지 않게 사라져. 난 너와 다르게 참을성이 많지 않으니까."

현서의 얼굴을 봐야 한단 생각밖에 하지 못했다. 변명이든 해명이든 해야 한다는 생각조차 하지 못한 채, 그저 아파하는 그 아이를 달래야 한다는 생각밖에 없었다. 단숨에 달려왔을 때, 한군데에 모여서 얘기를 나누는 사람들의 모습이 낯설기만 했다.

"김현서 씨는 어디 갔습니까?"

"사장님 약혼자가 와서 같이 나갔어요. 안 그래도 그 얘기 중이었는데……."

"어디로 갔습니까?"

"저쪽으로 간 거 같아요."

진숙이 울먹이며 도윤에게 이야기를 했다. 폭풍전야 같던 두 사람의 속삭임을 그 자리에서 온전히 들은 것은 진숙뿐이었기 때문이다.

다급하게 그곳으로 뛰어갔을 때 도윤은 제 귀를 의심해야만 했다. 자신이 모르는 대화들이 이어졌고, 여태껏 한 번도 보지 못한 혜린의 모습이 그곳에 있었다.

"부잣집 아가씨의 지고지순한 사랑이 얼마나 대단한지, 그럼 지켜볼게."

혜린이 환하게 웃으며 현서의 어깨를 다정하게 쓰다듬었다. 부모님 장례식에서도 의연함을 잃지 않던 현서의 몸이 바들바들 떨리고 있었다. 당장 그녀에게 달려가 그 여린 어깨를 감싸주고 싶었지만, 도윤은 다시 한 발짝 물러섰다. 그리고 현서를 뒤로한 채, 걸었다.

"나야"

—웬일이야, 서 사장이 직접 전화를 다 하시고?

준혁이 장난기 가득한 목소리로 대꾸했다.

"뭐 좀 알아봐줘야겠어."

—뭔데, 그렇게 분위기 잡고 그래?

아마 현서는 저곳에 제가 나타난다 해도, 그 어떠한 것도 얘기 안 할 것이 분명했다. 현서는 그런 아이였으니까. 그리고 그 원인엔 제가 있다는 것을 알고 있었다.

"혜린이가 미국으로 간 직후의 행적들 좀 조사해줘."

혜린이 순순히 미국으로 떠난 이유도, 그리고 다시 돌아온 시기와 현서가 떠난 시기가 모두 짜놓은 극본처럼 맞물려 있었다.

미련에 눈이 멀어, 원망에 눈이 멀어, 아무것도 보지 못했던 것이 서서히 드러나고 있었다.

머릿속이 멍했다. 그저 허탈한 웃음만 새어져 나올 뿐. 미련하고 멍청했다. 자신이 이렇게 아둔한 사람이었는지도 이제 알았다.

그땐, 그것이 최선이라고만 생각했었다. 정신적으로 너무 피폐해졌고, 놓아버릴 구실이 필요했는지도 모르겠다. 그를 위해서라곤 했지만 실상은 자신을 위해서일 수도 있었다. 그의 옆에 있는 것만으로도 힘에 겨웠고, 홀로 지새우는 그 밤들이 지독히도 고독하고 외로웠었다.

혜린에게 다시 연락이 왔을 때, 현서는 무언가 생각할 상황이 아니었다. 밤새 울고, 또 울고, 또 버텼다. 한기가 치닫는 그 어둠 속에서.

"오랜만이야."

저와는 다르게 웃음기를 가득 먹은 혜린이 죽도록 싫고 미웠었다. 모든 것을 가진 저를 혜린은 부러워했었지만, 실상 현서는 그녀가 부러웠다.

죽을 만큼 갖고 싶었고, 모든 것을 내던질 정도로 좋았던 그가 혜린을 사랑했으니까.

"그렇게 빼앗아갔으면 얼굴이 좋아야 하는 거 아닌가?"

비아냥거리는 그 입을 당장에 찢어버리고만 싶었다.

"다신 돌아오지 말라고 했을 텐데."

"그랬지. 근데 한 2년 그곳에 있으면서 생각하니까 참 억울하더라고."

혜린이 오랜만에 만난 친구에게 수다를 떨 듯 쾌활하게 이야기했다.

"난 다 잃었는데, 너는 한 가지도 잃은 게 없잖아."

"그런 쓸데없는 소리 하려고 지금 날 불러낸 건가."

"아니, 설마."

혜린이 입꼬리를 바짝 잡아 올리며 현서를 차갑게 바라봤다.

"이제부터 너도 좀 잃어보라고 부른 거야."

승리를 움켜쥔, 승리감에 도취된 그 표정, 아직도 생생하게 기억이 났다. 절대 잊을 수 없는 표정이었다. 살면서 누군가에게 부탁해본 것이 처음이었고 누군가에게 져본 적도 처음이었다. 그리고 누군가에게 빼앗겨본 것도 처음이었다.

제 모든 것을 다 걸고 사랑했던 그 남자를 결국 놓아버릴 수밖에 없었을 때, 비참함에 몸부림치고, 그러면서도 남자가 한 번쯤은 잡아주길 바랐던 그 가련한 제가 너무 불쌍했었다.

하지만 그는 예상대로 저를 순순히 보내주었고, 모든 것은 혜린이 원하는 대로 이루어져버렸다.

"현서 씨, 왜 혼자 와요?"

"무슨 소리예요?"

"방금 세영그룹 사장님 왔다가 현서 씨 찾으러 갔었는데……."

"언제요! 그 사람 언제 왔는데요!"

"어, 얼마 안 됐어요……."

순간 눈앞이 아득해졌다. 현서는 흘러내리는 머리를 한 손으로 쓸어 넘기며 답답한 숨을 토해냈다.

끝을 맺고 그에 대한 원망할 때조차 현서는 그 사람이 최소한 행복하길 바랐었다. 그 사람이 불행해지는 것은 죽어도 볼 수 없었으니까.

그러니까, 제발……. 그 사람은 모르길 바라고 또 바랐다.

쫓겨나듯 한국을 떠났을 때, 혜린은 복수하겠단 생각 하나밖에 없었다. 저를 이렇게 만든 김현서, 그리고 제 자리를 빼앗은 김현서에게 꼭 복수하리라 마음먹었다. 그리고 어두운 방구석에 앉아서 무뎌지는 제 마음을 날카롭게 다듬을 때마다 현서를 떠올리며 다시 한 번 다짐을 하곤 했었다.

그리고 행운의 여신은 결국 제 편이 되었다. 유학생들과 친해질 무렵, 혜린은 꽤 이득이 되는 소문을 들었다.

"그거 알아? 세영그룹 회장이 미국에 세컨을 숨겨놨다는 소문이 파다하더라. 몇 번이나 드나드는 걸 봤다고."

"무슨 소리야? 자세히 좀 해봐."

"왜, 교포들 사이에 꽤 유명한 소문이었는데……."

커다란 비밀을 말하듯 친구들이 가십거리를 떠들 때, 온몸에서 희열이 솟구쳤다.

영원한 비밀이란 있을 수가 없었다. 한 사람의 입과 눈으로 전해진 소문들은 끊임없이 퍼지고 퍼지기 마련이었다. 비록 기사를 막을 수 있을진 몰라도, 끝없이 떠도는 소문까지 막을 수는 없었다.

그리고 자신은 그것을 알아내기 위해 가진 돈을 모조리 쏟아부었다. 한 가닥, 아주 작은 실낱같은 줄이라도 좋았다.

가져본 적 없는 사람이 제 것을 하나라도 만들었을 때, 그것을 지키기 위해선 목숨을 내놓아도 좋을 정도로 더 독하게 지켜내는 법이었다.

너무 가진 것이 많은 현서가 지키는 법을 모르는 것처럼, 저는 지키는 법을 너무도 잘 알았다.

*

도윤은 지혁과 마주보고 앉았다. 말쑥한 정장 차림으로 나온 지혁의 모습은 여태까지 개구진 모습과는 사뭇 달랐다.

"네가 경영을 배울 줄은 생각도 못했다."

"나도 내가 이렇게 넥타이 매고 출근할 줄 생각도 못했어."

지혁이 다소 냉담하게 대꾸했다. 우리는 친구인 적도 없었지만 그렇다고 적인 적도 없었다. 유년생활을 함께한 형, 동생이었지만, 딱히 친형제처럼 지낸 적도 없었다. 지금에 와서 서먹서먹하지 않을 이유도, 살갑게 굴 이유도 없었다.

"갑자기 무슨 일이야?"

사실 이곳에 오면서 지혁은 어느 정도 감을 잡고 있었다. 하지만 도윤이 원하는 대답은 자신이 해줄 일이 아니었다. 그 시간들을 속죄하려면 본인 스스로 찾아야 할 답이었다.

그리고 더 이상 도윤이 현서와 얽히는 것을 원치 않았다.

"혜린이하고 현서 둘이 한 거래, 너는 알지?"

"내가 말할 거라고 생각하고 여기 온 건 아니겠지?"

도윤은 제게 적개심이 많은 지혁인 순순히 이야기할 것이라 생각하지 않았다. 하지만 가진 정보가 너무 부족했다. 아무것도 없는 상태에서 무언가를 찾는 것은 맨땅에 헤딩하는 것과 같았다. 뭐든 작은 정보라도 더 필요했다.

"말해줘. 난 알아야겠어."

"현서 일을 형이 왜 신경 쓰는 건데. 정말 갑자기 사랑이라도 생긴 거야? 아님 빼앗긴 것에 대한 어쭙잖은 소유욕?"

"나 지금 너하고 감정싸움 할 시간 없어. 아는 거 다 말해줘. 부탁이다."

도윤은 피곤한 듯 얼굴을 커다란 손으로 쓰다듬었다. 지혁은 코웃음 치듯 냉정하게 도윤을 바라봤다.

"나 현서랑 약혼할 거야. 그러니까 더 이상 현서한테 신경 쓰지 마."

"나와 관련된 일이야."

"그땐 그랬을지 몰라도, 지금은 아니야."

"지혁아……."

애원 섞인 그 목소리가 참 듣기 싫었다. 애원하듯 자신을 바라보는 그 지친 눈빛이 참 보기 싫었다. 꼭 자신이 나쁜 사람이 된 것 같았다. 아니, 나쁜 사람이 된다 해도 도윤과 현서를 엮이게 하고 싶지 않았다.

모든 것이 알려지면 변할 상황들이 너무 뻔하게 보여서.

서도윤은 제가 가졌던 그 끈을 놓았고, 그 끈은 자신이 억지로 붙잡고 있었다. 그런데 그 끈을 제 스스로 내어줄 이유, 전혀 없었다.

"그때 알아보지 그랬어. 이미 떠난 마음, 이미 떠난 시간, 이제 와서 찾으려는 이유가 뭔데."

"지금이라도 알아야겠어. 결국 또 나 때문이라면……."

"그때 알아봤어야지! 하나도 이상한 게 없었어? 김현서가 어떤 앤지 나보다 더 긴 세월을 봐놓고서도 몰랐다고? 웃기지 마! 형은 그저 알고 싶지 않았던 거겠지!"

지혁은 원망 섞인 눈으로 도윤을 바라보며 자리에서 일어났다.

"그래, 네 말이 맞아. 그래서 지금이라도 알아야겠어. 부탁할게, 아는 거 있으면 얘기해줘."

도윤이 애처롭게 부탁했지만, 지혁의 생각은 변함이 없었다.

"그렇게 알고 싶으면 직접 알아봐."

도윤은 지혁이 떠나간 빈자리를 무연히 바라볼 수밖에 없었다. 결국 그가 한 말이 모두 맞았다. 그 당시 원망으로 가득 찬 제 마음 하나 때문에 주위를 둘러보지 않았었다.

아주 조금만, 평소처럼 냉정하고 주위를 바라봤더라면 모든 것은 바뀔 수 있는 것들이었다. 결국 자신의 과오였고 자신의 실수였다.

하지만 늦었다고 해서 덮어둘 것들이 아니었다. 아직도 그 시간 속에 살고 있는 현서가 아직도 곪을 대로 곪은 가슴을 안고 있었다.

"내가 알아봐달라고 한 거 어떻게 됐어."

도윤은 제 품 안에서 휴대폰을 꺼내어 누군가에게 전화를 걸었다. 더 이상 기다릴 수가 없었다. 일분일초가 아깝고 괴로웠다. 작은 단서라도 그에겐 절실했다.

멈춘 시간이 움직일 때가 되었다. 어떻게 되든, 설사 그 화가 저한테 던져져도 상관없었다.

이미 아무도 없는 빈 사무실에 도윤은 홀로 앉아 창밖을 내다봤다. 아직도 야근하는 회사의 불빛이 미처 다 꺼지지도 않은 시간이었지만, 그의 사무실은 죽은 듯 고요했다.

똑똑, 미처 문 여는 소리를 듣지 못한 채, 도윤이 자신의 의자를 돌려 앉았다.

"처량 맞게 뭐하고 있는 거야."

준혁이 찌푸려진 이마를 손가락으로 누르며 말했다.

"감정적이네. 안 어울리게."

"내가 부탁한 건."

준혁은 노란 서류봉투를 흔들며 빙긋이 웃었다. 도윤이 그것을 받으려 일어나는 순간 준혁이 서류를 뒤로 뺐다.

"봐야겠냐?"

"무슨 소리야?"

"그냥……. 안 보는 게 낫지 않을까 싶어서."

준혁의 말에도 망설임 없이 도윤은 봉투를 열었다. 준혁은 나직이 한숨을 쉬며 두 손을 봉투에서 뗐다.

가끔은, 아주 가끔은 모르는 것이 도움이 될 수도 있었다. 하지만 도윤은 아는 것을 선택했고, 준혁은 친구로서의 의무는 다한 것이다.

하얀 종이를 읽으며 내려갈 때마다 도윤의 눈동자가 천천히 흔들려왔다. 그리고 마지막 페이지까지 내려갈 때, 눈가 가득 고인 눈물이 참 안쓰럽게 느껴졌다.

"이게…… 다 사실이야?"

"그래."

"혜린이가 이 사실을 다 알고 있다는 거고?"

"맞아. 너희 아버지가 꽤 꽁꽁 숨겨뒀더군. 다행히 유학시절 이혜린의 친구들과 아는 사이여서 찾기가 쉬웠지만."

"어떻게……. 어떻게……. 이런……."

"좀 더 나은 결과이길 바랐지만, 아쉽게도 아니네."

도윤이 자리에서 일어나 제 책상으로 비척거리며 걸어갔다. 준혁은 이마를 손가락으로 긁으며 난감한 표정을 지었다.

언제든 어떻게든 밝혀질 일이었다. 하지만 그 사실을 알았을 때의 충격보다 그 사실을 가지고 한때 제가 사랑했던 여자가 술수를 부렸다는 것 자체가 더 받아들이기 힘들 것이다.

도윤은 가슴속에 불어오는 격통에 책상 모서리를 두 손으로 꽉 쥐며 눈을 감았다.

"어떻게 할 거냐."

"……."

"술이라도 같이 마셔줄까?"

"혼자 있게 해줘……."

"그래. 네 탓 아니니까 너무 자책하진 말고."

준혁은 순순히 자리에서 일어나 문 쪽으로 걸어갔다.

"그런데 말이야. 김현서는 너를 어지간히 사랑한 모양이다. 난 그저 부잣집 공주님이 제 것을 빼앗기기 싫었던 마음이었는지 알았는데……. 이만 간다."

문이 조용히 닫히고 도윤이 의자에 털썩 주저앉았다. 머릿속에 커다란 혼란이 찾아왔다. 아니, 숨을 쉴 수 없을 정도로 가슴이 아려왔다.

그리고 이 죄스러운 마음을 감당하기엔 그는 너무 지쳐있었다. 커다란 손으로 얼굴을 감싸며 도윤이 눈을 감았다.

반짝이는 그 물방울이 마치 그의 마음 같았다. 죄를 지은 것은 비단 현서에게만은 아니었다.

지혁이 다급하게 저를 찾아왔을 때, 현서는 의아한 마음을 감추지 못했다. 마지막으로 매장을 정리하고 제 물건들을 정리하고 끝냈을 즈음이었다.

"현서 씨, 수고했어요."

"그동안 감사했습니다."

"그, 그리고…… 미안했어요."

"저도요."

현서가 손을 내밀자, 매니저가 쑥스러운 듯 현서의 손을 잡았다. 얻고자 했던 것을 비록 얻진 못했지만, 이것조차 나름의 경험이라고 생각했다. 저를 괴롭히기 위해 선동했던 매니저가 눈물까지 내보이는 것을 보자, 그저 웃음이 나왔다. 미운 정이라도 나름의 정이 든 모양이었다.

"김현서."

"어쩐……."

제가 말을 다 잇기도 전에 지혁이 그녀를 와락 끌어안았다. 순식간에 이목이 집중되고 매니저와 직원들이 얼굴을 붉히며 다른 곳을 바라봤지만 지혁은 꽉 끌어안은 팔을 풀지 않을 모양이었다.

현서가 나직하게 숨을 베어 물었다.

"무슨 일이야."

"그냥……."

"우선 놓고 나가서 말하자."

그제야 주위를 살핀 듯한 지혁이 얼른 그녀를 품에서 놓았다.

"아, 미안."

"그럼 전 이만 가보겠습니다."

현서가 담담하게 매장 직원들하고 인사를 하고 몇 개 되지 않는 제 물건을 챙겨들고 나왔다.

"내가 들게."

"됐어."

현서가 그를 만류했지만, 어느새 가방은 지혁의 손에 들려 있었다. 한참을 무언가 생각하듯 지혁은 말이 없었다. 다급하게 뛰어왔을 때, 불안한 듯 저를 찾아왔을 때, 무언가 있음을 직감했다.

아마 그것은 서도윤이겠지.

언제나 자신만만한 아이였다. 재벌가 막내아들로 태어나 귀여움이란 귀여움은 다 받고 자란 아이였다. 그런 그가 왜 저에게 이렇게 집착하고 맹목적인 사랑을 주는지 현서는 이해하지 못한다. 아니, 어쩌면 조금은 알지도 모르겠다.

저가 도윤에게 그러듯, 지혁 역시 다르지 않으리라.

"말해."

"뭘?"

"모르는 척하지 말고. 너 뭐 있어서 온 거잖아."

지혁이 핸들을 잡으며 밖을 바라봤다.

"우리 약혼 얼른 하자. 아버지가 할 거면 하루라도 빨리 했으면 하시더라."

"지혁아."

"아니, 그냥 약혼하지 말고 바로 결혼식 올릴까? 할아버지 연세도 있으신데 빨리 결혼하는 모습 보여드려야 할 거 아니야."

"차지혁……."

"아님 그냥 같이 살까? 손주 안겨드리면 더 좋아하실 거 아니야. 내가 집은……."

"차지혁!"

애써 말을 돌리는 지혁을 바라보며 결국 현서가 화를 내고 말았다. 차분하게 움직이던 차가 요란한 소리를 내며 멈춰 섰다.

"미안한데, 오늘은 혼자 가라."

"뭐?"

"나 회사에 일이 남아 있는 걸 깜빡했어. 그러니까…… 먼저 가."

"왜 그러는 거야. 도대체……."

"지금 아니면 못할 거 같아서 그래. 후회할 거 같아서."

눈을 마주치지 않는 지혁이 불안했지만 현서는 입술을 달싹거리다 이내 다물었다. 지혁의 불안함이 자신에게까지 고스란히 전해지는 것만 같았다.

무엇이 그를 이토록 불안하게 만든 것일까. 차마…… 서도윤이란 그 세 글자를 제 입으로 꺼내지 못한 것은 자신을 위한 것인지 아니면 지혁을 위한 것인지 알지 못하겠다.

현서는 가만히 멀어지는 지혁의 차를 바라봤다.

그리고 제 집 앞에 서 있는 도윤을 봤을 때, 눈물 섞인 눈으로 자신을 바라보는 그를 봤을 때, 그 뜻을 비로소 이해할 수 있었다.

"왜…… 그랬니……?"

"뭘요."

"왜 그랬어! 왜! 왜!"

호소하듯 말하는 도윤의 그 마음이 제게로 전해지는 것만 같았다. 현서는 흔들리는 눈동자로 그를 바라보다 이내 고개를 떨궜다.

결국 진실을 알지 않기를 바랐던 그 한 명이 모든 것을 알아버리고 만 것이다.

"그게 오빠를 지키는 길인 줄 알았으니까."

도윤의 뺨 위로 흐르는 그 눈물이 가슴속에 조심스럽게 스며들었다.

13

제 어머니는 단 한 번도 저를 안아준 적이 없었다. 항상 원망 섞인 눈으로 바라봤으며, 저를 지독히도 싫어했다.

"엄마!"

달려가 안기는 그 작은 녀석에게도 가차 없이 손찌검을 하던 여자였다.

"더럽게 어딜 만지는 거야!"

히스테릭한 어머니의 목소리와 표정에 지레 놀라 울음을 터트리면 달래주는 것은 제 새어머니인 이 비서의 몫이었다.

"내 눈앞에 안 보이게 하란 얘기 못 들었어?"

"죄송합니다. 사모님."

저의 상처를 살피면서도 연신 어머니께 죄송하다고 이야기하는 이 비서, 그리고 저를 사랑하지 않는 어머니 사이에서 아이는 피폐해질 수밖에 없었다.

원래부터 어미의 정이란 받아본 적이 없었다. 어미의 정이 어떤 것인지, 어미의 품이 어떤 것인지, 한 번도 느껴보지 못했으니 그런 것을 모르는 것이 당연했다.

어머니는 저와 함께 밥 한 번 먹지 않았으며, 따스하게 바라봐준 적도 없었다. 자신을 죽일 듯이 미워했고, 죽일 듯이 싫어했다.

나중에 들은 이야기로는 극심한 산후우울증 때문이라고 했다.

"저……, 엄마……."

겁을 먹어 멀찌감치 떨어져 말하는 제게 매정하게 뺨을 때리던 여자가 제 어머니였다.

"누가 네 엄마야? 누가 네 엄마냐고!"

여자는 제가 보일 때마다 극도로 흥분했고, 극도로 화를 냈다. 고용인들은 미쳐 날뛰는 여자를 안정시키기 위해 저를 방 밖으로 나오지도 못하게 했다.

"도련님, 절대 나가시면 안 돼요. 오늘은 유난히 사모님 심기가 불편하세요."

"알았어."

그때마다 침대에서 누워서 천장만 바라보는 하루가 대부분의 시간이었다. 넓은 집에서 마주치는 일도 드물었지만, 어미의 정이 그리워 혹시라도 먼발치에서 보다 들키는 날엔 가차 없는 매질이 돌아왔다.

제가 10살이 되었던 해였다. 한밤중 어머니가 저를 찾아왔었다. 항상 술에 취해 있든지 화를 냈든지 했던 어머니가 처음으로 제 방에 찾아온 것이었다.

"누나……?"

졸린 눈을 비비며 방문인이 이 비서인 줄 알았던 도윤은 놀랄 수밖에 없었다. 하지만 제 어머니의 눈에 그득한 원망과 독기에 지레 놀랐던 기억이 아직도 선연했다.

"난 네가 너무 싫었어. 지금도 싫어. 너도 내가 싫지?"

"아니에요. 전 어머니가 싫지 않아요."

"근데 어쩌니? 나는 네가 죽이고 싶을 만큼 싫은데."

"……."

"그리고 이런 나도 참 싫네. 잘 지내."

그것이 어머니의 마지막이었다. 그날 밤 어머니는 욕실에서 스스로 목숨을 끊었다. 친가와 외가가 조용히 서로의 가문에 누가 되지 않기 위해 교통사고로 위장을 했지만, 차마 쉬쉬하던 소문까지 막을 수는 없었다.

이상하게도 어머니의 장례식 때 눈물이 나지 않았다.

'잘 지내.'

그 한마디를 건네던 어머니의 모습은 참으로 편안해 보였기 때문이었다. 그러면서도 문득 왜 자신을 그토록 미워하고 증오했는지 어머니를 이해할 수가 없었다.

자그마한 모성애라도 있었다면 자신을 그렇게 미워할 순 없었기 때문이었다.

"언제부터 알았어?"

"……이혜린이 서울로 날 만나러 왔었어."

"……."

"그때부터야."

"그때 나한테 말을 했어야지! 최소한 나를 위한다면 말이라도 해줬어야지!"

도윤이 한숨 섞인 원망으로 울부짖듯 얘기했다.

"왜! 왜! 나를 이렇게 끝까지 나쁜 놈을 만들어! 왜!"

"미안."

현서가 무연히 도윤을 올려다봤다. 그리고 그의 뺨 위에 흐르는 그 눈물을 한 손으로 닦아주었다.

"오빠가 어떤 사람인 줄 아니까."

엄마라는 존재가 도윤에게 어떤 상처인 줄 아니까, 더 말할 수가 없었다. 그가 무너지는 것을 옆에서 보는 자신은 견딜 수가 없을 거 같아서. 저 때문에 제 어머닌 줄 알았던 사람은 죽는 것보다 더 힘든 삶을 살고 있었고, 제 어머니라고 알고 있던 사람은 저 때문에 스스로 생을 마감했다.

오로지 제 존재 하나 때문에. 그것을 견딜 만큼 도윤은 모질지 못한 사람이었다.

"오빠가…… 얼마나 힘들어할지 아니까."

"하아……."

"그래서 말 못했어. 미안해."

이토록 이 남자가 가련해 보인 적이 없었다. 어머니 제사에

참석하지 못할 때도, 외가에서 괄시를 받을 때도, 이 남자가 단 한 번도 가련해 보인 적이 없었다. 하지만 오늘따라 유난히 저를 감싸줬던 넓은 어깨가 유난히도 안타까워 보였다.

현서는 그의 어깨를 감싸 제 품으로 끌어당겼다. 힘없이 다가오는 그의 모습이 가슴속에 가시처럼 박혀들었다.

"미안하다……."

"오빠가 왜."

"미안해……. 네가 그런 결정할 수밖에 없게 만들어서……."

"……."

"미안해."

도윤이 현서의 품에서 제 몸을 떼어냈다. 흔들리는 눈으로 현서가 그를 바라봤지만, 도윤은 다른 이야기를 하지 않았다.

"오빠……?"

"이만 가볼게."

"다시…… 올 거야?"

현서의 물음에 도윤은 희미하게 웃었다. 그리고는 아무 말 없이 그녀에게 등을 내보였다. 가지 말라고 붙잡고 싶었지만, 차마 그럴 수가 없었다. 아니, 제 스스로 정리가 끝나면 제 앞에 나타날 것이라고 그렇게 믿고 싶었다.

서로에 대한 확답도 없이, 그를 감히 붙잡을 수가 없었다. 오히려 제 존재가 짐이 될지도 모르니까.

쓸쓸하게 차에 올라타 떠나는 모습을 현서는 멍하니 바라볼 수밖에 없었다.

그리고 그날 도윤은 사라졌다.

혜린은 불 꺼진 거실에 홀로 앉아 있었다. 저와 도윤의 사진이 실린 신문을 바라보며 허탈하게 웃었다.

결국 제가 이길 것이다. 김현서는 절대로 서도윤을 버리지 못한다. 아니, 그것이 설사 미련이라 하더라도 서도윤이 나락으로 떨어지는 것을 절대 보지 못한다.

제 남자가 일을 얼마나 사랑하는지 알고 있으니까.

다 가진 김현서를 이겼고, 서도윤을 차지할 수 있는데, 이상하게도 기쁘지 않았다. 글라스에 가득 담긴 독한 위스키를 마시면서 망연하게 앉아 있었다.

띠띠띠띠, 갑작스럽게 들리는 번호키 소리에 혜린의 얼굴이 순간 상기되었다. 서도윤이, 다시는 돌아오지 않을 것 같았던 서도윤이 자신에게로 돌아온 것이다.

"도윤 씨? 도윤 씨!"

혜린은 달려가듯 문 앞으로 갔다. 도윤의 야위어버린 얼굴이 제 눈에는 들어오지 않았다.

다시 도윤이 돌아왔다는 그 희열감에 불타올라, 차마 도윤의 굳어진 낯빛을 보지 못했다.

"이혜린……."

"도윤 씨, 돌아왔구나. 도윤 씨가 너무 그리웠어……."

자신을 끌어안으려는 혜린을 도윤이 거칠게 밀쳤다. 혜린이 차가운 손길에 놀라 도윤을 바라보자, 담담하게 그녀를 내려다봤다.

"그동안 아주 재밌는 일을 벌였더군."

"도윤 씨, 무슨 소리야?"

"내 이름 부르지 마! 소름 끼치니까!"

"도윤 씨……."

도윤은 제가 가지고 있는 사진을 혜린의 눈앞에 뿌렸다.

"그동안 네가 어떤 짓을 벌였는지 이제야 알겠더군. 내 어머니를 가지고 현서에게 협박한다고 그 사실이 안 밝혀질 줄 알았어?"

"잊었어? 김현서는 내 꿈을 짓밟았어! 그런 김현서가 내게서 모든 것을 빼앗아갔는데! 난 고작 당신 하나 찾아오겠다고 한 게 그렇게 잘못된 거야?"

혜린의 그 모습에서 진저리가 쳐졌다. 모든 것을 현서의 탓으로 떠넘기고 현서에게 빼앗겼다고만 생각하고 있었다.

"내가 뭘 잘못했어! 난 당신을 찾아오기 위해서 벌였던 거야! 그게 뭐가 나쁜데! 빼앗긴 당신 찾아오겠다는 내 생각이 잘못된 거야?"

도윤이 나직하게 한숨을 뱉으며 자신의 옷을 잡고 매달리는 혜린의 손을 냉정하게 뿌리쳤다.

"다시는…… 내 눈앞에 나타나지 마."

"도윤 씨, 이거 세상에 공개해도 괜찮아? 나한테 이래도 괜찮은 거냐고! 당신 지켜야 할 거 많잖아. 그러니까……."

문고리를 잡던 도윤의 발걸음이 멈췄다. 뒤에서 울면서 악다구니를 써대는 혜린을 보고도 그 어떤 감정도 들지 않았다.

"네 멋대로 해."

쾅, 날카롭게 닫힌 문을 보며 혜린이 비명 같은 울분을 쏟아냈다. 다 자신의 것이었다. 도윤도, 도윤의 옆자리도. 모두 자신의 것이었다.

"도윤 씨! 도윤 씨!"

애절하게 그를 다시 불렀지만, 그는 결국 혜린을 떠나갔다.

"김현서……. 내가 말했지? 내가 가질 수 없다면 너도 못 갖는다고."

혜린은 손톱을 깨물며 독기를 품듯 그가 사라진 곳을 바라봤다. 구슬프게 울리는 그 소리가 처량하기 그지없었다.

도윤은 그 길로 한참을 차를 타고 달렸던 거 같다. 새벽녘 어둠을 뚫고 달리고 또 달렸던 거 같다. 그의 차가 멈춰 섰을 땐, 이미 어두워진 후였다.

단 한 번도 찾아올 수 없었던 곳이었다. 외가에서 위치를 알려주지도 않았을 뿐더러, 커서 알았다고 해도 감히 찾아올 엄두를 내지 못했던 곳이었다.

저벅저벅, 고요한 빈 공간에 발자국 소리가 슬픔처럼 울려 퍼졌다. 그리고 처음이자 마지막으로 찾아오는 그곳에 멈춰 섰다.

사진 속 여자는 제가 기억하던 그 모습과 사뭇 달랐다. 활짝

웃고 있었고, 제가 보았던 그 어느 때보다 젊고 아름다웠다.

제가 기억하던 어머니의 모습은 뼈만 앙상하던 여자였었다. 도윤은 말없이 그 앞에 서서 한참을 가만히 있었다.

감히 제가, 그녀에게 어떤 말을 할 수 있을까. 제가 태어남으로써 여자의 인생이 완벽하게 뒤바뀌어버렸다.

"미안합니다……."

한참 만에 내뱉는 목소리는 모래알이 굴러다니듯 꺼끌거렸다.

"그리고 원망할 자격도 없는 제가 당신을 미워하고 원망해서 미안했습니다……."

사생아인 자신을 자식으로 받아들이고, 보고 싶지 않은 남편의 외도를 인정해야만 했고, 그리고 저를 매일같이 봐야 한다는 그 고통을 죽을 때까지 겪은 여자였다.

제 존재와 함께 숨 쉬며 살면서 끔찍하고 저가 증오스러웠으리라.

도윤은 나직하게 한숨을 뱉었다.

여자는 제가 어머니라고 부르는 것을 죽을 만큼 싫어했다. 제가 자신의 눈에 보이는 것조차 증오스러워했다.

그런 여자의 마음을 이제는 이해할 수가 있었다.

"당신을 정말 미워하고 원망했는데……."

도윤은 고개를 떨어뜨리며 한숨과 같은 한탄을 뱉어냈다.

"……미안합니다……."

마지막으로 자신을 바라보며 머리를 어색하게 쓰다듬어주

던 여자의 모습이 순간적으로 떠올랐다. 그 마지막 손길이 너무도 따스해서 차마 제대로 된 원망도 할 수 없었다. 그 손길은 자신을 원망하지만 자신을 미워하지는 않았던 듯했다.

한참을 멍하니 그 자리에 서 있다가 나온 거 같다. 새벽녘 공기를 마시며 도윤은 비척비척 다시 차에 올랐다.

모든 것이 불안해졌다. 어젯밤 그렇게 사라진 도윤도, 그리고 혜린도. 현서는 밤새 한숨도 자지 못했다. 그렇게 보낸 도윤이 마음에 걸려서였다.

그리고 신문을 봤을 때, 자신의 그 불안감의 정체를 알 수 있었다.

—세영그룹 후계자 사생아? 최악의 스캔들.

—김태진 국회의원 딸, 세영그룹 사생아 때문에 자살.

현서는 차마 신문기사를 제대로 읽을 수가 없었다. 바들바들 떨리는 손으로 텔레비전을 켰을 땐, 이미 여기저기서 보도가 나온 뒤였다.

"어떻게……. 저런……."

머릿속이 아득해졌다.

—세영그룹 서도윤 사장이 사생아라는 설이 떠도는데요. 덕분에 후계 구도가 변할 가능성이 있다는 추측하에 주식 상황이 급격하게 변동되고 있습니다. 맞습니까?

—네, 서도윤 사장 때문에 김태진 의원의 딸이 자살했다는 소문까지 맞물려 있는 상황이라 상황이 좋지 않습니다.

—지금 여론이 서도윤 사장에 대한 비난이 들끓으면서 그에 반해 동정론도 나오고 있는데요. 이 모든 게 서도윤 사장의 잘못은 아니기 때문입니다. 또 한편…….

현서는 다급하게 김 회장의 방으로 뛰어 내려갔다. 지금 도윤을 도와줄 사람은 아무도 없었다. 매스컴에서 저 정도 떠들어대는 것이라면 이미 서 회장이 손을 놨다는 말이었다. 결국 도윤은 버리는 패가 된 것이다.

현서는 노크도 없이 김 회장의 방문을 열었다. 안 실장과 이야기 중이던 김 회장이 갑작스러운 소란에 현서 쪽을 바라봤다.

"현서야, 갑자기 무슨 일이냐."

안 실장이 당황한 듯 물었다. 하지만 지금 현서의 눈에 안 실장이 보일 리 없었다. 지금 도윤을 도와줄 사람은 김 회장밖에 없었으니까.

지금 상태라면 도윤에겐 자리를 물러나는 방법밖에 없었다. 자연스럽게 그의 자리를 호시탐탐 노리던 친척들이 사생아와 도덕적인 잣대를 들이밀며 그를 물고 뜯을 게 분명했다. 서 회장은 그것을 지켜주기엔 지켜야 할 것이 너무 많았다.

"도와주세요……. 도윤 오빠……. 도와주세요. 할아버지가 도와주시면……."

"그건 안 돼."

"할아버지……. 제발요……."

"미안하지만, 이번 일은 도와줄 수 없구나."

현서의 애원 섞인 말에도 김 회장은 단호했다.

"우리도 도윤이를 도와주고 싶지만, 현재로선 힘들다. 현서야……. 안일하게 굴지 마. 우리가 나선다 해도 저 상황이 회복될 수가 없어."

현서가 숨을 크게 몰아내 쉬었다.

"알겠어요. 죄송합니다."

현서는 이를 악물며 자리에서 물러났다. 안 실장의 말이 맞았다. 저가 할 수 있는 일은 현재 아무것도 없었다. 그저 마구잡이로 생성되는 루머와 비난이 들끓는 그 여론이 잠재워지길 기다리는 수밖에는.

세영그룹 마케팅실은 현재 마비 상태였다. 계속되는 전화로 인해 업무가 불가능할 정도였다.

"이게 무슨 짓들이야!"

서 회장이 신문을 이 실장에게 집어던지며 화를 참지 못했다.

"그 계집애 하나 때문에 회사를 이 지경으로 만들어! 당장 반박 기사 내!"

"죄송합니다."

"회장님, 현재 사장님과 연락이 되질 않습니다."

"이 자식은 어디서 뭘 하고 있는 거야!"

서 회장이 지끈거리는 머리를 한 손으로 짚었다. 제게 반감을 가지고 있던 사촌들이 혜린과 결탁해 일을 벌인 거 같았다.

하찮은 여우 새낀 줄 알았더니 그것이 발톱을 숨기고 있을 줄이야.

서 회장의 눈에서 불꽃이 튀었다.

"그 계집애도 당장 잡아와."

하지만 기사는 개미지옥처럼 반박 기사를 낼수록 좀 더 디테일한 증거들이 날아왔다. 서 회장과 여자가 함께 찍은 사진이며 도윤의 얼굴과 여자의 사진 비교부터 시작해서 인터넷에 하나둘씩 증거가 퍼지기 시작했다.

후계 구도에 변동이 있는 것처럼 뜬소문이 나돌아 다니고 주가가 요동쳤다. 결국 혜린이 원하는 대로 모든 것이 되고 만 것이었다.

도윤은 한국의 소란들을 듣지 못한 채, 샌프란시스코 외곽의 조용한 마을을 찾았다. 참 한적하고 조용한 동네였다. 마을 사람이 몇 되지 않는 것처럼.

그리고 준혁이 건네준 종이를 바라보며 한 집 앞에 멈춰 섰다. 작은 오두막 느낌의 집이었다. 조용한 이 마을에 잘 녹아내린 그런 집 같았다.

도윤은 그곳 앞에서 서성이며 초인종을 누를까 말까 몇 번을 망설였었다.

"Who is it?"

"저……."

"혹시 한국분이신가요?"

낯선 여자가 그를 보며 물었다. 자신이 사진 속으로 봤던 그 여자는 아니었다.

"네. 이서영 씨를 찾아왔는데요."

여자가 그의 얼굴을 가만히 바라보더니 고개를 가볍게 끄덕였다.

"따라오세요."

도윤은 여자를 따라 집 안으로 들어갔다. 집 안은 생각보다 더 좁았고 아늑했다. 그리고 사람의 온정이 묻어나듯 따스했다. 여자는 장을 보고 온 듯 품에 안은 봉투를 식탁 위로 내려놨다.

"서 회장님이 안 그래도 오실 거라고 하더니 정말 오셨네요?"

"아버지가 연락을 했습니까?"

"네, 불과 두 시간쯤 전이에요."

여자는 겉옷을 벗어 식탁의자에 걸쳐놓고는 도윤에게로 다가왔다.

"어떤 상황이든 놀라지 마세요."

"그게 무슨 소립니까."

"보시면 알게 될 거예요."

그러고는 여자는 방으로 들어갔다. 도윤은 여자의 말뜻을 곧 알 수 있었다. 휠체어를 타고 서서히 모습을 드러내는 여자는 자신이 사진의 봤던 그 모습이 아니었다.

"사모님, 아드님이 오셨어요. 알아보시겠어요?"

"언니, 나 배고파!"

"사모님, 아드님이 오셨어요."

"나 배고프다고! 밥 줘!"

"이 상태예요."

여자가 고개를 절레절레 흔들었다. 도윤은 여자의 모습을 찬찬히 훑었다.

처음으로 보는 제 친어미의 모습은 제가 상상했던 모습과는 많이 달랐다. 처음 만나면 원망을 쏟아내려고 했다. 왜 그렇게 살았냐며, 왜 나를 낳았냐며, 왜 그 여자에게 상처를 주었냐며, 원망을 쏟아내려 했었다.

하지만 그 모습은 너무도 처참했다. 도윤은 비척비척 제 어머니에게로 한 발짝 한 발짝 다가갔다. 도윤이 가까이에 다가가자 어머니가 경계를 하듯 몸을 여자에게로 몸을 바짝 붙였다.

도윤은 말없이 어머니의 앞에 한쪽 무릎을 꿇고 앉았다. 사진과는 다르게 마른 삭정이처럼 말라버린 팔, 그리고 눈에 띄게 홀쭉한 얼굴과 늙어버린 얼굴이, 세월의 흐름을 직감하게 했다.

그의 어머니가 그에게 호기심을 갖듯 멍하니 그를 바라봤다.

"아저씬 누구예요?"

"사모님, 아드님이에요."

"아저씨, 우리 정수 씨는 언제 와요?"

꾸밈없는 목소리로 제 아버지의 이름을 부르는 어머니를 보며 도윤이 주먹을 꽉 쥐었다.

"왜……. 왜 그러셨어요……."

"아저씨, 울어요?"

"왜……. 그렇게 남을 힘들게 했으면! 최소한 잘 살기라도 하지……. 이게 뭐예요!"

울음 섞인 울부짖음에 그의 어머니가 놀란 듯 그를 바라봤다.

"나, 들어갈래! 들어갈래!"

그의 어머니가 발작을 하듯 놀라며 여자의 손을 잡았다.

"당신과 이혜린이 다른 게 뭡니까! 왜 그렇게 사셨어요! 도대체 왜!"

"나 들어갈 거야! 들어갈 거야! 아아아악!"

"사모님, 괜찮아요. 괜찮아요. 그만하세요!"

여자가 휠체어 앞에 있는 그를 밀치듯 만류했다. 그의 어머니는 발작 같은 비명을 질러댔지만 도윤은 그 앞에서 움직이질 않았다. 한참을 그곳에 앉아 제 원망 같은 울음을 쏟아냈던 거 같다.

극적인 모자 상봉을 기대한 적은 없었다. 어떤 모습이든 미워하겠다고 마음먹었다. 하지만, 그 모습이 너무도 처참하고 안타까워 도저히 그럴 수가 없었다.

한참을 그 자리에서 울었던 거 같다. 누구 앞에서도 그렇게 운 적이 없었는데, 한참을 아이처럼 울었다.

"다시는 찾지 않을 겁니다……. 이게 마지막이에요……. 그 누구도 원망하지 마세요. 죗값 받으신 겁니다."

도윤은 발작하는 제 어머니를 잠시 일별한 후 자리에서 일어났다. 여자가 발작하는 그의 어머니를 끌어안고 말리는 사이, 그리고 그곳을 도망치듯 빠져나왔다. 그러고는 문 앞에 미끄러지듯 주저앉아 말간 하늘을 바라봤다.

입가에 헛웃음이 스며들었다. 아무것도 기억하지 못하면서, 다 잊었으면서, 자신도 알아보지도 못하는 그의 어머니는 제 아버지를 아직도 기다리고 있었다.

가련하고 미련한 사람이었다. 마치 누구처럼. 결국 제 어머니도 피해자였는지도 모르겠다. 도윤은 한참을 그곳에 있다가 자리에서 일어났다.

제 앞에 도윤이 나타났을 때, 현서는 모든 것이 허상인 줄 알았다. 고작 며칠 만에 꽤나 수척해진 모습으로 제 앞에 나타난 도윤의 모습이 마치 환영 같았다.

항상 말끔한 모습이던 그의 모습이 오늘은 사뭇 달랐다. 거뭇거뭇해진 수염과 구겨진 옷가지가 그의 며칠간의 생활을 말해주었다.

현서가 눈물이 가득 고인 눈으로 그를 바라보자, 도윤이 희미하게 웃었다.

"나 너 빼곤 이제 아무것도 남지 않았어."

"……."

"그러니까 제발 나 밀어내지 말아주라."

떨어질 듯 매달려 있던 눈물이 뺨을 타고 흐르고 현서가 도윤의 품으로 안겨들었다.

갖고 싶었던, 언제나 제 것이었던 그 남자에게로.

자신과 같은 곳에서 뛰고 있는 그 심장의 움직임을 느끼며 애틋하게 입술이 닿았다. 서로의 온기를 느끼며, 서로의 마음을 느끼며 그 어느 때보다 열정적으로 입을 맞췄다.

제 뺨을 부여잡고 입을 맞추는 그의 손길도, 맞닿은 입술에서도, 어느 것 하나 뜨겁지 않은 것이 없었다. 심장이 벅차고 아리도록 아파왔다. 누구의 눈물인지 알 수 없는 물기가 입안을 타고 들어왔다. 혀끝에는 짭짜름한 소금기가 감돌았다.

"나 이제 너 안 놓을 거야."

아쉽게 떼어진 입술은 여전히 그의 온기로 가득했다.

"아프게 한 거, 슬프게 한 거 다 보상해줄게."

느릿하게 눈가에 입을 맞췄다.

"그리고 이제 웃게 해줄게."

눈물이 떨어지는 뺨에 입술이 닿았다.

"그러니까, 이제 날 믿어도 돼."

눈물을 참기 위해 꾹 깨물고 있는 입술에 조심스럽게 입술이 포개졌다.

14

우린 긴 시간 동안 서로를 잘 안다고 느꼈었다. 그리고 우리는 서로에 대한 애정의 차이를 제대로 느끼지 못했었다. 하지만 이제는 알고 있었다.

쾅, 문이 닫히자마자, 서로의 입술을 게걸스럽게 빨아들였다. 제 집이었지만 단 한 번도 제 집인 적 없는 곳이었다. 이곳까지 오면서 혹시나 사라져버릴 환영일까, 잡은 그 손을 감히 놓지 못했다.

모든 것이 꿈이 되어버릴까 봐.

"보고 싶었어."

제 뺨에 키스하며 내뱉은 말은 뜨거웠다.

"그리웠어."

제 옷을 벗기며 내뱉는 그 말은 열정적이었다.

다시 닿은 입술이 서로를 갈구했다. 타액이 뜨겁게 넘나들고 농밀한 혀끝이 제자리를 찾았다. 자신의 소유권을 주장하듯 입 안 곳곳을 훑으며 격렬하게 빨아들였다. 제 머리카락을 파고드는 그 손길에서 소유욕이 진득하게 묻어나왔다.

다시는 놓치지 않겠다는 그런.

며칠 비어 있던 집 안은 한기가 가득했지만 이상하게도 마음만은 따뜻했다. 마치 제자리로 돌아온 것 같은, 이상한 마음이었다.

서로의 입술을 집어삼키며 제 옷가지를 벗었다. 느긋하려 했지만 서로를 더듬는 손에서 다급함이 묻어나왔다. 우리는 너무도 오래, 멀리, 떨어져 있었으니까.

현서가 침대에 걸터앉듯 앉자, 아쉽게도 그 입술이 떼어졌다.

"하아……."

격렬한 방금 전의 키스를 증명하듯 입술이 타액으로 번들거리고 도톰하게 부어올랐다.

도윤이 현서의 뺨을 어루만지며 다시금 부드럽게 입술을 빨았다. 아랫입술을 조심스럽게 빨아들이며 가볍게 입술이 떼어졌다.

아쉬운 듯 떼어진 입술은 다시금 제 입술을 머금으며, 제 어깨선을 쓸어내렸다. 그의 손길이 닿는 그곳마다 전류에 감전된 것처럼 짜릿한 느낌이 들었다.

저를 바라보는 그 시선이 애달프기만 했다. 부풀어 오른 제 입술을 엄지로 쓸어내리며 현서의 한 손을 깍지 끼듯 꽉 잡았다. 등 뒤로 차가운 시트자락이 사락사락 소리를 냈다.

쇄골을 따라 혀끝이 천천히 닿고 현서의 목덜미를 격렬하게 빨아들었다. 그의 입술이 스친 곳에서 열꽃처럼 자국이 선연하게 남아 있었다. 목덜미를 타고 제 가슴골에 얼굴을 묻었다. 뜨거운 숨에 현서의 살갗에 오소소 소름이 올랐다.

브래지어 속으로 손을 넣어 그녀의 가슴을 움켜쥐고 가슴골에 코를 비볐다.

"너한테서 좋은 향이 나."

도윤은 제 몸의 체취를 한껏 들이마셨다. 그리웠던 살갗냄새에 취해 한참을 그곳에 제 얼굴을 파묻었던 것 같다.

가슴을 매만지는 손길이 부드러울 것이라 생각했던 것과 달리, 거셌다. 예민한 정점을 손가락 사이에 끼고 문지르듯 움켜쥐었다.

"하읏……."

낯선 쾌감이 현서가 허벅지를 비볐다. 오므리려 하는 허벅지에 도윤은 제 다리를 끼며 브래지어를 위로 완전히 올려버렸다. 탐스럽고 뽀얀 가슴이 드러나자, 입술을 대고 아이처럼 빨아들였다. 아래에선 그의 허벅지가 묵근하게 압박해오고 있었다.

"하읏……."

허벅지 사이가 뜨겁고 촉촉하게 젖는 것이 느껴졌다. 가장 깊은 곳을 그의 단단한 허벅지가 은근하게 비벼댔다.

한참을 물고 빨던 그의 입술이 떼어졌을 땐 가슴이 꼿꼿하게 서 있었다. 어느새 손은 저를 압박해오던 그 깊은 골짜기 안으로 미끄러지듯 타고 들어갔다.

현서는 저도 모르게 도윤의 손을 잡았다. 이미 한 차례 경험했지만, 왠지 모르게 부끄러움이 엄습했다.

"두려워?"

"……아니."

"그렇다고 해도 놓을 생각 없으니까, 나한테 따라."

명령 어린 그의 말에 현서는 저도 모르게 그의 손에서 손을 뗐다.

"착하네, 우리 현서."

도윤은 단번에 제 팬티를 벗겨 발목 아래로 끌어내렸다. 그리고 검은 수풀을 천천히 쓰다듬으며 클리토리스를 뭉근하게 문질렀다.

"오빠……."

척추를 관통하는 느낌에 현서가 허벅지를 다시 닫으려 허리를 비틀었다. 하지만 그의 손에 의해 곧 저지되었고, 틈을 주지 않은 채 제 안으로 손가락이 들어갔다.

"하앗."

낯선 이물감에 현서가 몸을 비틀었다. 낯선 침입자는 천천히 제 안쪽을 휘저으며 깊은 곳까지 파고들었다. 그러고는 좀 더 세차게 움직였다.

"앗……. 오빠……."

격렬한 움직임에 현서가 울음 섞인 목소리로 비명을 질렀다.

정신이 혼미했다. 제 몸을 휘젓는 낯선 침입자가 싫기도 했고 더 깊이 더 세게 휘저어줬으면 하는 모순된 마음도 있었다.

한참을 제 몸을 휘젓던 것이 쑥 하고 빠져나가자 질구가 자잘한 파동을 일으켰다. 손을 가득 적신 애액을 혀끝으로 핥는 그의 모습이 지나칠 정도로 색정적이었다.

도윤은 땀으로 범벅이 된 현서의 머리칼을 천천히 쓰다듬었다.

"잘했어."

그는 가쁜 숨을 몰아쉬는 현서의 다리를 제 허리에 감싸게 하고 잔뜩 성이 난 자신의 것을 그녀의 몸에 천천히 넣었다.

두 번째 경험이었다. 결혼은 했지만 우리는 남보다 못한 사이였으니까. 이혼 후에도 그녀는 그 누구도 사랑하지 않았으니까.

입구를 비비며 천천히 조금씩 뿌리째 현서의 몸에 담았다.

"윽……."

"하앗……."

손가락과 비교도 할 수 없는 커다란 이물감에 현서가 앓는 소리를 냈다. 그것은 도윤도 마찬가지였다. 처음부터 제 몸에 맞는 열쇠처럼 한 치의 틈도 없이 맞물린 아랫도리의 쾌감에 도윤이 입술을 꽉 깨물었다.

맞물린 몸은 조금씩 천천히 움직였다. 현서가 힘들어하지 않을 정도의 페이스를 맞춰서. 자신에게 한껏 안겨 자신의 몸을 그대로 받아주는 현서가 그저 고마울 뿐이었다.

밖으로 반쯤 빠졌던 페니스가 쾅 제 몸 깊은 곳에 박혀들었다.

"아흣."

현서가 비명 같은 신음을 내질렀다. 천천히 빠져나간 몸은 다시 깊은 곳으로 쾅 밀고 들어갔다. 현서의 몸을 온전히 느끼려는 듯. 천천히 조금씩 거세지는 속도에 현서의 몸이 하릴없이 흔들렸다. 그녀의 팔을 제 목에 두르며 더 깊이 결속했다.

쿵쿵쿵, 심장의 공명하듯 맞닿은 가슴에서 울림이 고스란히 전해졌다. 땀으로 범벅이 된 그녀의 얼굴이 한없이 사랑스럽고 어여쁘기만 했다.

진작 몰랐던, 이제는 아는 그녀의 얼굴이었다.

그리고 이제는 안다. 제 품 안에 있는 이 사람을 사랑하고 있다는 것을. 그리고 서로의 마음이 고스란히 느껴진다는 사실도.

격렬한 그 몸짓은 새벽녘이 올 때쯤 끝이 났다. 기력이 다 한 그녀를 도윤은 품에 안고 조용히 눈을 감았다. 다시는 잃기 싫은 그녀의 온기를 느끼면서.

서 회장의 수하들이 혜린의 아파트를 찾았을 땐, 이미 짐이 모두 빠진 상태였다. 다급하게 공항에 연락해보았지만, 이미 혜린이 비행기를 탄 후였다.

제가 원하는 대로 이루어졌다. 서도윤은 제가 사랑하는 일을 잃었고, 세영그룹 후계자 자리도 잃게 될 것이다.

자신이 가질 수 없다면 피투성이로 만들어버리겠다 다짐했다. 아무것도 없는 서도윤을 김 회장이 허락할 리 없었으니까.

제가 가질 수 없다면 김현서도 가지면 안 됐다. 그것이 그녀의 방식이었고, 서도윤은 제 것이었으니까. 누구와도 나누어 가질 생각이 없었다.

그런데 왜, 가슴이 이렇게 아리고 미어질까.

서도윤의 추락이 기사로 뜰 때마다 혜린은 소리 내어 웃었다. 하지만 그때마다 제 목소리가 아닌 것만 같았다.

마치 다른 사람의 일처럼, 아무 감정도 느껴지지 않았다. 마치 지긋지긋했던 아빠가 교통사고로 죽었을 때와 같았다.

제가 원하는 것이 모두 다 이루어졌지만, 결국 제가 가진 것은 아무것도 없었다.

그리고 혜린은 제 의지와 상관없는 눈물을 손으로 아무렇지 않은 듯 닦아냈다.

눈을 떴을 때, 도윤은 저를 가만히 바라보고 있었다. 현서가 나른한 눈으로 두어 번 깜빡이다, 이내 손을 들어 그의 뺨을 쓰다듬었다.

그리고 안심했다.

꿈이 아니었구나. 그는 이제 내 곁에 있는구나.

도윤은 잠이 덜 깬 현서의 입술에 쪼옥 입을 맞췄다.

"깼어?"

"왜 안 깨웠어?"

"너 자는 모습이 예뻐서."

현서가 살며시 미소를 짓자, 다시 입술에 입을 맞췄다.

"나 잠시만 나갔다 올게."

"어딜?"

불안한 듯 자신을 바라보는 현서의 얼굴에 달라붙은 머리카락을 손으로 떼어주며 도윤이 다정하게 웃었다.

"걱정 마, 오래 걸리지는 않을 거야. 돌아와서 이야기해줄게."

제 손을 꽉 잡은 현서의 손에 키스를 하며 도윤이 몸을 일으켰다. 옷까지 다 입은 것을 보니, 자신이 일어날 때까지 기다려주었던 모양이었다.

아직까지 모든 것이 불안한지도 모르겠다. 하지만 언제나 그랬던 것처럼 그를 믿어보기로 했다.

도윤은 현서를 안심시키고 그 길로 서 회장을 찾았다. 한동안 모습을 드러내지 않았던 도윤이 모습을 드러내자 회사 로비가 술렁였다.

서 회장의 사무실로 들어가자, 불같이 화를 낼 것이라 생각했던 것과 달리 서 회장은 피곤한 얼굴로 상석에 앉았다.

"그래, 네 어미를 만나니 속이 시원하든?"

"왜 그러셨습니까?"

도윤의 물음에 서 회장은 목을 죄여오는 넥타이를 느슨하게 풀며 담배 한 개비를 입에 물었다.

"모두 다 알고 왔을 거 아니야."

"제 어머니는 언제부터 저렇게 된 겁니까?"

"널 나에게 보내고 얼마 안 되어서 제 스스로 강에 뛰어들었다더군. 겨우 살아나긴 했지만 평생 저 꼴이 된 거고."

하얀 연기가 여기저기 답답한 심경을 대변하듯 떠다녔다.

"날 원망하니?"

"안 한다면 거짓말이겠죠."

서 회장이 껄껄 웃음을 터트렸다. 그 웃음은 꽤나 공허했는데, 그동안의 서 회장의 마음과도 같았다.

"내 옆에 있는 사람들은 죄다 불행해지더구나. 그래서 네 새엄마도 처음에 받아들이지 않으려 했어. 한데 말이야, 네가 유독 네 새엄마를 잘 따랐어."

"……."

"그 사람 원망 말아라. 내가 너 때문에 자신을 선택한 줄 알면서도 군소리 한 번 한 적 없는 사람이야."

"원망 안 합니다."

"그래. 집으로 가봐라. 그 사람 걱정이 여간 아니었어. 그리고 회사는……."

"당분간 쉬고 싶습니다."

"그래. 그렇게 해라."

도윤이 자리에서 일어나자 서 회장이 입에 문 담배를 비벼 껐다.

"죄는 내가 많은 사람이다. 그러니 네 자신을 너무 원망하지 말아라."

넋두리처럼 내뱉는 서 회장의 말에 도윤은 대답하지 않았다.

그동안 앞만 보고 달려왔던 거 같다. 불같은 아버지에게 인정을 받아야만 제가 살아남을 것만 같았다. 제게 제대로 따스한 말 한마디 해준 적 없는 아버지였다.

하지만 오늘따라 그 어깨가 유난히 작아 보였다. 제 어머니를 돌봐주는 여자의 말로는 서 회장이 아니었으면 제 어머니가 여태껏 살아 있을 수 없을 것이라고 했다. 이따금씩 서 회장은 아직도 제 어머니를 찾아가보곤 한다고.

한 번 떠난 사람을 뒤돌아보는 사람이 아니었다. 아마도, 제가 어미라고 알고 있던 여자가 그랬듯 서 회장 역시 제 어머니를 사랑했었던 모양이었다.

*

일주일 동안 아무것도 하지 않았다. 먹고 자고를 반복했던 거 같다. 항상 절제된 생활을 했던 도윤은 긴장이 풀어지자, 몸이 나른해지고 늘어졌다.

그사이 집에 현서가 두어 번 왔다 갔지만, 자느라 현서의 얼굴조차 제대로 보지 못했다. 간간이 현서가 집에 들러 이것저것 음식을 해놓고 가지 않았다면 그의 집 안엔 배달 음식 그릇이 널리고 또 널렸을 것이다.

"오늘도 자는 거야?"

현관 비밀번호가 바뀌지 않았을 때, 현서는 허탈한 웃음을 지었다. 아무것도 바뀌지 않은 이 집은 그저 아픔뿐인 집이라고 생각했었다.

하지만 나른하게 자고 있는 도윤의 모습과 그의 체취가 묻어 있는 이 집은 이제 더 이상 아픔만 남아 있는 집이 아니었다.

"잠꾸러기였네."

현서가 나직하게 속삭이자, 순간 도윤이 팔을 잡아당겨 그의 품 안으로 쏙 들어갔다. 당황한 현서는 소리조차 지르지 못했다. 얼떨결에 도윤의 밑에 깔리게 된 현서가 커다란 눈을 깜빡거렸다.

"보고 싶었어."

"그런 사람이 맨날 잤어?"

현서가 어이없는 웃음을 지으며 묻자, 도윤이 가만히 그녀를 바라보았다.

"왜, 그렇게 봐?"

"예뻐서. 예쁘다, 우리 현서."

익숙지 않은 말에 현서가 얼굴이 빨개지자, 도윤이 소리 내어 웃었다. 그의 웃음소리를 듣는 것이 정말 얼마 만인지 모르겠다.

"귀엽기도 하네. 우리 현서는."

"그만해!"

자신을 밀어내려는 현서의 손을 느긋하게 잡고, 현서의 입술에 가볍게 입을 맞췄다. 가볍게 시작한 키스는 조금 더 대담해졌다. 아랫입술을 가볍게 빨아들이며 벌어진 틈바구니를 파고들었다.

현서의 아랫입술을 살짝 깨물며 아쉽게 입술이 떼어졌다. 붉게 상기된 양 뺨이 지나칠 정도로 색정적이었다. 도윤이 그 모습에 현서에게 가볍게 입을 맞췄다.

자잘하게 쪼옥 키스를 하던 입술이 조금씩 진해졌다. 혀로 입술선을 따라 그리며, 잘근잘근 아랫입술을 깨물었다. 떨어진 입술은 나른하게 뜬 그 눈이 완벽하게 떠지기도 전에 다시금 그녀를 머금었다.

제 뺨을 어루만지며 입을 맞추는 그의 온기가 가슴속으로 스며들었다. 가볍게 떼어진 입술이 다시 닿고, 이번에는 조금 더 진하게 입을 맞췄다.

제 모든 것을 빨아 당기듯 격렬하고 뜨겁게.

타액이 얽혀 들었다. 뜨거운 열망 같은 것들이 온몸에 피어오르고 얽힌 혀가 욕망으로 번들거렸다. 가느다란 실이 늘어지듯 입술이 떼어졌을 때, 눈 안에서 핀 욕망을 확인할 수 있었다.

"이상해."

"응?"

도윤의 손이 다정하게 현서의 뺨을 쓰다듬었다. 바라보는 눈빛은 애절하고 애틋했다.

"네가 눈앞에 있는데도 그리워."

현서가 웃음기 담긴 시선으로 그를 올려다봤다.

"뭐야, 그게."

도윤은 나긋하게 웃으며 가볍게 입을 맞췄다.

"이렇게 보고만 있어도, 좋고. 왜 진작 몰랐을까."

현서가 그의 목에 팔을 두르며 제게로 끌어당겨 그의 입술에 키스했다.

"이제라도 알아서 다행이네."

"너는?"

도윤이 그녀의 귓불을 깨물며 물었다. 날렵한 혀가 귓바퀴를 핥고, 귀 안에 뜨거운 숨을 불어넣었다. 순간 훅 끼치는 열기 때문에 발끝이 저릿했다. 그리고 배 아래 은밀한 곳까지 그 열기가 흐르는 것 같았다.

"응?"

영악하게 되묻는 도윤의 물음에 현서가 홧홧해진 얼굴로 그를 올려다봤다.

아마 제 대답 따윈 필요하지 않을 것이다. 이미 제 마음은 알고도 남았을 테니까.

현서는 제 몸에 바짝 붙은 그의 허리를 다리로 감으며 요염하게 웃었다.

"보고 싶었어. 항상, 지금도, 늘."

도윤은 미소를 담뿍 담긴 얼굴로 그녀에게 키스를 했다.

현서는 그의 목덜미를 꽉 끌어안은 채 농밀하게 그의 입 안에 혀를 넣었다.

그와의 키스는 달콤하고, 뜨거웠다. 그와 키스를 하고 있을 때면 이 모든 게 꿈만 같았다. 그 사람과 이렇게 열정적으로 키스할 때도, 제게 사랑을 속삭이는 그의 입술도, 모두 다 꿈같았다.

절대로 깨지 않고 싶은 그런 달콤한 꿈.

도윤은 자신에게 매달려 진한 키스를 퍼붓는 현서의 등을 어루만지며 티셔츠 안으로 손을 넣었다. 늘씬한 허리부터 봉긋한 가슴까지 느긋하게 쓸었다.

갑자기 들어온 손에 현서의 몸이 잠시 움찔했지만, 이내 다시 담담해졌다. 뜨거운 손이 제 몸을 쓸고 봉긋한 가슴을 움켜쥐었다.

현서의 허리가 활처럼 휘며 입술이 아쉬운 듯 떼어졌다. 서로의 눈에서 욕망이 번들거렸다.

현서가 웃음기 담긴 얼굴로 팔을 들자, 도윤이 그녀의 티셔츠를 위로 벗겼다. 그러고는 마치 기다렸다는 듯 그녀의 목덜미를 핥았다. 뜨거운 열기가 훅, 제 몸으로 치닫고 있었다.

가슴 둔덕 골짜기에 코를 파묻고 그녀의 체향을 한껏 들이마셨다. 현서에게서 은은한 향기가 났다. 그것은 그녀가 가지고 있는 체향 같기도 했고, 은은하게 풍기는 향수냄새 같기도 했다. 달콤한 초콜릿 향같기도 했고, 은은한 꽃향 같기도 했다.

도윤은 그 체취를 맡기 위에 그녀의 가슴 위에서 한껏 숨을 들이마셨다. 그리고 그 향은 마치 저를 유혹하는 것 같았다.

그가 향을 핥듯 가슴 둔덕을 혀로 핥았다.

"하아……."

현서의 입에서 뜨거운 숨이 천천히 새어져 나왔다. 남김없이, 향이 지워질 정도로, 다 핥고 깨물고 싶었다. 제 체향으로 범벅될 정도로.

그는 거추장스러운 브래지어를 위로 올리고 탐스러운 과실을 이로 크게 베어 물었다. 현서의 허리가 활처럼 휘며 그의 머리를 껴안았다. 현서의 소담한 가슴을 부드럽게 그러쥐고 입 안에서 굴렸다. 가볍게 키스하듯 맞추던 입술이 더 뜨거워졌다. 유두를 이로 잘근잘근 씹으며 다른 쪽 가슴을 꼬집듯 손가락으로 튕겼다.

"음……."

한참 만에 입술을 뗀 도윤이 엄지로 툭 불거진 유두를 튕기며 입술을 비틀며 웃었다. 불긋해진 그 모습이 마음에 든 모양이었다.

도윤은 마치 제 것이라는 것을 주장하듯 현서의 온몸 곳곳을 핥고 깨물었다. 입술이 지나간 그곳엔 붉은 꽃 자국이 새겨졌다. 아무도 새길 수 없는 그곳에 도윤은 제 자취로 자국을 남겼다.

도윤은 현서의 배꼽에 경배를 하듯 길게 입을 맞췄다.

"아, 음……."

도윤의 입술이 배 위를 지날 때 현서가 허벅지를 비비며 몸을 문질렀다. 그러고는 몸 곳곳을 핥고 빨아들이는 도윤의 머리를 천천히 쓰다듬었다.

우리의 이런 관계를 비단 며칠 전까지도 상상할 수가 없었다. 그의 품속에 안겨 있고, 서로의 몸을 탐하고, 제 것이라는 소유권 주장을 하듯 서로의 몸짓에 맞춰 움직이는 것을.

"흣."

도윤의 손이 단숨에 팬티와 바지를 벗기고 골짜기를 찾아 안으로 파고들었다. 촉촉이 젖어 있는 수풀 안을 헤치고 질 안으로 손을 넣는 것은 그리 어려운 일이 아니었다.

흥건하게 젖은 입구를 도윤의 손이 입구를 벌리듯 들어왔다 천천히 빠져나갔다. 낯선 이물감에 자잘하게 파동하며 이물질을 움켜쥐듯 그녀의 여성이 수축했다.

"하읏……."

목소리는 제 것이 아닌 것 같았다. 현서가 얼른 입을 서둘러 막자, 도윤이 현서의 손목을 잡았다.

"소리 내. 듣고 싶어."

현서가 고개를 도리질 쳤지만 그것은 가볍게 묵살되었다. 도윤의 입꼬리가 슬쩍 비틀렸다. 그러고는 그의 입술이 수풀을 젖히고 클리토리스에 훅 바람을 불었다. 발끝부터 흐르는 그 열기가 배 안 깊은 곳으로 끌어당기는 것 같았다.

"아흣……."

그의 웃음의 뜻을 알 수 있었다. 손으로 막아봤자 소용이 없다는 뜻이었다.

그는 클리토리스를 비비며 천천히 몸 안 깊은 곳으로 들어왔다 다시 빠져나갔다. 현서는 나직하게 신음하며 허벅지를 비비려 다리를 오므렸다.

하지만 제 허벅지를 손으로 단단하게 붙잡고, 여성 안에서 움직이는 손가락이 더 격렬하게 그녀를 몰아붙였다.

"하으읏. 그만……."

꾹 깨문 입술을 비집고 터져 나오는 탄성 같은 신음에 현서가 눈을 질끈 감았다. 정신이 혼미해졌다. 물기 가득한 골짜기에서 들락거리는 소리가 제 귀를 낯설게 괴롭혔다. 척추를 강타하는 것이 과연 쾌락인지 고통인지, 이제는 헷갈릴 정도였다. 현서가 고통 같은 신음으로 몸을 비틀며 입술을 꾹 깨물었다.

"괜찮아, 더 소리 내."

도윤이 클리토리스를 비비며 그녀를 재촉했다. 피우던 고집을 결국엔 꺾을 수밖에 없었다. 비명 같은 신음이 제 목을 타고 흘러나왔다. 생경한 쾌감이 척추를 관통했다.

"하응……. 오빠……."

저도 모르게 그의 손에 제 여성을 비비며 격렬하게 신음했다. 흥건한 애액이 허벅지에서 느껴졌다. 도윤은 그런 현서의 모습을 보며 귀엽다는 듯 웃었다.

"이제 그만……."

현서가 숨을 헐떡이며 그의 팔을 잡았다. 피스톤 질을 하듯 격렬하게 움직이던 손이 멈춰 섰다.

"뭘?"

그는 생각보다 교활했다. 영리한 뱀처럼 제게 웃음을 담뿍 담고 물었다.

손가락은 여전히 제 안을 휘젓고 천천히 움직이고 있었다. 낯선 쾌감, 낯선 욕망, 현서는 그 사이에서 고민을 해야만 했다. 여성은 이미 그 전 움직임으로 이완과 수축을 반복했으며, 그녀를 재촉하고 있었다.

더 큰 쾌락의 밤으로.

"그러니까……."

현서가 혼미해지는 정신을 다잡으며 엉덩이를 비틀었다. 온몸에 차오르는 열기, 그 욕망, 자신을 집어삼키는 야욕에 현서가 숨을 헐떡였다.

도윤이 욕망으로 번들거리는 얼굴로 웃으며 현서의 귓가에 나직하게 속삭였다.

"좀 더 솔직하게 말해봐."

악마의 사탕발림 같았다. 저도 모르게 움찔거리는 여성을 그의 손에 비비며 상기된 얼굴로 그를 바라봤다. 이미 절정 가까이의 쾌감을 맛본 현서의 눈가에 눈물이 그렁그렁 맺혀 있었다.

"해줘……."

현서가 그의 허리를 다리로 감싸 그의 몸을 제게로 바짝 붙이며 말했다.

"원하신다면."

그는 비죽이 웃으며 바지를 벗고 한껏 치켜선 남성을 입구에서 비볐다. 여성이 맞물릴 쾌감을 기대하듯 격하게 파동을 일으켰다.

땀으로 범벅된 눈으로 현서가 흐릿하게 도윤을 바라봤다. 단단한 도윤의 가슴을 저도 모르게 손으로 쓸어내리자, 도윤이 짧은 신음을 흘렸다.

"어서……."

타오르는 열기를 꺼줬으면 했다. 온몸에 들뜬 이 애욕의 열기를 꺼줬으면 했다.

단단한 팔이 그녀의 허벅지를 벌리고 딱딱하게 선 남성을 비비며 안을 꿰뚫고 들어왔다.

"하악."

"읏."

완벽하게 맞물린 몸이 신음하듯 떨렸다. 꽉 맞물린 남성이 느슨하게 빠져나가고 여성은 그것을 놓치지 않으려고 꽉 물어 댔다.

쿵.

다시금 제 안을 채운 커다란 것에 현서의 허리가 뒤로 꺾였다.

도윤이 그녀의 입술에 키스하며 더 깊이 몸을 파고들었다. 애무하듯 현서의 혀를 빨며 입술을 떼었다.

몸 안의 열기가 한곳으로 몰리는 것 같았다. 더 깊이, 더 격렬하게 파고드는 그 열기에 현서가 눈을 느릿하게 떴다, 감았다.

"하응, 오빠……."

애달프게 그를 부르자, 그의 몸짓이 더 거세졌다. 그는 제 얼굴에 달라붙은 머리칼을 커다란 손으로 쓸어 넘겨주며 제 목덜미를 핥았다.

그가 피스톤 질을 할 때마다 완전히 드러난 가슴이 움직임에 흔들렸다.

"하응……."

파고드는 그의 남성은 여전히 흉포했지만, 저를 탐하는 그의 손길은 더없이 상냥했다. 현서는 그에게 몸을 맡기면서 허리를 움직였다.

그는 가슴을 꼬집고 손가락에 껴서 비비기를 반복했다.

"하읏……."

성감대가 충만한 곳에서 퍼지는 쾌락에 현서는 저도 모르게 그의 남성을 조여 댔다.

그의 목소리가 앓는 소리를 내듯 탁하게 갈라졌다. 밀려들어오는 힘이 더 거세질수록 현서의 신음이 더 커졌다.

꽉 맞물린 아랫도리에서 나는 소음과 함께 제 몸을 부술 듯 남성이 파고들었다. 제 여성을 휘젓고 뱃속까지 쳐올리듯 그가 강하게 피스톤 질을 했다.

도윤의 손이 현서의 손을 깍지 끼듯 마주 잡았다. 꽉 맞물린 아랫도리처럼 힘 있게 잡은 손안에서 끈적한 땀이 느껴졌다.

그대로 쓰러지듯 그가 제 몸 위로 떨어졌다. 절정이었다. 한참을 누워서 그렇게 차오르는 숨을 거칠게 뱉으며 그의 품에 안겨 있었다. 땀에 붙은 머리카락을 쓰다듬는 그의 손길이 좋아 더 몸을 밀착시키며 파고들었다.

"더 안아줘."

"이렇게?"

도윤이 더 팔에 힘을 주어 그녀를 꽉 껴안았다.

"응, 그렇게."

어리광을 부리는 듯한 현서의 말에 도윤이 나직하게 웃음을 지었다. 그 웃음소리가 좋아 일부러 더 바짝 몸을 붙였다. 손 하나 까딱할 기운도 없었지만 그의 포근함이 좋았다.

"어리광쟁이네."

"앞으로 더 부릴 거야. 그러니까 오빠가 다 받아줘야 해."

도윤이 현서를 꽉 안고 정수리에 입을 맞췄다.

"걱정 마. 네가 어떤 일을 하든 다 받아줄게."

"정말?"

"그럼. 그러니까, 마음껏 어리광 부려."

현서가 기분 좋게 웃으며 그의 뺨에 키스했다.

"오빠, 근데 나 배고파. 밥 먹자."

힘들다는 듯 누워 있던 현서가 몸을 일으키자, 도윤이 못 말린다는 듯 고개를 저으며 몸을 일으켰다.

우리는 신혼 생활이라는 것을 해본 적이 없었다. 함께 살지만 남보다도 못한 존재였으므로, 서로를 사랑스럽게 바라본다든가, 스킨십을 해본 적도 없었다. 그런 서로였으니 서로에 대한 밀착 관계가 다소 생소하기만 했다.

그러면서도 그 기분들이 나쁘지 않았는데, 현서는 바로 지금과 같은 상황이 좋았다.

저가 요리를 하면 도윤은 식탁에 앉아서 아무것도 하지 않았다. 저의 그 모습을 가만히 바라보고 또 바라봤다. 그동안 담지 못한 그것들을 모조리 다 담아내기라도 하듯이.

그리고 저가 생각해도 맛이 없을 것 같은 음식도 싹싹 긁어먹었다. 그동안 봐왔던 도윤의 모습이 거짓으로 꾸며진 모습이라 해도 믿을 정도로 도윤은 먹는 양부터 늘었다.

"맛있어? 맛없는 거 같은데……."

"아니야. 맛있어."

맛없게 된 음식을 버리려고 해도, 도윤은 바닥이 드러날 정도로 그것을 맛있게 먹어주었다. 그 또한 사소한 재미였는데, 다음 주부터 회사에 출근해야 한다는 사실도 잊은 채, 현서는 도윤의 집에서 떠나질 않았다.

어디를 가느냐고 묻지 않는 김 회장이 약간 마음에 걸렸지만, 지금만은 이 행복을 만끽하고만 싶었다.

"내일 회장님 찾아뵐 거야."

소파에 누워서 아무 채널이나 돌려보던 도윤이 아무렇지 않은 듯 말했다. 그의 품에 안겨 있던 현서가 놀란 듯 그를 바라봤지만, 도윤의 시선은 여전히 텔레비전에 머물러 있었다.

"쉽게 허락 안 하실 거야."

"알아."

"오빠 이제 가진 거 없어서 더 허락 안 하실 텐데."

다소 익살스러운 현서의 말에 도윤이 소리 내어 웃었다.

"괜찮아. 난 김현서를 가졌으니까."

도윤이 김 회장을 찾았을 때, 김 회장은 꽤나 담담했다. 마치 현서와 자신의 일을 알고 있는 것처럼.

"현서와 결혼하고 싶습니다."

그의 한마디에 김 회장은 아무 말도 하지 않았다. 조용히 앞에 놓인 차를 마시는 김 회장의 모습에서 다시 예전 같은 푸근함을 느꼈다면 착각일지도 모르겠다.

"현서도 같은 생각이냐?"

"네."

김 회장은 앞에 놓인 차를 반쯤 마시고는 자리에서 일어났다. 역시나 안 되는구나, 싶었다. 하지만 여기서 포기할 생각은 없었다. 백 번이고 천 번이고 찾아가 김 회장을 설득시킬 참이었다.

한숨을 내뱉으며 일어나는 김 회장을 가만히 바라보자, 김 회장의 입에서 믿을 수 없는 말이 나왔다.

"세 번째는 용서하지 않으마."

"회장님, 감사합니다. 세 번째는 없을 겁니다."

"그래, 네 말 한 번 믿어보지. 가세, 안 실장."

"네, 회장님."

김 회장은 안 실장의 부축을 받으며 밖으로 나갔다.

"괜찮으시겠습니까? 회장님?"

"사람 마음이 어디 내 마음처럼 되겠는가. 순리대로 가야지."

김 회장은 이제 더 이상 욕심이 없었다. 젊어서 장사꾼처럼 이익만 따져가며 살았다. 자신에게 손해가 나는 일엔 절대 투자하지 않았다. 그렇게 한평생 머리만 쓰고 자신의 이익만을 위해 살다 보니, 제 손녀가 어떻게 컸는지도 잘 몰랐다.

제 아들, 며느리가 그렇게 허망하게 간 것을 알면서도 현서에게 따스한 손길 한 번 내밀어준 적이 없었다. 그래서 더 도윤을 탐을 냈었다. 현서가 원하는 따스한 울타리를 만들어줄 수 있을 것만 같아서. 하지만 제 욕심은 결국 욕심으로 끝이 났고 현서는 상처투성이로 돌아왔다.

하지만 지금은 달랐다. 현서의 욕심으로 시작된 생활이 아니라서, 도윤에게선 확신이 있었다. 돌고 또 돌아왔지만 현서에게 따뜻한 울타리를 만들어줄 사람이 도윤이라고 생각하는 생각엔 변함이 없었다.

김 회장이 할 수 있는 일은 딱 여기까지였다. 이제는 나머지 두 사람의 몫이겠지.

김 회장의 입가에 오랜만에 미소가 지어졌다.

지혁과 마주앉은 현서는 그와 눈을 마주칠 수가 없었다. 마지막으로 했던 그 말의 뜻을 너무나도 잘 알고 있기 때문이었다. 그와 이렇게 어색해질 수가 있다니, 그것이 마음 아팠다.

"잘 지냈어?"

지혁의 인사에 현서는 입술을 꾹 깨물었다. 그들 사이는 일 년 만에 만났어도 이런 형식적인 인사를 하진 않았다. 그만큼 마음이 불편해졌다는 뜻이었다.

현서는 나직하게 한숨을 삼켰다.

"미안해."

"결국 그렇게 됐네."

지혁이 허탈한 웃음을 터트렸다. 제 손으로 보내주면서도, 만에 하나의 경우에 승부를 걸었던 거 같다. 아니, 사실은 알고 있었는지도 모르겠다. 그때 현서를 혼자 보내지 않았다면 무언가 바뀌었을까.

아마도 아니었을 것이다. 결국 두 사람은 돌고 돌아 서로에게 갔을 것이다.

"친구로 지내달라고 하면 내가 너무 이기적이겠지?"

"어. 난 김현서랑 친구 안 할 거거든."

단호한 지혁의 말에 현서가 씁쓸한 미소를 지었다. 사랑하는 사람과의 이별만이 가슴이 아픈 것은 아닌 모양이었다. 친구와의 이별도 꽤나 가슴 아픈 일이었다.

"축하한다고는 못하겠다."

"괜찮아."

현서는 지혁에게 그 어떤 말도 할 수 없었다. 그의 마음을 이용한 것은 결국 자신이었고, 그의 마음을 눈치채고 있었음에도 모르는 척한 것도 결국 자신이었다.

언제든 이런 결과는 나왔을 것이다. 단지 그의 마음에 상처를 준 것이 못 견디게 미안했다.

"우리가 이렇게 불편해질 줄 생각도 못했었는데."

지혁의 넋두리 같은 말에도 현서는 고개를 들지 못했다.

"나 김현서 포기 못하겠는데."

"지혁아."

현서가 미안한 듯 저를 바라보자 지혁이 소리 내어 웃었다.

"이제야, 나 보네."

"아……."

"나는 당당한 김현서가 좋았는데. 지금 네 모습 너무 매력 없다."

"나도 너의 유쾌함이 좋았어."

사실이었다. 자신과 다르게 꾸밈없이 맑았던 그의 모습이, 그리고 거침없던 그의 모습이 참 좋았었다. 그와 함께 있는 그 순간에도 그 모습들이 자신에게 녹아내릴 수 있을까 기대를 했었더랬다.

하지만 우리는 이루어질 수 없었다. 제가 사랑하는 사람은 결국 서도윤이었으니까.

"나 회의가 있어서 먼저 일어날게."

"응."

지혁이 자리에서 일어나 현서를 스쳐 지나갈 때도, 현서의 마음은 무거웠다.

"김현서, 혹시라도 내 마음이 정리되면 그땐 우리 정말 친구 해보자."

"지혁아……."

"혹시라도야. 너무 기대는 말고. 간다."

현서는 말없이 웃었다. 그는 저에게 참 과분한 존재였다. 저의 마음에 부담을 덜어주기 위한 말임을 알고 있으면서도 그의 배려가 너무도 고마웠다. 그리고 미안했다. 사랑하지 못해서.

지혁과 헤어지고 멍하니 길을 걷고 있었다. 아무 생각도 하고 싶지 않았다. 도윤처럼 잠만 자고 싶었던 거 같다. 감정 소모도 심했고, 그에 대한 애잔함과 미안함은 여전히 가슴속에 남아 있었다.

아무 생각 없이 걷고 또 걸었을 때였다. 저를 누군가 툭 치고 지나감에 놀라 고개를 돌렸더니, 도윤이 저를 보며 웃고 있었다.

"여긴 어떻게……."

도윤이 턱짓으로 옆을 가리켰다. 현서는 그가 가리키는 방향을 봤다 허탈하게 웃고 말았다. 저도 모르게 그의 아파트로 온 것이었다.

그를 따라 집 안으로 들어가자, 익숙한 향기가 그녀를 반겼다. 이제는 제 집보다 이곳이 편해지고 있었다. 어쩌면 제 체취가 스며서인지도 모르겠다.

나란히 소파에 앉아 멍하니 허공을 바라보는 그녀의 손을 도윤이 꽉 잡았다.

"오늘 회장님을 뵀어."

"어? 할아버지를? 뭐라셔?"

"그게……."

현서가 초조하게 그를 바라보자, 도윤은 현서의 손을 자신의 쪽으로 끌어 가볍게 입을 맞췄다.

"뭐라시는데?"

"그게 말이야……."

현서가 대답에 정신을 판 사이, 도윤은 현서의 손가락을 만지작거렸다. 순간 낯선 느낌이 손가락에 들고, 여태껏 그가 사왔던 반지 중에 현서가 제일 마음에 들어 했던 반지가 그녀의 손에 끼워졌다.

"오빠……."

도윤은 제 손가락에 끼워진 반지를 바라보는 현서의 손목을 잡아당겨 품에 안았다.

"회장님께서 허락하셨어."

"정말이야?"

"응."

그 대답을 듣는데, 현서는 다시 마음이 무거웠다. 저만 행복해할 생각을 하니, 지혁에게 미안해진 탓이었다.

제 마음을 알기라도 하듯 도윤이 현서의 등을 따스하게 쓰다듬었다. 현서는 그의 품 안에서 나른하게 눈을 감았다.

"사랑해, 현서야."

"나도."

서로에게 진심을 담아 사랑을 속삭이면서.

그 뒤로 6개월이 지났다. 우리는 아직 결혼하지 않았다. 하지만 느긋한 오후를 함께 맞이했고, 나른한 주말을 함께 보내었다. 마음이 없는 결혼을 했고, 우리는 연인들이 즐기는 데이트 한 번 즐기지 못했었다.

그래서 우리는 지금 현재 연인으로서의 생활을 충실히 보내고 있었다. 양가 어른들도 그 점에 대해선 허락을 해주셨고, 우리의 손에는 가벼운 커플링만 있을 뿐이었다.

하지만 언젠가 그 손에 다시 반지가 끼워지고 우리의 따스한 울타리가 만들어질 날이 멀지 않을 것이다.

에필로그1
~지혁 이야기~

사랑이란 무엇이었을까. 모든 것을 내던지고 그 사람을 지켜줄 수 있는 힘, 그리고 그 사람을 떠나지 않고 변치 않는 마음, 그것이 사랑이라 생각했다. 올곧은 눈길로 그녀를 바라보면 언젠가는 나를 바라봐줄 것이라고, 그렇게 생각했었다.

그것이 얼마나 어리석고 멍청한 생각이었는지, 이제는 너무도 잘 알고 있다.

"Hey, Cha!"

"Hi, Make."

나만 올곧게 나만, 그녀를 버리면 모든 것은 제자리로 돌아갈 것만 같았다. 그래서 그녀를 놓고 그녀를 제자리로 돌려주려고 했다.

썩어가는 제 마음을 모른 척하는 그 형별이 얼마나 가혹한지 알지 못한 채.

"무슨 생각을 그렇게 골똘히 하는 거야? 한참을 불렀어."

"미안."

"좋아하는 여자 생각이라도 했나보지?"

"좋아하는 여자는, 무슨."

"수잔이 널 굉장히 마음에 들어 하는 눈치라고. 남자를 좋아하는 게 아니라면 이제 그만 만나보지 그래?"

마이클이 턱짓을 하는 방향으로 지혁의 시선이 돌려졌다. 자신에게 윙크를 하며 수줍게 웃고 있는 수잔의 모습에 지혁이 고개를 절레절레 흔들며 너털웃음을 터트렸다.

"오늘 밤, 잘해봐. 잔뜩 기대한 모양이야."

응원이라도 해주듯 지혁의 어깨를 두드리며 마이클은 식당 밖으로 나갔다. 수잔은 마이클이 그에게 건넨 언질을 알기라도 하듯 한껏 기대한 표정으로 그를 바라보았다.

"안녕?"

"그래, 안녕."

수잔이 새초롬하게 웃으며 그를 올려다봤다.

"뮤지컬 티켓이 생겼는데, 함께 갈래?"

수잔은 잠시 흐뭇하게 웃는가 싶더니 이내 허락의 의미로 고개를 끄덕였다.

"그럼 7시까지 데리러 갈게."

"알았어."

현서를 보내고, 자신은 무엇을 해야 하나 한참을 생각을 했었다. 제 모든 것을 던졌다 자부할 수는 없지만 그래도 그녀를 사랑한 것은 사실이었다.

조금 더 용기를 냈더라면, 조금이라도 그녀의 마음을 모른 척했더라면, 조금만 제 욕심을 채웠더라면, 도윤의 자리가 결국 제 자리가 되었을까?

후회한들, 모든 것은 이미 끝이 난 뒤였다. 지혁은 밖으로 나가 바람결에 떨어지는 나뭇잎을 가만히 바라보았다.

아주 잠시, 아주 잠깐, 그녀를 원망한 적이 있었다. 아니, 도윤을 원망했다는 것이 정확할 것이다.

변덕을 부리지 않았더라면 제 마음을 일찍 알아챘든가, 아예 알아채지 못했더라면 조금 더 나았을지도 모르겠다. 현서는 수순대로 저와 결혼을 했을 것이고, 그녀가 불행해졌을지도 모르지만 최소한 아프진 않았을 것이다.

아무것도 가지지 못했다면 오히려 나았을 텐데, 차라리 처음부터 가질 수 없다고 생각했으면 나았을 텐데…….

모든 것은 뒤늦은 후회뿐이었다.

[잘 지내고 있는 거야? 엄마한테 전화도 한 번 안 하고. 나쁜 자식. 전화는 안 하더라도 답은 줘.]

이따금씩 오는 메일에 지혁은 한 번도 답을 한 적이 없었다.

잘 지내고 있어요…….

이 말을 몇 번이고 지우고 다시 썼는지 모른다.

거짓말.

이 모든 것은 거짓말이었으니까.

그 말을 도저히 할 수가 없었다.

우습게도 현서의 자취는 일상 곳곳에 머물러 있었다. 한국에서 그녀에게 도망치듯 이곳으로 왔을 때, 우습게도 선택한 장소가 고작 그녀와 함께 머물던 그곳이었다.

미국 변두리, 그녀와 함께 머물던 그곳. 그와 그녀를 알법한 사람들 사이에 지혁은 이제는 홀로 그곳에 있었다.

제 마음은 더 이상 내뱉어선 안 되는 것이었다.

'나는 네가 현서와 사귀는 사이인 줄 알았어.'

저 혼자 돌아왔을 때, 마이클이 안타까워하며 내뱉은 말이었다.

'우리는 친구야.'

그 말을 얼마나 입 밖으로 내며 얼마나 제 가슴이 미어졌던가. 처음부터 제자리는 그것이었는데, 멍청하게도 그 선을 넘은 것은 모두 저였다.

현서는 당찼고, 제 사랑을 위해서라면 모든 것을 내던졌다.

제가 사랑하던 현서는 과연 도윤을 사랑하는 그녀였을까. 아니면 아파서 몸부림치던 그녀였을까.

가끔 의문이 들 때가 있었다.

"시간 맞춰서 왔네?"

한껏 공들여 멋을 낸 모습이 역력한 수잔이 그를 상기된 얼굴로 바라봤다. 말쑥한 차림의 지혁은 환하게 웃으며 그녀를 에스코트했다.

우리는 그때 미국에서 누군가와 어울린 적이 없었다. 옆집에 지내던 마이클과 이따금씩 지혁만 이야기를 나누었을 뿐, 현서와 교류를 했던 사람들은 없었다.

그럴 때도 지루하거나, 지겹거나 하다는 생각을 한 번도 한 적이 없었다. 그저 현서의 옆에서 현서가 숨을 쉬고 새근새근 잠이 든 그 모습조차도 그에겐 행복이었으니까.

옆에 아무도 없어도 괜찮았다.

"춥지 않아?"

"조금?"

지혁은 차 안에 히터를 올렸다.

"네가 나에게 데이트 신청을 할 줄 생각도 못했어."

"왜?"

"네가 누군가를 기다리는 줄 알았거든."

"그런 사람 없어."

수잔은 의아한 표정을 짓다 이내 고개를 끄덕였다.

"오늘 이 의미 나 좋게 해석해도 돼?"

지혁은 대답치 못하고 그저 웃었다.

현서를 기다리는 것은 아니었다. 혹여라도 그에게 돌아올까 봐 기다리는 것은 아니었다. 그런 어리석은 착각 따위는 현서가 도윤에게로 돌아갔을 때 모조리 버려버렸다.

나 좋을 대로, 나 좋다는 사람 만나면 그뿐이었다.

하지만 왜일까. 도대체 왜일까.

아직도 그녀의 그림자가 그를 가리고 있는 것은.

뮤지컬을 마치고 그녀를 바래다주는 그에게 수잔이 키스를 건넸다. 그리고 목덜미를 조심스럽게 핥았다.

제게 애무를 하는 이 여자에게 아무런 마음이 들지 않았다. 남자로서 욕정 또한 들지 않았다.

"역시 안 되겠어?"

가혹한 형벌이 얼마나 저를 옥죄어오는지 이제는 너무나 잘 알고 있었다. 용기조차 내지 못해 사랑을 놓친 어리석은 겁쟁이가 바로 저였다.

"미안. 싫다면 지금이라도 돌아가도 좋아."

다정한 말투로 수잔에게 말을 했지만 말끝이 꽤나 서늘했다.

"아니야. 친구로라도 지내지, 뭐."

"고마워."

수잔의 실망하는 얼굴을 봤지만 지혁은 더 이상 덧붙이지 않았다. 마음이라는 것은 참 우스웠다. 한 번 줘버리고 끝이 나는 것이면 참 좋으련만, 주고 난 마음의 상처는 결국 준 사람의 몫이 돼버리니 말이다.

기대할 수 없는 마음이 얼마나 서글픈지 지혁 저가 더 잘 알고 있었다. 그래서 애초에 싹도 틔우지 못하게 선을 그어버리는 것이 가장 좋은 방법이었다.

선을 긋지 않아서, 현서를 사랑했던 것일까.

선을 긋지 않아서, 그녀를 바라만 보기를 택했던 것일까.

12월 겨울 어느 날, 현서의 결혼 소식을 기사로 접했을 때, 하늘이 무너지는 기분을 느끼지는 않았었다. 축하 인사는 할 수 없지만 의외로 담담하게 그녀의 행복 정도는 빌어줄 수 있었다.

그럼에도 그는 아직도 그녀를 잊지 못하고 있었다. 이 얼마나 우스운 일인가.

너는 알까.

나는 그 시절을 아직도 그리워하며, 여전히 너를 그리워하며, 그 시간 속에서 살고 있었다.

에필로그2
~혜린 이야기~

초의 불이 이지러지듯 흔들렸다. 제 손에 쥔 칵테일 잔의 칵테일이 넘실거리며 손등을 흠뻑 적셨다.

여자는 매일 같은 곳에서 이 상태였다.

"혼자 오셨어요?"

처음 보는 남자는 그녀의 옆자리가 제 자리라도 되는 것 마냥 그녀의 옆자리에 자연스럽게 앉았다.

반쯤 드러난 어깨와 적당히 달라붙은 옷 위로 드러난 여자의 풍만한 가슴에 남자가 욕정 가득한 눈웃음을 흘렸다.

"실례가 안 된다면 제가 아름다운 숙녀분께 어울리는 칵테일로 제가 하나 골라드려도 될까요?"

"……."

여자는 조용히 말을 읊조리며 넘실거리는 칵테일 잔만 게슴츠레하게 바라봤다.

"여기 이 여성분께……."

"꺼지라는 내 말 안 들려?"

"뭐?"

"꺼져! 꺼지라고!"

혜린이 잡히는 대로 칵테일 잔을 남자에게로 집어던졌다.

"손님! 손님! 진정하세요! 손님!"

"뭐야! 딱 봐도 몸 파는 년인 거 같은데, 고상하게 대해줬더니, 별……."

낯선 남자는 바닥에 침을 뱉고는 불쾌하다는 듯 그곳을 떠났다. 그리고 혜린도 곧 그곳에서 끌려 나와, 문 앞에 내동댕이쳐졌다.

"이 미친년, 얼굴 반반해서 몇 번 받아줬더니 이게 몇 번째야! 다신 이 근처에 얼쩡거리기만 해봐! 가만 안 둘 테니까."

"너희 내가 누군 줄 알아? 내가 누군 줄 아냐고! 내가 세영그룹 서도윤의 약혼녀야! 알아?"

혜린이 바닥에 앉아서 악다구니를 써대도 아무도 들어주는 사람이 없었다. 새벽녘 텅 빈 거리는 그저 찬기만 가득했다.

혜린은 자리에서 엉덩이를 털고 일어나 비척비척 어디론가 걸어갔다. 그녀의 몸에선 독한 술 냄새가 진동했다. 이것은 비단 어제 오늘 배인 냄새는 아닌 듯했다.

도윤을 떠난 지, 3년이 되었다. 제가 할 수 있는 것이라곤 아무것도 없었고 한국으로 돌아갈 수도 없었다.

[잘 지내고 있는 거지? 여기는 너무 걱정하지 말고, 되도록 돌아오지 마. 매일같이 험악한 사람들이 널 찾는다.]

엄마는 매일같이 제 안위를 걱정해 전화를 걸곤 했다. 한 번도 받지 않은 그 전화는 음성파일로 그렇게 쌓여만 갔다.

혜린은 지나는 길에 상점에 들러 위스키 한 병을 사 마시면서 거리를 걸었다. 아무도 없는 시골 동네, 이곳을 선택한 이유는 딱 한 가지였다.

서 회장의 눈을 피하기 위해서.

서 회장의 사생아 정보를 그의 친척들에게 판 덕에 그녀는 많은 돈을 얻었지만, 또 많은 것을 잃었다.

'그래, 그렇게 도망치면서 살려무나. 네가 서울로 돌아오는 순간 죽음보다 더 끔찍한 고통을 겪게 될 테니까.'

서 회장의 서슬 퍼런 마지막 음성을 끝으로 혜린은 한국을 떠났다.

텅 빈 집에 들어선 혜린은 옷을 제대로 벗지도 않고 소파에 비틀비틀 앉았다.

소파 테이블 위는 먼지가 수북한 신문뿐이었다.

—세영그룹 서도윤 사장, 해성그룹 김현서 전무와 재결합.

—재벌 3세들의 순애보 러브스토리.

혜린은 날짜가 한참 지난 신문을 바라보며 허탈하게 웃었다. 하루가 지옥 같았다. 한 번도 도윤을 사랑한 적 없다 믿었다. 도윤 따위 이용하면 되는 것이라고 그렇게 굳고 믿고 있었다.

남자란 언제나 마음을 주었다가 떠나길 마련이니까.

그럴싸한 포장, 그것 빼고는 제가 할 수 없는 일이 아무것도 없었다. 착한 척, 순진한 척, 지혜로운 척, 이해심 많은 척. 그의 진실 된 눈앞에서 자신은 언제까지만 거짓만을 말해야 그의 사랑을 얻을 수 있을 것 같았다.

"내가 갖지 못하면 너도 갖지 말았어야지!"

쨍그랑, 요란한 소리와 함께 위스키 병이 바닥에 뒹굴었다.

"너 따위가! 너 따위가! 도대체 뭔데!"

비명 같은 절규가 텅 빈 방 안을 공허하게 울렸다.

나는 다 잃었는데 현서는 단 한 가지도 잃지 않았다. 분하고 억울하기만 했다.

바닥에 떨어진 유리 파편을 그대로 밟으며 비척비척 벽난로 위에 있는 전화기로 다가갔다. 발바닥에 박혀드는 유리 파편 따위 아무런 느낌이 들지 않았다. 바닥을 가득 적시는 이 피도, 아무런 감흥 없이 혜린은 무기력하게 바라봤다.

—여보세요?

여자의 목소리에 혜린이 수화기를 막고 조용히 입술을 깨물었다.

"……."

—여보세요?

자신을 사랑한다던 서도윤은 제가 아닌 사람을 사랑하고 있었다.

—누군데 그래?

어쩌면 처음부터 그의 사랑은 제가 아니었는지도 모르겠다. 그저 연민, 그것을 발견했을 때는 이미 때는 늦었었다. 아무것도 없는 그녀가 택할 것은 온갖 거짓말과 술수뿐이었다.

—모르겠어. 받아볼래?

—잘못 걸려온 전화겠지. 그러지 말고 현서야, 와서 이거 먹어봐.

"……."

—뭔데 그래?

멀어져가는 수화기 너머로 웃음소리와 함께 그들의 대화가 곧 끊어졌다. 혜린은 허망하게 웃었다.

무엇을 위해서, 무엇 때문에, 무엇을 갖기 위해…….

행복에 겨운 웃음소리, 증오하는 여자의 행복한 목소리, 여전히 소름 끼치고 끔찍했다.

그리고 자신이 사랑하지 않았던 남자의 행복한 목소리는 여전히 가슴이 미어질 만큼 아팠다.

"하아……. 으으읍, 흐흡……."

비참하고 처절한 눈물이 가슴을 타고 목구멍으로 흘러나왔다. 입을 막고 또 입을 막아도, 터져 나오는 울음을 막을 수가 없었다.

매일 밤 반복되는 기억들, 매일 밤 생각나는 추억들, 아직도 혜린은 그 속에 살고 있었다.

후회와 번민을 반복하며.

나는 오늘도 그 당시의 일을 후회하지만 동시에 후회하지 않는다.

당신의 비참한 모습을 모두 다 봤으니까.

나락으로 떨어지는 당신의 모습을 보며 나와 같다며 행복해했으니까.

하지만 완벽한 패배자가 된 것은 오직 나 하나뿐이었다.

에필로그3

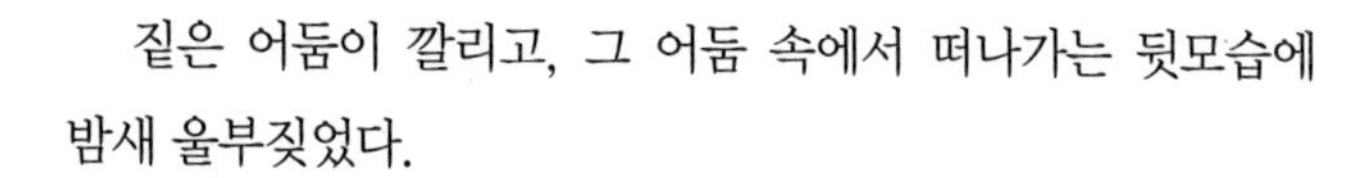

짙은 어둠이 깔리고, 그 어둠 속에서 떠나가는 뒷모습에 밤새 울부짖었다.

'오빠…… 오빠! 가지 마! 제발, 가지 마!'

제발 애원하고 애원하던 그런 밤이 떠오르며.

"오빠!"

"현서야, 왜 그래?"

스탠드를 켜고 놀란 듯 바라보는 도윤의 품 안으로 파고들어 현서는 아이처럼 울었다.

"미안해, 미안해……."

도윤은 익숙하게 그녀를 달래며 더 꽉 안았다. 제 심장소리가 들릴 수 있도록, 세게.

우리의 악연은 누구의 잘못이었을까. 이따금씩 생각했다. 누구든 결국 사랑을 한 것뿐이었으니까.

"괜찮은 거야?"

다음 날 아침 준비를 하는 현서에게 도윤이 되물었다. 꾸는 꿈은 매일같이 반복됐지만, 괜찮다고 생각했다. 이제는 달래줄 수 있는 내가 옆에 있으니까.

현서가 조용히 고개를 끄덕였다.

"언제든 힘들면 말해."

"말하면?"

도윤은 계란프라이를 하는 현서에게 다가가 허리를 꽉 끌어안았다.

"떠나지 않는다고, 이렇게 가까이 있다고, 매일같이 알려줄 테니까."

현서는 조용히 미소를 지었다.

"미안해."

"뭐가?"

"오빠가 이렇게 사랑해주는 거 알면서도 불안해해서."

도윤은 울먹이는 현서의 몸을 돌려 가만히 바라봤다. 그러고는 커다란 손으로 그녀의 머리를 천천히 쓰다듬었다.

"다 내가 널 이렇게 만든 거잖아. 그러니까 미안해하지 마."

도윤은 눈물이 가득 맺혀 있는 현서를 자신의 품에 안았다.

"항상 내가 옆에 있어준다고 했는데, 약속 못 지켜서 미안해. 이제부터 잘 지킬게."

행복한 동시에 모든 것이 불안했었다. 행복감이 이리 오래 가도 되나 모든 것이 불안했었다.

하지만 저를 품에 꼭 안은 도윤을 바라보며 현서는 제 마음을 다독였다.

도윤은 항상 현서를 회사까지 데려다준 후, 출근하는 것이 일상이었다. 현서가 항상 자신의 차로 가도 된다며 만류했지만, 도윤은 그것을 듣지 않았다.

"오늘도 힘내십시오, 김 전무님."

"매번 듣는데도 참 어색해. 오빠한테 그런 말 듣는 거."

"신제품 다음 주에 출시랬지?"

"응, 오늘 화보촬영 확인하러 가야 해."

"우리 현서의 첫 번째 기획상품 축하해주러 가야겠네."

"비싼 거 들고 와. 기대 많이 할 거니까."

현서의 투정 어린 말에 도윤이 웃음을 터트렸다. 현서는 습관처럼 그의 입술에 쪽 입을 맞추고는 차에서 내리려 했다. 하지만 제 손목을 꽉 잡은 그 때문에 실패하고 말았다.

가볍게 시작한 입맞춤이 농밀해지며, 진한 키스로 이어졌다. 혀가 부드럽게 얽혀들고 타액이 뜨겁게 넘어왔다. 한참을 얽혀 있던 입술이 떼어졌을 때, 그제야 그곳이 회사 앞임을 인지했다. 사람들이 그의 차를 힐끔거리며 문으로 들어가던 참이었다.

"어떡해……."

"뭐 어때. 우리가 불륜도 아니고."

"얼른 가."

현서는 빨개진 얼굴을 감싸며 도망치듯 회사로 들어갔다. 부끄러워하는 현서가 그저 도윤의 눈에는 귀엽기만 했다. 연애조차 제대로 하지 못했던 우리는 서로의 다른 점을 하나둘씩 알아가는 중이었다.

예를 들어 도윤이 생각보다 현서에게 어리광을 많이 부린다든가, 현서가 생각보다 더 겁이 많다는 것 같은 일들이었다.

그것이 싫다기보다 새록새록 알아가는 재미가 꽤 쏠쏠했다. 20년 넘게 알던 사이인데도 모르는 게 있다니, 그저 신기할 따름이었다.

현서는 빨개진 얼굴로 집무실로 들어섰다. 아무렇지 않은 척 당당하게 들어왔지만 비서가 얼른 그녀의 뒤로 따라붙었다.

"전무님, 립스틱이……."

"어? 아……."

현서는 서둘러 가방 안에서 거울을 꺼내 자신의 입술을 바라봤다. 입술라인까지 죄다 번진 모습으로 로비에서 직원들의 인사를 받았던 생각을 하니 온몸이 불덩이처럼 열이 올랐다.

하지만 현서는 그것을 지우지 않고 휴대폰을 꺼내어 사진을 찍어 도윤에게 보냈다.

[이거 어쩔 거야.]

[귀엽기만 하네.]

[나 참 창피해서.]

"나 커피 한 잔만 가져다 줘요."

현서는 여느 때처럼 도도하게 집무실 안으로 들어갔다. 그녀가 안으로 들어가자 비서들이 참았던 웃음을 소리 없이 터트렸다.

"사장님, 뭘 그리 싱글벙글 보십니까?"

"아, 아닙니다. 계속하세요."

오전부터 잡힌 임원회의를 급하게 하고 있는 사이에도 도윤은 현서의 사진을 보고 실없이 웃기만 했다.

그녀가 당당한 건 알고 있었지만 이런 사진을 대놓고 보낼 줄이야. 그저 그 모습이 귀엽게만 느껴졌다.

요 며칠 끊어지는 전화가 빈번하게 걸려왔다. 새벽마다 걸려오는 그 번호는 말 한마디 없이 한참 제 목소리를 듣다 끊곤 했다. 현서가 잠이 든 새벽, 현서가 깨어 있는 새벽, 어김없이 걸려오는 전화는 마치 제 안위를 묻는 것만 같았다.

"이 번호 알아봐줘요."

"해외 번호네요?"

"네, 아시다시피 내 직통번호는 아는 사람이 많지 않아요. 아무래도 혜린인 거 같군요. 그녀가 어디에 살고 어떻게 사는지도 같이 알아봐주세요."

"알겠습니다."

자신을 완벽하게 배신한 혜린이 밉지는 않았다. 그저 다 잃고 악밖에 남지 않은 그녀가 가여울 뿐이었다. 이 모든 것도 역시 자신의 과오였다. 도윤은 회한을 담은 한숨을 길게 내쉬었다.

현서는 화보 촬영에 한창이었다. 세계적인 명품 디자이너와 콜라보를 한 이번 기획은 화보가 나오기도 전부터 반응이 뜨거웠다.

"전무님, 얘기 들으셨어요?"

"뭐를요?"

"김세라 측에서 전화가 왔어요. 나오기 전에 자기가 제일 먼저 팔찌랑 선글라스 세트 구매할 수 있겠냐구요."

"김세라 측 만이 아니에요. 서강그룹 사모님도 본사로 직접 전화가 왔더라구요."

현서는 새침한 표정을 지었지만 속으로는 흐뭇하게 웃었다. 김세라라 함은 당대 톱스타였고 착용하는 제품마다 완판을 일으키는 패션계의 핫한 아이콘 중 하나였다. 서강그룹 사모님 역시 젊고 트렌디한 스타일을 주도하는 셀럽 중 하나였다. 패션에 대해 논한다면 그 둘은 절대 빠지지 않는 사람들이었다.

그런 사람들이 제 제품에 관심을 갖는다는 것은 필시 대박이 날 상품이라는 것을 증명한 셈이었다.

"이번 상품은 미리 말하지만 협찬은 없어요. 그리고 먼저 구매할 수 있는 방법도 없어요. 동시에, 같은 날, 똑같은 방법으로 소비자를 만날 겁니다. 셀럽이든, 일반 소비자든 사이트와 매장을 통해 구매를 해야 합니다."

현서가 내세운 방안이었다. 본디 패션이라 하면 스타들 착용으로 알려지기 마련이었다. 하지만 현서는 이례적으로 톱스타 협찬을 단 한 군데도 들어가지 않고 이번 시즌 제품들을 죄다 최소 물량의 한정판으로 만들었다.

물론 임원진들의 반대가 생각보다 더 거셌지만, 거셌던 만큼 그들을 현서는 차분하게 설득시켰고, 예상보다 반응은 더 뜨거웠다.

모든 소비자와 동등하게 구매를 해야 하는 방식으로 소비자의 관심을 이끌었고, 단 한 차례도 다른 브랜드와 콜라보를 하지 않은 유명 명품 디자이너와의 콜라보를 성사시킴으로써 소비자들의 눈을 사로잡았다. 게다가 한정판이라는 이름 덕분에 셀럽까지 관심이 지대해졌다. 한마디로 두 마리 토끼를 다 잡은 셈이었다.

"그리고 인그레이빙 서비스는 언제부터 되냐고, 난리들이에요."

그뿐만 아니라 구매한 구매 전원에게 이니셜 인그레이빙 서비스를 해줌으로써 나만의 보석, 나만의 디자인이라는 타이틀로 가치와 희소성을 더 높였다.

"이번 컨셉 반응이 너무 뜨거워요, 전무님."

"당연한 결과죠. 누가 했는데요."

현서는 그만큼 자신이 있었음과 동시에 그만큼 불안하기

도 했다. 자신의 첫 번째 프로젝트였고, 자신이 처음으로 자신의 능력을 평가받는 기회였다. 이것이 실패한다면 그야말로 무능력한 재벌 3세 이미지로 낙인이 제대로 찍혔을 것이다.

그래서 현서는 밤낮없이 일에 매달렸었다. 자신의 능력을 인정받기 위해, 그리고 자신이 꿈꾸던 일을 해내기 위해.

"반지를 좀 더 돋보이게 해줬으면 좋겠어요. 저기 검지를 이렇게. 이건 의류 화보가 아니니까."

현서는 모니터링을 하며 손끝 하나까지도 지켜보며 자신의 디자인을 얼마나 더 돋보이며 화려하게 만들지 세심하게 고민했다.

"저기, 전무님……."

"왜 그래요?"

"저기요."

직원이 손가락으로 촬영장 한쪽을 가리켰다. 심각했던 현서의 얼굴이 한결 누그러지며 웃음기가 감돌았다.

"언제 왔어?"

"네가 포즈 지적할 때부터?"

"그럼 한참 된 거네? 왔으면 말을 하지 그랬어."

도윤은 현서의 뺨을 다정하게 쓰다듬었다.

"우리 현서 일하는 모습이 너무 멋있어서 왔다고 말할 틈을 놓쳤네."

"아무튼 넉살은."

현서가 어쩔 수 없다는 듯 고개를 가로저었다.

"한 삼십 분만 있으면 끝날 거 같거든? 조금만 기다려."

현장으로 다시 돌아가려는 현서의 어깨를 톡톡 치며 지친 기색이 역력한 스태프들을 턱 끝으로 가리켰다.

"아……."

"너도 힘들어 보여. 조금만 쉬었다 해."

"그래야겠다. 30분만 쉬었다 하죠."

현서의 말에 스태프들이 그제야 안도의 한숨을 쉬었다. 정말 쉼 없이 몇 시간을 한 컷 한 컷을 공들여서 찍었다. 현서가 까다롭고 깐깐하다는 이야기는 익히 들었었지만 다들 이 정도일 줄은 몰랐던 것이었다.

"이거 드시면서 하세요."

"잘 먹겠습니다."

비서가 스태프들에게 다과와 커피를 나누어 주는 사이, 현서와 도윤이 세트 밖으로 나왔다. 햇살이 부서지듯 쏟아져 내렸다. 도윤이 사온 커피를 마시고 촬영장 근처 벤치에 나란히 앉았다.

"할 만해?"

"응, 재밌어. 내가 디자인하고 기획한 제품이 세상에 처음 빛을 보는 거잖아. 신기하고 재밌어."

그동안 현서는 매장에서 배운 경험을 살려 본사의 말단부터 차곡차곡 코스를 밟았다. 물론 다른 직원들과 비교도 안 되게 월등한 승진을 했지만, 자신의 배경만으로 온전히 얻어낸 것은 아니었다.

"우리 현서 참 기특해."

어려서부터 도윤이 커다란 손으로 쓰다듬어주는 이 순간이 참 좋았더랬다. 커다란 손으로 쓱쓱, 제 머리를 다정하게 쓰다듬어주면 그게 무슨 큰일이라도 되는 것처럼 괜스레 뿌듯해지곤 했었다.

"내가 앤가."

"싫어?"

"아니, 자주 해줘."

현서와 도윤이 마주보고 웃었다. 한적한 오후, 이렇게 한가롭게 이야기를 나누고 웃으며 대화를 나눌 수 있을지 누가 상상이나 했을까. 우리의 찢기고 찢긴 그 상처들이 다시 제자리를 찾아가는 중이었다.

*

도윤은 생각보다 요리를 잘했다. 요리학원에서 전문적으로 배웠던 저보다 훨씬. 그리고 알았다. 자신은 요리에 재능이 없음을.

바쁜 나날들이 많아서 도우미에게 손을 맡기는 일이 많기도 했지만, 저녁만은 꼭 제 손으로 차리고 싶어 하던 현서였다. 하지만 그것은 제 뜻대로 되는 일이 아니었다.

몇 번의 실패 끝에 우울해하던 현서에게 도윤은 이렇게 말했었다.

'잘하는 사람이 하면 되지. 꼭 네가 해야만 하는 일은 아니잖아. 대신, 어디 가지 말고 나 계속 보고 있어.'

'왜?'

'보고 있어도 보고 싶으니까?'

도윤의 장난기 섞인 말에 현서는 웃음을 터트렸다. 일주일에 한두 번이긴 하지만 둘은 같은 식탁에서 도윤이 만드는 메인 요리로 저녁을 해결하곤 했다. 물론 반찬은 도우미 아주머니의 솜씨였지만, 바쁜 시간을 쪼개어 서로를 위해 무언가 해줄 수 있다는 것만으로도 행복한 시간들이었다.

저녁을 먹던 도윤이 무언가 한참을 머뭇거렸다.

"말해. 하고 싶은 말 있는 거잖아."

현서가 웃음기 담뿍 담긴 표정으로 바라보자 도윤이 숟가락과 젓가락을 잠시 내려놓았다.

"어떻게 알았어?"

"오빠가 자꾸 머뭇거리기에, 알았지. 오빠 머뭇거리는 일 없잖아."

"못 당하겠네. 사실……. 혜린이 말이야."

잊고 살고 싶은 이름을 들었을 때, 현서는 얼이라도 빠진 표정으로 도윤을 올려다봤다.

"이제 그만 한국으로 돌아오게 해줬으면 해서."

"……갑자기 왜?"

"돌아오는 걸 막을 권리는 우리에게 없는 거 같아."

현서는 잠시 머뭇거렸다. 아직 혜린의 얼굴을 볼 용기가 없었다. 지독하게 엮인 악연인지라, 아마 그것은 혜린도 마찬가지일 것이다.

"오빠가 원하는 대로 해."

도윤은 가만히 현서를 바라보았다. 그녀의 담담한 표정이 뱉은 말이 진심임을 말해주고 있었다.

"혜린이를 용서한 거니?"

"우리 사이는 누군가를 용서하고 용서를 받아야 할 사이는 아닌 거 같아. 이게 내 솔직한 심정이야."

"그래."

도윤은 제게 고맙다는 말을 하지 않았다. 응당 해야 할 일을 한 것이므로. 오히려 그가 제게 고맙다는 말을 했다면, 그 사실이 못 견디게 싫었을 것 같았다.

도윤과 현서는 조용히 그 밤을 그렇게 평소처럼 보냈다.

매일 밤 울리던 새벽의 전화는 이제 다시 울리지 않는다. 그렇다고 혜린이 한국으로 돌아온 것은 아니었다. 비서를 통해 알아본 결과, 돌아오지 않았다고 했다. 평생 돌아오지 않을지도 모른다.

우리는 그저 악연이었고, 서로를 미워할 자격들이 없는 사람이었다. 서로가 서로에게 가해자인, 그런 악연이었다.

"오늘 신제품 발표회 잘하고 와."

"응, 오빠도 오늘 회의 잘하고, 할아버지들한테 지면 안 돼."

쪼옥, 가볍게 도윤에게 입맞춤을 하고 현서가 차에서 내려 손을 흔들었다. 도윤 역시 그녀에게 인사를 하며 그녀가 회사로 들어가는 것을 가만히 바라보았다.

날은 우리가 헤어지던 날처럼 비가 오려 하지만, 마음은 그때와 완벽하게 상반되었다. 우리는 이제 비 오는 날을 더 이상 두려워하지 않는다.

서로 사랑하는 마음으로 서로를 감싸줬기 때문에.

평소처럼 그들의 일상이 다시 시작됐다.

엮인 인연 그대로.

엉킨 실타래가 풀어진 순간, 우리는 각자의 길로 걸어갔다.

엮인 인연대로, 끊어진 인연대로.

그리고 끊어진 인연은 다시는 만나지 못했다. 스치듯이라도.

에필로그4
~결혼식~

눈이 오던 날이었다. 찬바람이 불고, 눈이 펑펑 내리는 한 겨울 어느 날, 우리는 결혼을 했다.

그것도 야외에서.

성대한 결혼식은 이미 한 번 했던 터라, 결혼식에 대한 욕심이 없었다. 그렇다고 아무것도 안 하자고 하니, 부모님들의 반대가 생각보다 거셌다.

"신부님, 이쪽으로 오세요."

한겨울에 그것도 눈이 오는 날 야외 결혼식이라니 정말 언밸런스한 조합이 아닐 수 없었다.

가족들만 모여 하는 간소한 웨딩이지만 대외적으로 기사에는 실릴 예정인 결혼식이었다. 형식적인 결혼식이기도 했지만, 그럼에도 현서는 이 결혼식이 마음에 들었다.

준혁이 가지고 있던 작은 레스토랑 앞마당에서 올리는

결혼식이었다. 현서와 도윤의 부탁에 준혁은 흔쾌히 부탁을 들어주었다.

물론 눈이 올 것이라고는 예상하지 못했지만.

"야, 이런 날 꼭 결혼을 해야겠냐?"

블랙 슈트에 묻은 눈을 털며 준혁이 볼멘소리를 했다. 하지만 도윤은 대답이 없었다. 한껏 꾸민 현서의 모습에 이미 넋이 나간 뒤였기 때문이다.

현서는 순백의 웨딩드레스 대신 허리가 잘록하게 들어가고 허벅지가 깊게 파인 핑크색 드레스를 선택했다. 웨이브 진 머리를 느슨하게 반쯤 묶고 티아라 대신 화관을 착용한 현서의 모습은 눈이 부실 정도로 아름다웠다.

"왔어?"

현서가 도윤을 발견하고 환하게 웃자, 도윤이 굳어 있던 몸을 풀고 그녀에게로 다가갔다. 현서의 뺨을 쓰다듬는 손이 다소 차가웠지만 현서는 그것을 웃으며 받아주었다.

"우리 신부님, 너무 예쁘네."

"우리 신랑님도."

깨가 쏟아지는 둘의 모습에 준혁이 인상을 한껏 쓰며 토악질이라도 나올듯한 표정을 지었다.

십수 년을 봐왔는데, 새삼스럽게 저런 칭찬은 너무 아니지 않나 싶었다. 하지만 이미 자기들만의 세상에 빠진 둘은 준혁이 어떤 표정을 짓던 아랑곳하지 않았다.

그리고 그날 느낀 것은 사랑에 빠진 남녀는 아무도 말릴 수 없다는 것이었다.

"야, 근데 눈이 너무 와."

"허벅지가 너무 파인 거 아니야?"

"그래도 예쁘잖아."

"이것들아, 눈이 너무 온다고!"

결국 준혁이 소리를 지르고 나서야, 서로를 사랑스럽게 바라보는 시선에서 떼어져 그에게로 몰렸다.

하지만 대답은 제가 원하던 것이 아니었다.

"근데?"

"근데요?"

이구동성 짜기라도 한 듯 그들의 목소리는 준혁을 퍽 당황스럽게 만들었다.

천막이라도 쳐야 하나 고민하는 것은 괜한 짓이었다.

"아니다, 됐다. 너희 하고 싶은 대로 해."

결국 결혼식은 예정대로 야외에서 진행됐다.

꽃가루 대신 눈을 맞으며, 하얀 웨딩드레스 대신 핑크색 드레스를 입고서 하얀 버진로드를 사뿐사뿐 밟았다. 그 모습이 준혁의 괜한 걱정으로 보일 만큼 장관이었다. 하얀 눈이 오히려 극적인 효과를 주듯, 꽃비보다 훨씬 아름답고 화려했다. 거기다 더해지는 라넌큘러스 꽃잎들이 눈과 어우러져 은은한 분위기를 냈다.

다만 날씨가 추워서 하객들이 다소 걱정이었지만 최소한의 인원으로 이뤄진 결혼식이었기 때문에 그것도 상관없었다.

비서들이 커다란 검정 우산을 펴고 여기저기 자기네 회장들 눈 맞게 하지 않기 위해 애를 쓰고 있기 때문이었다. 눈과 추위는 사실 별로 걱정할 것이 아니었다.

결혼식은 단출했다. 그 흔한 주례사도, 축가도 없었다. 그리고 사회자도 없었다. 결혼식이라기보다 파티에 가까웠다.

피아니스트가 Love Affair를 연주하고 버진로드 그 끝에 둘이 나란히 섰다.

"이렇게 저희 결혼식에 와주셔서 감사합니다. 어렵게 온 만큼 이제는 행복하게 살겠습니다."

고개를 숙인 신랑 신부에게 박수소리가 들려왔다. 너무 돌아 돌아 온 인연이었다. 너무도 큰 상처를 주고 돌아온 인연이었다. 그래서 더 결혼식을 하고 싶지 않았다. 도윤의 설득이 아니었다면 현서는 결혼식을 다신 하지 않았을 것이다.

'안 좋았던 기억, 지워주고 싶어.'

어쩌면 초호화 결혼식임과 동시에 최악의 결혼식이었을 것이다. 아무도 웃지 않았던, 아무도 축하한다 진심으로 말 못 했을 그런 결혼식.

하지만 이제는 달랐다. 둘이 나란히 손을 잡고 버진로드를 걷고, 둘이 나란히 서로를 보며 웃고 있었다.

그리고 그들이 서로의 손에 반지를 끼워줌과 동시에 머리 위로 폭죽들이 터졌다. 그것이 신호탄처럼 음악이 바뀌고 왈츠곡이 흘러나왔다.

도윤이 현서에게 한 손을 내밀자, 현서가 그것을 잡았다. 준혁은 그제야 사회자며 주례며 안 둔 이유를 알아차릴 수 있었다.

현서의 허리에 손을 두르며 서로의 보폭에 맞춰 가볍게 스텝을 밟았다.

“어려서 생각난다.”

“그땐 네가 참 많이 내 발을 밟았었는데.”

“지금도 밟을 수 있어. 조심해.”

현서가 익살맞게 웃으며 말하자, 도윤이 현서의 허리를 꽉 껴안았다.

“얼마든지.”

사교 모임의 필요한 것들은 대부분 도윤에게서 배웠었다. 그래서인지, 오랜만에 함께 춤을 추는 것인데도 전혀 어색하지가 않았다.

신랑 신부를 필두로 하나둘씩 가벼운 왈츠파티가 시작되었다. 머리 위로 떨어지는 하얀 눈송이들과 함께, 서로의 온기를 느끼며 몸을 더 바짝 붙였다.

그리고 마지막 폭죽이 하늘을 수놓으며 머리 위로 터졌다. 도윤은 현서의 양 뺨을 부여잡고 가볍게 입을 맞췄다. 주위에선 휘파람 소리와 환호성이 터졌고, 그와 동시에 완벽한 파티가 시작되었다.

근엄함을 가진 회장님들 역시 저마다의 방법으로 파티를 즐겼다.

한참 왈츠에 열중하던 도윤이 그녀의 귀에 나직하게 속삭였다.

"도망갈까?"

"그럴까?"

신랑 신부가 조심스럽게 빠져나갔지만, 그것을 알아차린 사람들은 아무도 없었다. 조심스럽게 계단을 올라가던 현서의 발걸음이 멈춰 섰다.

"왜 그래?"

현서가 고개를 빼, 하객들 틈바구니로 시선을 돌렸다. 오지 않을 것을 알지만 그래도 지혁에게 청첩장을 보냈었다. 축하를 해달라는 것이 잔인하지만, 그래도 그를 꼭 보고 싶었었다.

스치듯 지나가던 남자가 왠지 지혁인 것만 같아서 현서는 그 자리에서 계속 두리번거렸다.

"누구 있어?"

"아, 아니야."

잘못 본 건지도 모르겠다. 그와 비슷한 뒷모습은 많았으니까. 하지만 잘못 본 게 아니었으면 좋겠다고 생각했다. 이기적이었지만, 최소한 자신은 행복하게 잘 살고 있다고 이제는 걱정하지 않아도 된다고 말해주고 싶었다.

오후 늦게 시작된 결혼식이라 해가 생각보다 일찍 떨어졌다. 도윤과 현서는 레스토랑 야외 옥상에 나란히 앉았다. 이 자리는 준혁이 특별히 알려준 명당자리였는데, 어쩌면 이런 상황들을 약간은 예측했는지도 모르겠다.

"힘들지 않았어?"

하루 종일 하이힐을 신고 있던 현서의 손을 꼭 잡으며 도윤이 물었다.

"아니, 재밌었어. 오빠는?"

"난 네가 있으니까 어디든 좋지."

"으휴, 팔불출 같은 소리."

도윤이 현서의 어깨에 제 재킷을 둘러주며 그녀의 어깨를 감싸 안았다.

"너한테만은 괜찮아."

제게 비수를 꽂았던 입술에서 이제는 제가 좋아하는 말만 쏟아져 나왔다. 저를 비참하게 만들었던 그 눈은 이제는 저를 사랑스럽게 바라만 보고 있었다.

바라고 또 바랐던 염원이 모두 이루어졌다. 우리는 너무 많이 돌아서 왔고, 그만큼 서로를 더 사랑해주고 있었다.

돌았던 시간이 너무도 간절하고 안타까워서.

현서는 도윤의 어깨에 머리를 기대었다.

해가 지자마자, 레이저쇼와 함께 폭죽들이 연달아 터져 검은 하늘을 수놓았다. 이제는 완벽하게 눈이 그쳐 있었다.

커다란 불꽃들이 하늘을 수놓음과 동시에 그들의 결혼식이 막을 내리려 하고 있었다. 맞잡은 손에 온기가, 맞닿은 어깨에서 느껴지는 마음이, 이제는 완벽한 하나가 된 것 같았다.

터지는 불꽃 사이로 도윤이 현서를 그윽하게 바라보았다. 그리고 현서의 뺨을 다정하게 쓸며 부드럽게 키스했다. 매일 하는 키스지만 언제나처럼 뜨겁고 설레었다.

아쉽게 입술이 떼어지고 도윤이 그녀의 정수리에 길게 입을 맞췄다.

"앞으로도 영원히."

그리고 현서의 뺨에 키스했다.

"사랑해."

마지막으로 현서의 입술에 느릿하게 키스했다. 뜨겁게 닿은 입술이, 맞잡은 손에서 느껴지는 온기가, 언제나 계속되길 빌면서 우리의 시작이 그렇게 다시 시작되었다.

작가 후기

안녕하세요. 민희서입니다. 오랜만에 후기를 쓰려니 뭔가 어색하고 그러네요.

원래는 좀 더 빨리 책으로 나왔어야 했는데, 저의 게으름 때문에 너무 많이 늦어졌습니다.

그래도 제가 원하던 계절이라, 다행이라는 생각을 하고 있습니다.

사실 수정할 땐 빨리 끝내고 싶은 마음뿐이었는데, 이상하게 탈고를 하고 나면 항상 시원섭섭하네요. 이렇게 일곱 번째 책이 마무리가 되었습니다~! 드디어~!!

당신의 꽃이 되고 싶었습니다, 는 막연하게 사각 관계가 쓰고 싶어서 시작했습니다.

거기에 우울한 거를 쓰고 싶다(당시엔 네 입술이 닿을 때를 쓸 때라…)는 생각들이 더해져 스토리 구상을 했던 거 같아요. 캐릭터는 기존에 있던 애들과는 조금 다른 애를 원했구요.

특히 여주인공 캐릭터를…ㅎㅎ

이 글엔 사실 악한 조연이 없습니다. 제 기준에선요. 지혁이 빼고는 모두 다 잘못을 저지르고, 모두 다 가해자이고 피해자인 상황입니다. 그래서 사실 에필은 혜린의 이야기까지로 마무리 짓고 싶었습니다. 행복한 결말을 맞이하지만, 누구하나 행복하지 않게 만들고 싶었던 마음이 없지 않았거든요. 하지만 로맨스에 달달함이 빠지면 아쉬우니까, 그리고 도윤과 현서의 후의 이야기를 궁금해 하실 거 같아서 뒷이야기도 넣게 되었습니다.(저는 혜린의 이야기까지가 마음에 들어요. ㅎㅎ)

이 이야기는 조금은 먹먹한, 또 조금은 울컥한 이야기들로 꾸며지길 원해서 완성시킨 이야깁니다. 그게 잘 된 건지는 독자님들 판단에 맡기겠습니다~^^

저는 이렇게 이 이야기를 후기로 마무리 지으며 다음엔.. 조금은 밝은…… ㅎㅎㅎㅎㅎㅎㅎㅎ(꼭 로코를! 아니면 찐한 19금을!)이야기로 찾아뵙겠습니다 ^^

어느 가을날, 민희서